새로운 문명의 유리행성 1

지구 문명의 변혁을 위한 새로운 모델

새로운 문명의 유리행성 1

지구 문명의 변혁을 위한 새로운 모델

신현대

목차

저자의 말   6

1장   10년 만에 돌아온 고국

문명이 금지된 낙원   11
자연의 아름다움에 취한 사나이   12
백발의 노인이 강렬한 춤을 추고 있다.   13
우주선을 타고 빛의 속도로 우주여행을 하고 있다네.   14
위도에 따라 달라지는 지구의 자전 속도   15
지구의 놀라운 공전 속도   16
태양의 은하중심 공전속도   17
초은하단의 폭발과 우주 도사 사라지다.   18
인류문명에 대한 자연의 복수   18
세계에 우뚝 선 아름다운 대한민국   19
둔덕 가로수 정신   21
땅을 점령한 마천루   22
위기에 빠진 지구 행성   22

2장   월드 고봉 호텔

서울의 상징 월드 고봉 호텔   25
완벽한 구조의 최고급 객실   26
수로 아   27
우리의 전통음식   28
찬란한 서울 한강의 야경   28
별들의 세상   29
우주 공간의 물질은 순환한다   31
무엇이 문제인가?   31

3장   이차 의식의 별들의 세계

수난을 당한 난지도 하늘공원   35
호사인 납치되다.   35
불바다 세상   37
암흑의 세계에 빠지다   42
호사인의 어린 시절   43
초등 1학년 생활   45
초등 2학년 때의 이야기   46

거포와의 결투	48
거포 아버지는 골리앗	50
아버지 존경하다.	51
친구로 변한 거포	52
흑암의 탈출	54

4장 유리 행성

의식의 대화	57
고올의 유람과 문화원의 풍경	61
실내 광장의 인공 육체	62

5장 인조육체와 결합한 호사인

제1일 - 황홀하고 고풍스럽고 아름다운 유리 왕궁	65
유리 행성 유람의 환영	66
아름다운 시호라와 악수	67
유리왕과 반갑게 인사 교환	68
환영 영상	69
만찬의 환상	72
유리 행성에서 첫날 밤	73

6장 수로 아를 만나다

제2일- 신비로운 유리 행성의 아침	77
간편하고 시원한 샤워실	77
간편한 친환경 식사 문화	78
식후의 차 문화	80
지구 행성과 유리 행성 교류위원장	80
2인용 비행차에 오른다.	81
지구 행성 교류위원장	82
수로 아	83
첨단의 의식 비행선과 의식을 담는 인조 육체	85

7장 무공해 물레방아 전기발전소

제3일	89
초전도체 전선	99

8장 아름다운 문명은 교육에서 나온다.

제4일	103

익어가는 가을과 은하 학교   103
유치원부터 사랑과 법을 가르친다   107
문명은 교육에서   108
교육의 핵심은 인성교육   110
유치원 수업   112
초1 학년 법학 수업   114
고1 학생 수업   116
학생의 환영 행사   118
학생들 질문과 답변이 시작된다   119
수로 아의 지구 행성 사랑   120
환영과 송별   120

9장 로봇을 이용한 농업.

제6일   125
풍년 농부   126
산천 관리자   129
수거한 낙엽 처리   132

10장 유리 왕국을 탄생시킨, 고전 영화 감상

제7일- 1부 별 장군의 탄생   153
제1막: 〈거지 소년〉   154
2막: 〈별 장군 인자왕을 구한다.〉   157
거지 청년 불청객   158
인자왕의 추대를 받은 나그네   159
별 장군 100의 검법을 시험하다.   160
3막: 〈인자왕의 등용식〉   162
4막: 〈태평한 성대 이룩한 인자 왕국〉   163
별 장군의 후계자 고견   165
동성의 아들 신동, 후에 동방의왕   167
관료들의 후계자 선정   168
성검의 탄생   169
고대의 뛰어난 철학자   169
 2부 선과 악의 대 결투 - 제1막: 〈태약의 흉괴〉   170
100의 의인이 십자가 틀에 묶여 있다.   171
100의 의인 화형   172
3성검의 출현   173
100의 의인 중 해성의 폭탄   174
정평성검과 태약성검의 불꽃대결   175
도시진 그물 검법으로 태약과 대결   176

주성진의 벌초 검법   176
제2막: 〈신기루의 감마검에 태약의 양팔이 잘린다.〉   177
태약의 최후   179
4성검의 승리   179
제3막: 〈정평 도시진 주성진 성검의 희생〉   179
동방의왕을 유리왕으로 추대   180
제4막: 〈마성의 어머니 만남〉   181
제4막: 〈남방왕·북방왕·서방왕의 심판〉   183
제5막: 〈미녀들의 반란〉   185
4미녀 4성검의 부부가 된다.   186
 지혜 유리왕의 완벽한 제도가 2,000년 발전을 도모했다.   187
숲속의 데이트   188
지혜는 역사에서 나온다.   190
초원의 사회   191

11장 점화의 경제

제8일   195
더벅머리 청장   196
유리 행성의 경제   197
유리 행성의 복지 개발과 건설   198
유람의 생활 소비 비용   200
영 1, 점화 보험과 임금과 물가가 일정하다.   202
형벌을 받을 때, 계속 공부해도 점화가 지급   202

12장 유람의 주택을 건설부에서

제9일   207
생명 호수의 전경   209
제9지방 '주' 행정부   210
10억의 주택 각 지방 '면' 행정부 관리   212
남극과 북극에 얼음 지하 고을   214

13장 유람 의상 공급 관리

제10일   219
아름다운 의상과장의 환대   220
문화회관 옷 전시장   221
먼지와 때가 타지 않아 세탁이 필요 없음   223
'면' 의상과 점심 문화   224

저자의 말

생각있는 사람이라면 누구나 지금보다 더 나은 새로운 문명과 문화를 갈망한다. 저자는 이러한 욕구를 받아들여 지구 행성으로부터 240광년의 거리에 떨어져있는 유리 행성을 설정해 아름다운 문명을 그렸다.

1장
10년 만에 돌아온 고국

문명이 금지된 낙원

　서해와 연결된 황야 강은 인류문명이 닿지 않고, 자연이 만들어 낸 태고의 신비하고 수려하고 황홀한 경관을 자랑하고 있다. 강의 중간에 천지 산부터 이어서 내려온 인중 동산은 사람의 턱을 닮았다 하여 붙여진 이름이다. 양옆으로 남쪽의 남강과 북쪽의 북 강이 모여 황야 강이 되고, 이 넓은 황야 강은 바다로 이어지고 있었다.

　황야강의 양 둔치는 수천 년의 역사를 자랑이라도 하듯이 아름드리 버드나무들이 길게 가지들을 늘어뜨리며 그늘을 만들어 작은 고기들의 서식지를 만들고 있으며, 위쪽에는 소나무들이 자리하여 산세의 운치를 더해 황야강의 비경을 더욱 빛내고 있었다.

　뒤의 동쪽은 저 멀리 하얀 눈으로 덮인 높은 천지 산이 우뚝 솟아 양옆으로 아치 모양의 산맥을 이루고 있으며, 아래로 수백 미터의 낭떠러지 절벽을 만들어 인류가 접근할 수 없도록 하고 있으며, 과학의 장비를 이용해 관광지로 개발하려 해도 뜻있는 환경단체의 힘으로 개방을 불허하여, 인류문명의 오염이 없는 태고의 신비한 환경을 그대로 보존하고 있었다.

　어떠한 개인이 이곳을 여행한다면 죽음의 위험을 각오해야 하므로, 누구도 접근할 수 없었으며, 그러므로 이곳은 신비한 곳으로 산을 좋아하는 사람들의 로망인 곳이었다. 또한 산맥 아래로는 수만의 봉우리들이 저마다 독특한 경관을 이루며, 수만의 골짜기도 만들어 자연의 요새를 만들었다.

　인중 동산은 서쪽 바다를 바라보며, 턱처럼 둘러 절벽을 이루고, 위로 높게 솟아 태고의 신비한 에덴동산을 연상케 하고 있었다. 위에는 무수한 강풍과 비바람의 침식을 받아 평탄해 있었으며, 그곳에는 생명력이 강하고 억센 잔디가 쉼터를 만들어 주고 있었다.

　5월의 오후가 길어지면서 빛도 길어져 옅게 깔린 구름을 붉게 물들이면서 바다로 연결된 황야 강 위의 하늘과 황야 강 속의 하늘이 바다 수평선으로 겹

쳐있고 저 바다 위의 하늘은 유유하고 잔잔하나 바다의 하늘은 파도에 요동치며 변화무쌍한 경관을 만들고 있었다. 옅은 구름과 검은 구름이 태양을 지날 때마다 무쌍한 변화를 만들어 멋진 자연의 무대를 빚어 내고 있었다.

넓은 황야 강에는 물고기들이 수없이 위로 솟구치며 아름다운 자연의 황홀함을 뽐내고 있으며, 황야 강 위에는 수만의 새들이 대오를 이루며 이리저리 날고 솟구치는 물고기를 절묘하게 사냥하고 있었다.

자연의 아름다움에 취한 사나이

사람의 접근이 금지된 인중 동산에 한 사나이가 위에서부터 아래로 이 아름다운 황야강의 절경을 바라보며 내려오고 있었다. 등산화와 등산복부터 배낭과 모자까지 화려한 명품으로 장식하고 있었으며, 늘씬한 몸매에 잘생긴 외모는 한눈에 보아도 문명의 수혜를 듬뿍 담고 있었다.

사나이는 신비로운 자연의 아름다움에 취해 중얼거린다. 깨끗한 공기, 맑고 파란 하늘, 향기롭고 시원한 공기, 싱싱하고 생생한 산천초목의 황홀하고 아름다운 경치, 화려한 꽃과 나비, 신비한 새들의 노래, 문명의 흔적이 없고 자연 그대로의 동산 등 모두가 아름답다. '이곳은 마치 새 하늘과 새 땅이로구나! 아담 시대의 에덴동산이 이렇게 아름다울까!' 하며 감탄한다.

사나이는 걸음을 멈추고, 황야 강과 서해, 바다에 일어난 자연의 불꽃 같은 마술을 바라보며, 황홀한 기쁨에 취해 '자연의 만물이 어우러져 빚어낸 예술은 인공의 작품과 차원이 다르구나! 이렇게 아름다운 자연의 지구를 인류의 문명이 망치고 있구나!' 하며 사나이는 이곳의 생태계에 유난히 관심을 가졌다. 풀과 벌레, 꽃과 나비, 초식동물과 육식동물을 유심히 관찰하니 모두가 하나같이 자연의 아름다운 무대에서 연주하고 있기에 감탄하고 있는데, 이상한 소리가 사나이의 귓전을 울린다. 자세히 주위를 살피니, 거대한 호랑이가 세상을 호령하는 눈빛으로 사나이를 쏘아보고 있다. 무술 단수가 도합 10단인 이 사나이는 가슴이 철렁했지만, 기를 모아 자연의 막대기를 펼치며 불꽃 같은 눈으로 마주하니 호랑이가 꼬리를 내리며 자리를 피한다. '휴~우' 하고 한숨을 내쉬며 마음을 놓으니, 이번에는 자연이나 동물의 소리가 아니라 인적의 소리가 들린다. 여기는 아무나 올 수 없는 곳이며, 무려 해발 7,000m의 천지산맥을 넘어야 올 수 있는 곳이다. 또한 자연의 원 상태를 보전하기 위해서 관광을 불허하고 있다. 그러니 이곳을 관광하려면 완전무장을 하고 1개월분의 식량을 준비해야 한다. 그러고도 죽을 각오를 하지 않으면 올 수 없는 곳이다.

백발의 노인이 강렬한 춤을 추고 있다.

인적의 소리에 사내의 호기심과 긴장이 더해간다. 그러면서 그 소리를 쫓아 점점 가까이 간다. 그리고 놀라면서 우뚝 섰다.

머리가 긴 백발의 노인이 하얀 도포를 입고 강렬한 춤을 추고 있는 것이다. 사나이는 이상히 여기며 백발의 노인을 주시한다. 춤은 일정한 동작이 없이 마구잡이 막춤으로 보이며, 노래 소리도 즉흥적으로 기분에 따라 흥얼거리는 소리로 들린다. 하지만 얼굴은 붉게 흥분되어 있으며, 내면으로부터 강렬한 에너지가 넘쳐나고 있었다. 백발의 노인이지만 피부는 깨끗하고, 검게 윤기가 흐르고 있었으며, 눈매는 예리하고 날카로웠다. 사나이는 한참을 바라보나 노인의 행동이 멈추지 않아 '참으로 이상하구나!' 생각하다 "돌았군, 돌아버렸어." 하며 중얼거리는데, 갑자기 백발노인이 행동을 멈추며 레이저 눈빛을 쏘는게 아닌가. 사나이는 놀라며 두려움을 느낀다. 도합 10단의 유단자인 사나이는 곰이나 호랑이와 사자라도 무서워하지 않지만, 백발노인의 눈빛은 분명 자기보다 한 수 위임을 직감하게 했다.

사나이를 쏘아본 백발노인이 "외모는 화려한데, 속이 비어 있군." 하며 한탄한다.

　사나이는 지금까지 한 번도 들어보지 못한 심한 모욕에 분노한다. 그는 부유하고, 화목한 가정에서 나고 자라 공부도 열심히 하여 명문대에 입학해 학사학위를 받고, 반듯한 직장에 취직하여 부족함이 없고, 책도 많이 읽어 교양을 갖춘 지성인이었다.

　"외모는 화려한데 속이 비어 있단 말은 나에게 한 말입니까?" 하며 백발의 노인을 쏘아본다. "이곳에 누가 또 있는가? 어디 한번 찾아보게." 백발노인은 사나이를 아랫사람 다루듯 하며 바라본다. 사나이는 긴장하는 가운데 말한다. "노인장께서 저를 알지도 못하면서 함부로 속단하는 것은 예의가 아니라고 생각합니다." "하하하." 백발노인이 대소하며 반문한다. "실례는 젊은이가 먼저 하지 않았는가!" 하며 반문한다.

　사나이는 잠깐 생각하다 "돌았군, 돌아버렸어." 하고 중얼거리던 걸 기억한다. 이어서 어설픈 반격으로 말을 내뱉는다. "인적이 없는 이곳에 홀로 흥분의 춤을 강렬하게 추시니 중얼거린 것뿐입니다."

　백발노인은 예리한 눈빛으로 사나이를 쏘아본다. 그러다 온화한 표정을 지으며 말한다. "세상 만물의 이치는 인과의 법칙이 있는 법. 현재의 결과는 과거의 원인이 있는 법이라네." 마치 어린아이에게 훈수하는 말투다.

　사나이는 백발노인의 심오한 지혜를 인지하며 겸손하게 물었다. "노인장의 조금 전 춤은 깊은 가슴에서 울리는 기쁨과 감동의 춤인 것 같은데, 무엇에 그리 취해 기쁨과 감동에 충만하셨습니까?"

　　　우주선을 타고 빛의 속도로 우주여행을 하고 있다네.

　백발노인은 신중하고 결의에 찬 표정으로 말했다. "나는 지금 우주선을 타고 빛의 속도로 우주여행을 하는 중이라네." 그 말을 하며 먼 하늘을 주시한다.

사나이는 너무 어이없어 한참을 생각하다 백발노인과 눈빛을 맞추며 다시 묻는다. "지금 하신 말씀에 증거라도 있습니까?"

백발노인이 단호하게 고개를 끄덕이며 답한다. "우선 저 바위 위에서 쉬면서 해명하겠네." 그 말을 하면서 앞장서 걸어간다. 바위는 고인돌처럼 위가 평평하여 쉼터로는 안성 맞춤이다. "무거운데 배낭을 내려놓게." "예." 하고 대답하며 사나이는 배낭을 벗어 바위 위에 놓으며, 백발노인과 편안하게 마주한다.

"나는 인중 동산에 거주하는 '우주 도사'라네. 젊은이는 이름이 무엇인가?" 사나이는 우주 도사를 한참이나 주시하며 입을 연다. "인중 동산에 거주하는 우주 도사라…." 호기심을 발하다 답한다. "저는 '호사인'이라 합니다." 노인은 고개를 갸웃하며 묻는다. "호랑이나 사자보다 강하다는 뜻인가?" "아버지께서 사나이는 강해야 한다는 뜻에서 지어 주셨다 합니다."

"아버지께서는 큰 꿈을 지니신 분이구나." "본론으로 들어가시지요?" 성급한 호사인은 우주선을 타고 빛보다 빠르게 우주여행을 하고 있다는 노인의 정신감정부터 하고 싶었다. "스마트폰이 있는가?" "예, 여기 있습니다." "그 속에 계산기 앱이 들어 있는가?" "물론입니다." "자 그럼, 우리가 사는 이곳은 무슨 행성인가?" 너무 시시한 질문에 호사인은 어이없다는 표정을 지으며 답했다. "지구 행성입니다." "맞았네. 그렇다면 이곳의 자전 속도는 얼마인가?" 호사인은 뜻밖의 난해한 질문에 망설이며 "글쎄요." 하며 머뭇거린다.

위도에 따라 달라지는 지구의 자전 속도

우주 도사는 '그것도 몰라?' 하는 표정을 지으며 묻는다. "지구 행성의 표면 둘레는 몇 km인가?" 호사인은 학교에서 배운 기억을 한참이나 찾아 겨우 답했다. "4만km입니다." 그와 동시에 잽싸게 계산기를 두드리며 자전 속도를 계산했다. "시속 1666.7km입니다." 하며 의기양양하게 대답한다. 하지만 우주 도사는 고개를 흔들며 "땡!" 하고 응답한다.

호사인은 당황했으나 유식한 척하며 다시 말한다. "지구 둘레 4만km에 하루가 24시간이니, 4만 나누기 24는 분명 시속 1,666.7km가 맞습니다." 그리고 당당하게 우주 도사를 바라보며 말했다. "틀리다면 증명해 보시지요?"

우주 도사는 먼 산을 바라보며 말했다. "나는 이곳의 자전 속도를 물었지 적도의 자전 속도를 묻지 않았네." 호사인은 한참 생각 후 자기의 무지를 깨달으며, 적도와 남극이나 북극 또한 모두가 자전 속도가 일치하지 않음을 깨닫는다. 그러면서 만약 자기가 북극이나 남극에 서 있다면 제자리에 서서 하루 한 번 도는 격이니 자전 속도가 시속 2cm밖에 안 된다는 것을 알게 된다. 호사인은 자신의 자만심을 사죄하며 고개를 숙이고, 이곳의 자전 속도는 약 시속 1,200km 정도 될 것 같습니다, 하고 대답했다.

지구의 놀라운 공전 속도

우주 도사는 만족하게 웃으며 "지구 행성의 공전 속도를 알아보게." 하며 호사인을 바라본다. 호사인은 지금까지 계산해 본 적이 없고, 들어본 적도 없지만, 태양과의 거리만 안다면 어렵지 않게 알 수 있을 거 같았다. 태양까지 빛으로 8분 거리인데, 빛은 1초에 30만km 속도이고, 8분은 480초이다. 그러므로 30만에 480을 곱하면 지구와 태양과의 거리이다. 계산기를 두드리니 1억 4,400만km가 나온다. 지구가 태양을 공전하고 있으니 태양과의 거리는 반지름이 되는 것이다. 타원형의 공전을 감안하면, 지름은 약 3억km이다. 원주율 공식으로 3.14를 곱하면 지구의 공전 거리는 9~10억km에 달하니 지구는 1년에 9~10억km의 거리를 달리는 셈이다. 이를 초속으로 계산하니 약 '초속 30km?' 호사인은 자기도 모르게 놀란다. 시속으로 바꾸면 시속 10만 8천km이다. 호사인은 지구의 공전 속도를 인지하고, 첨단과학이 만들어 낸 우주 미사일도 초고 속도가 시속 4만km를 넘지 않는다는 사실을 기억하며 지구의 공전 속도에 크게 놀란다.

하지만 호사인은 우주 도사를 바라보며 "빛은 초속 30만km이지 않나요?" 하고 반문한다.

우주 도사는 사면을 바라보고, 한참을 눈을 감았다 뜨면서 "우주 안의 모든 물질은 크든 작든 간에 제자리에 정지해 있는 경우는 없다네." 하면서 호사인을 바라보며 "우주의 수소와 헬륨 티끌들이 모여 저 태양과 별들이 만들어지고, 별들이 모여 은하가 이루어지고, 은하가 모여 은하 군이 이루어지고, 은하 군이 모여 은하단이 이루어지고, 은하단이 모여 초은하단이 이루어지네."

호사인은 우주 도사의 천문학 지식에 깊은 인상을 받으며 질문했다. "태양도 우리 은하를 공전하고 있겠군요?"

태양의 은하중심 공전속도

"물론이지. 태양은 우리 은하중심으로부터 3만 광년 거리에서 '초속 240km'의 속도로 2억~2억5천 년 주기로 은하를 공전하고 있다네."

호사인은 놀라면서 시속으로 계산한다. 8십 6만 4천km, "와…." 자동차가 빨라야 시속 200km, 대륙 탄도미사일도 시속 4만km. 과학 문명이 만들어 낼 수 있는 속도이다.

"우리 은하도 홀로 우주에서 정지해 있을 수 없으며, 은하 군의 중심을 향해 공전하고 있다네. 그리고 속도는 곧 힘을 나타내지. 그러므로 우리 은하가 공전하려면 엄청난 힘이 필요하여, 태양보다 약 10배의 속도가 필요하지. 그러므로 우리 은하의 공전 속도는 대략 초속 2,000km로 보아야 한다네."

'속도는 힘을 나타내지.' 들어보기도 하고 맞는 것도 같은데, 밤하늘의 별들은 깜빡 반짝거리지 움직임을 느끼지 못하는데, 그 엄청난 속도로 우리 은하가 공전하다니, 하고 생각하면서 우주 도사를 바라본다.

"은하 군도 우주에서 홀로 정지해 있을 수 없으며, 은하단의 중심을 향해 초속 대략 약 초속 16,000km로 공전하고 있다고 보아야 한다네."

호사인은 이제 우주 도사를 멍하니 바라만 보고 있을 뿐이다.

"은하단도 상상을 초월할 힘으로 초은하단의 중심을 향해 대략 초속 240,000km의 속도로 공전하고 있다고 보아야 한다네. 이제 이해를 할 수 있겠지, 지구라는 우주선을 타고 빛보다 빠르게 우주여행을 하고 있다는 것을."

호사인은 어안이 벙벙하고 흥분 상태가 되어, 멍하니 우주 도사를 바라본다.

초은하단의 폭발과 우주 도사 사라지다.

"오랜 시간이 지나 초은하단의 별들을 중심으로 융합되어 중력의 한계에 닿아 최후의 폭발을 일으키면, 온 우주가 크게 출렁이는데, 이는 마치 태평양 바다에 달이 충돌하여 온 지구를 물바다로 만들어 모든 생명을 쓸어버리듯이 모든 별이 우주의 외곽으로 달아났다 다시 모였다를 반복하면서 상당한 시간이 지나야 정상의 우주로 돌아오는데, 폭발 당시에는 빅뱅처럼 엄청난 에너지가 우주로 퍼져 나간다네." 물리학이나 천문학에서 들어보지 못한 이 새로운 사실을 눈을 감고 깊이 생각하는데, 갑자기 우주 도사가 사라진다. 깜짝 놀란 호사인은 우주 도사를 목청 높여 불러 보지만 메아리 소리만 대답한다.

인류문명에 대한 자연의 복수

사방을 둘러보니 태양의 흔적은 사라지고, 서쪽 하늘의 노을은 온데간데없고, 천지 산으로부터 검은 구름이 하늘을 덮으니 온 천지가 암흑으로 변해버린다. 그러면서 지금까지 듣지 못했던, 광폭한 소리가 심장과 뇌를 강타하며, 하늘의 진노와 땅의 분노와 모든 생명의 온갖 울음소리가 혼동되어 굉음으로 들리기 시작하며, 그중 산신령 호랑이의 포효 소리는 호사인의 심장을 멎게 할 정도이다. 불안과 공포가 엄습한다. 더욱 놀랍게도 수많은 눈빛이 레이저를 쏘아대며 호사인을 포위하며 다가온다. 10단의 유단자 호사인은 기를 모아 힘을 발휘하고 싶지만, 기가 모이지 않으며, 무기로 방어할 힘도 생기지 않는다. 그러면서 순간에 죽음이 엄습하며, 지난 일생이 주마등처럼 떠오르며, 깊은 수렁으로 빠져든다. 드디어 때가 온 듯 수많은 불빛이 무시무시한 송곳니를 드러내며, 음산한 소리가 세상을 진동한다. "인류의 문명은 사라져라, 천지의 적, 만물의 적, 자연의 적, 인류문명은 물러가라 과학문명으로 탐욕을 채우며, 지구를 파괴하는 인류의 문명은 물러가라." 하는 지옥의 음산한 소리가 요동치며, 일제히 달려든다. 죽음의 순간에 발악을 하는 것처럼 "아~악!" 소리를 치면서 발버둥을 치는데, 뇌와 가슴 깊은 곳에서 천사의 소프라노 같은 빛의 부드러운 소리가 들린다.

세계에 우뚝 선 아름다운 대한민국

"안녕하십니까? 여기는 대한민국의 인천공항입니다. 잠시 후면 공항에 착륙합니다. 마음의 준비를 하시기 바랍니다."

호사인은 크게 가슴을 조이며, "꿈이었구나…." 하고 되뇌이고 자신이 살아있음을 확인한다. 옆자리의 지성적인 분위기의 중년의 여인이 온화하게 웃으며 "무서운 꿈을 꾸었군요." 하며 땀으로 흠뻑 적은 호사인에게 손수건을 내민다.

인천공항에 들어선 호사인은 공항의 화려함에 놀란다. 모두가 완전 자동이며 자동 안내를 위시해 공항 안에 모든 필요한 것들이 다 갖추어져 있으며 교통도 완벽하게 편리함을 추구하고 있었다. 서인천을 연결하는 영종대교가 유난히 건축 문명을 자랑하듯 웅장하게 모습을 드러내고 있다. 인천공항을 빠져 나와 빠르게 질주한 리무진 버스가 영종대교 진입 직전에 속력을 낮추어 대교에 올라선다. 바다 가운데 양쪽으로 높은 철탑을 세워 단단한 루프를 다리 양쪽으로 걸어, 다리를 들어올린 영종대교는 육지도로보다 높아 마치 하늘에 떠 있는 다리처럼 보인다. 그러다 보니 바닷바람이 세차게 다리 위를 강타하며 차들을 위협한다. 바람이 쉬윙하고 불어대니 버스가 휘청거리며 차선을 벗어 나려다 다시 제 차선으로 돌아오기를 반복한다. 다리 정상을 벗어나 내리막 도로에 접어드니 버스도 정상으로 돌아와 안전해진다.

　리무진 버스 안에는 45석의 포근하고, 안락한 의자가 배치되어, 관광객은 편안하게 앉아 있었다. 운전자와 수평을 이룬 우측 앞자리에는 모든 여자에게 호감을 살만한 사나이가 앞쪽의 시야를 시식하며 오묘한 표정을 짓고, 화사한 5월의 자연을 감상하고 있었다.

　10년 만에 돌아온 고국, 강산이 변해버린 고국, 새롭게 태어난 산들의 싱그러운 생명이 펼쳐낸 신록의 산야를 바라보며 수많은 생각이 어우러지면서 호사인은 감탄을 쏟아낸다. 봄, 여름, 가을, 겨울. 4계절이 뚜렷한 대한민국, 봄에는 앙상한 가지들이 움터 잎사귀와 꽃들을 피워내고, 들에는 마른풀들이 새 생명의 새싹들을 쏟아낸다. 여름에는 나무와 풀들이 자라 무성한 녹음을 이루며, 들에는 오곡들이 열심히 알곡을 만들어 낸다. 가을에는 오곡들이 익어 황금들판을 만들고, 산천초목이 붉은 단풍으로 물들어 금수강산의 아름다운 면모를 드러낸다. 겨울에는 모든 생명이 정지된 것처럼, 앙상한 나무들과 마른 풀들이 죽은 듯 잠들어 있다.

둔덕 가로수 정신

"잠시 후 둔덕 가로수 길을 지나게 됩니다. 대한민국을 찾는 여러분을 따뜻하게 둔덕 가로수 길이 맞이하게 될 것입니다. 둔덕 가로수 길 앞쪽의 아름답고, 화려한 꽃이 대한민국을 상징하는 무궁화꽃입니다. 뒤에는 우리 민족의 얼과 기상을 드러내는 소나무입니다. 사계절 푸르며, 운치와 덕이 있으며, 높은 기상을 드러내고 있습니다. 그 너머에는 대나무 숲이 자리하고 있지요. 대나무 역시 늘 푸르며, 휘어져도 부러지지 않는 강한 생명력을 보여주고 있으며, 이는 우리 민족의 정신을 나타내고 있답니다."

부드럽고 상냥한 음성의 안내에 모두가 둔덕 가로수 길에 눈길을 돌린다.

30년을 살아온 고국이지만, 무궁화꽃과 소나무, 대나무가 우리 민족의 정신을 나타내는 상징의 나무들이라는 것에 무심했다. 그러면서 무궁화꽃을 유심히 천천히 감상한다. 꽃잎의 색상이 너무 화려하고, 아름답다. 애국가에서나 들어본 무궁화꽃이 우리 민족의 마음을 드러내는 환상의 꽃이라는 사실을 깨닫는 순간이다.

소나무로 눈길을 돌린다. 산에는 소나무가 많이 분포되어 있다. 그 흔한 소나무를 자세히 보니 운치 있고, 화려하며, 사계절의 변화에도, 나아가 어떠한 자연의 악조건에도 굽히지 않고, 항상 푸름의 기상을 지키고 있다. '어느 거대한 성인의 모습이 아닐까?'

대나무 역시 늘 푸르며, 강인한 생명력을 지니며, 자연의 재난으로 이리저리 흔들려도 부러지지 않는다. 대나무 역시 우리 민족의 끈기를 드러내고 있다.

1950~1953년, 3년에 걸친 한국전쟁을 통해서 비참하게 잿더미로 변해버린 대한민국, 희망이란 찾아볼 수 없었던 나라가 70년 만에 세계에 우뚝 첨단과학 문명을 이루어낸 원동력은 무엇일까? 호사인은 깊이 생각하다 깜짝 놀란 듯한 몸짓으로 오른손 엄지손가락을 높이 올리며 '둔덕 가로수 정신이야!' 하

며 새삼 감탄한다.

땅을 점령한 마천루

　개화터널을 벗어나니 굽이굽이 흐르는 한강이 눈에 들어오며, 상암동의 마천루가 압도하며 눈길을 사로잡는다.
　호사인은 시선을 집중하며 뉴스로만 들었던 세계 최고의 높이를 자랑하던 월드 고봉 타워(애칭으로 마천루)를 바라보고, 고봉 호텔 1501호를 확인한다. 그러면서 호사인은 생각에 잠긴다. 하늘로 우뚝 솟은 마천루를 자연은 용인할까? 땅은 식물의 터전이 되어야 한다. 동물은 식물이 만들어 낸 탄수화물을 먹고 생존한다. 하지만 도시를 중심으로 인류의 과학 문명이 발달하면서 철근 콘크리트 문화가 땅을 점령하고 있다. 인류는 땅을 점령하는 것이 아니라 보호하고 관리하여야 한다.

위기에 빠진 지구 행성

　호사인은 3일 동안 고봉 호텔 150층 1호에서 10년의 세계탐험의 피로를 풀고, 부모의 품으로 돌아갈 예정이다. 지난 10년 동안 환상의 여인 수로 아를 찾아 헤매며 헛수고하였지만, 한편 세계 각국의 사회를 바라보면서 자연환경의 파괴, 가난과 기근의 문제, 전쟁과 탐욕, 빈부의 문제 등 인류문명의 문제점이 심각하여 지구 행성이 큰 위기에 빠져있음을 돌아보았다.

2장

월드 고봉 호텔

서울의 상징 월드 고봉 호텔

대한민국 서울의 상징인 '월드 고봉 타워' 현관 앞에 빨간색에 하얀 띠를 두르고 날렵한 호랑이가 질주하는 모습을 그려놓은 리무진 버스가 슬며시 정차하니, 한복을 입은 여성 안내원이 '호사인'이라는 피켓을 들고 기다리고 있다. 호사인은 기사의 도움으로 리무진 버스에서 큰 가방 두 개를 아래 트렁크에서 꺼내고, 피켓을 든 안내원에게 여권을 보인다. "안녕하세요. '월드 고봉 호텔'에 오신 것을 환영합니다." 안내원이 친절히 인사하면서 안쪽에 손짓하니, 남자 도우미가 달려와 가방을 받아 현관 안으로 앞장서 들어간다.

넓은 현관은 눈이 부실 정도의 귀금속으로 장식되어 있다. 바닥에는 빨간 고급 양탄자, 벽에는 역사를 나타내는 고풍스러운 그림, 천정에는 휘황찬란한 귀금속 등이 있어서 마치 넓은 현관의 보석상자 안에 들어간 기분이다. 그리고 남녀노소를 막론한 멋지고 세련된 사람들이 눈을 번쩍이며, 분주히 움직이고 있었다.

한복이 잘 어울리는 안내원이 다시 공손히 인사하며 미소 짓는다. "감사합니다."

호사인은 안내원을 바라보며, 환한 미소로 답한다. "한복이 잘 어울리네요. 그리고 친절한 환대에 감사합니다."

도우미도 "감사합니다."라고 응대하며 호사인을 주시한다. 늘씬한 키에 몸에 딱 맞는 가죽 잠바와 청바지가 건강하고, 강인한 육체미를 드러내며 터프한 머리 스타일과 부리부리한 눈동자, 약간 오뚝하고 큰 코, 윤기 나는 피부는 그녀의 눈길을 사로잡는다.

고속 엘리베이터 앞에 선 호사인에게, 다감하게 도우미 아가씨가 "국적은요?" 하고 물었다.

호사인은 웃으면서 "대한민국입니다." 하고 답했다.

도우미 아가씨는 '왜?'라는 듯한 시선으로 호사인을 바라보면서 묻는다. "얼마 동안 계시나요?" "3일 동안입니다." 안내원이 다시 묻는다. "3일 후면 다시 출국하시나요?" "아니오. 이 호텔에서 3일 동안 휴식을 취하고, 가족 품으로 돌아갑니다."

이때 엘리베이터 문이 열리니 호사인과 안내원이 안으로 들어선다. 150이란 버튼을 누르니 약간의 진동을 내면서 고속으로 오르나 실제로 올라가고 있다는 느낌은 전혀 없다. 하지만 엘리베이터 층 숫자가 빠르게 움직임을 감안하면, 초고속으로 오르고 있음을 짐작할 수 있었다.

아름다운 한복에 고운 피부와 갸름한 얼굴의 미소를 머금은 안내원과 더 대화할 시간도 주지 않고, 층 숫자가 150에 머무르며 문이 열리고 있었다.

안내원이 공손히 어깨를 숙이며, 두 손으로 먼저 내리게 안내한 다음, 빠른 동작으로 앞장서 호사인을 1501호의 문 앞으로 인도한다. 전통한옥의 대문을 본떠 아름답게 조각된 문은 양 기둥과 문을 덮는 최고급 기와지붕은 옛 가문의 권세를 상징하듯 화려하고, 고풍스러웠다.

완벽한 구조의 최고급 객실

문을 열고 안으로 들어서니, 맨 먼저 잘 가꾸어진 연못에 수초와 금붕어와 비단잉어들이 어우러져 한가롭게, 풍류를 즐기는 듯 놀고 있고, 연못을 우로 도니 넓은 거실에 침실과 서재가 있어 각종 도서가 진열되어 있고, 반대편에는 김이 모락모락 나는 목욕탕이 '피로를 풀어 드려요' 하면서 부르는 듯하다. 연못의 왼쪽에는 화장실과 각종 운동 기구가 있어 최상의 서비스가 완벽하게 구비된 고급 호텔의 면모를 보여주고 있었다. 안내원의 섬세한 이용설명은 호텔 방의 품격을 더했다. "필요하거나 불편한 것이 있을 때, 벨을 눌러주시면 언제든 도와 드리겠습니다." 하며 인사를 하고 돌아선다.

호사인은 안내원이 돌아선 문 쪽을 한참 바라보다가 창가에 이르러 '대한민국에 이렇게 아름다운 호텔이 있다니 꿈만 같다.'고 생각했다. 호사인은 간단히 짐을 정리하고, 따뜻한 욕조에 몸을 담근다. 고국의 포근한 품에 안기듯 피로가 풀리며, 기분이 상쾌해진다. 그러면서 눈을 감고, 명상에 잠기듯 중얼거린다. "이제는 그만 잊어야지. 그 환상의 여인을. 그리고 부모님에게 효도해야지." 그러면서 지난날을 회상한다. 고3 시절 책상에 앉아 수학 문제지를 푸는데 문제 하나가 풀리지 않았다. 아무리 머리를 굴려도 풀리지 않는 문제를 끙끙거리고 붙잡고 있다가, 두뇌도 피곤해졌는지 그만 책상에 머리를 숙이고 잠이 들어버렸다.

수로 아

호사인은 훨훨 나는 듯 뒷동산을 오르고 있었다. 어려서부터 매일 뛰어놀던 뒷동산은 높지가 않고, 경사도 완만하여 동네 어린이의 놀이터처럼 친근한 곳이다. 특히 정상에는 잔디가 잘 가꾸어진 묘 3봉이 나란히 자리하고, 양 가에 돌비석이 서 있고, 묘마다 돌상이 놓여 있었고, 뒤로 빙 둘러 아름다운 노송이 묘를 감싸고 있으며, 경치가 뛰어나게 아름다웠다. 호사인은 단숨에 정상에 올라 소나무를 바라보다 그만 기절초풍할 것 같았다. 소나무 사이에 이 세상에서 볼 수 없는 환상적인 아름다운 여인이 곱디고운 한복을 입고, 치마폭을 펄럭이며, 눈부시게 빛나고 있었다. 호사인이 정신을 차리고, 여인을 바라보니 여인이 말을 한다. "호사인, 호사인, 호사인. 나, 수로 아를 찾으세요. 당신에게 새로운 하늘과 땅을 보여드리겠습니다." 그러면서 여인은 바람처럼 멀리멀리 사라졌다. 호사인은 너무 아쉬워 "가지 마세요, 기다려요!" 하고 소리를 계속 지르며 달려가다 그만 잠에서 깨어난다.

그 후 호사인은 환상의 여인 수로 아에 마음이 홀려 그녀를 찾기 위해 대학 시절부터 국내의 방방곡곡을 찾아 여행하였고, 대학을 졸업하고 직장에 들어

가서도 국내와 가끔은 국외까지 여행하면서 애타게 찾았다. 그러나 결코 찾을 수가 없었다. 그리고 30세가 되어버리니, 어머니가 딸처럼 아끼고 사랑하는 혜지와 결혼하라는 성화를 견딜 수가 없었다. 그래서 모두가 반대했건만 직장도 사직하고, 세계 일주 여행을 핑계로 환상의 수로 아를 찾아 해외 구석구석을 10년 동안 탐방하였다. 그러나 찾지 못하고, 허무한 마음으로 귀국한 것이다.

호사인은 3일 동안 호텔에 머물면서 피로를 풀고, 마음을 정리한 뒤 부모님과 혜지, 그리고 친구에게 안부를 전하고, 부모의 품으로 돌아갈 예정이다.

우리의 전통음식

호사인은 샤워를 마치고, 허기가 지자 냉장고의 문을 열었다. 그러면서 자기도 모르게 놀란다. 잘 정돈된 자리에 막걸리, 두부, 김치, 김밥, 우유 등 우리의 전통적인 음식들이 먹음직스럽게 진열되어 입맛을 돋우고 있었다. 그동안 사실 우리의 전통음식은 경제가 성장하면서 음식문화도 서구화되어 우리 스스로 부정하다시피 했다. 그런데 세계인의 자랑이 된 '월드 고봉 호텔'에 우리의 전통음식이 이렇게 당당하게 냉장고에 진열되어 있다니 하고 놀라면서, 막걸리와 두부, 김치, 김밥, 우유를 꺼내 식탁에 놓고, 군침을 삼키며 앉았다. 막걸리를 잔에 따라 쭈욱 들이킨다. 대학 시절 막걸리는 주머니가 가벼운 학생들의 가장 가까운 친구였다. 공부에 시달린 학생들, 늘 먹어도 배고픈 시절에 막걸리야말로 허기를 달래주며 기분을 상쾌하게 하는 최고의 술이었다. 두부에 김치를 올려서 한입에 먹고, 김밥에 우유를 곁들이니 천하 일미였다.

찬란한 서울 한강의 야경

포만감을 느낀 호사인은 안락한 의자에 앉아 옆에 비치된 월드 고봉 타워 안내서를 살핀다. 지하 3층부터 지하 10층까지는 주차장이고, 지하 1~2층은 식당가이고, 1층~20층까지는 백화점이고, 21층~50층까지는 비즈니스 센터이고, 51층~100층까지는 오피스텔이고, 101층~110층까지는 고급 사무공간이고, 111층~180층까지는 '월드 고봉 호텔'이고, 181층~190층까지는 스포츠센터이고, 191층~197층까지는 세계 각국 음식점이고, 198층~199층은 회전전망대이고, 200층은 밤하늘을 관측하는 전망대이다.

호사인은 199층의 전망대 창가에 자리해, 안내원에게 우리의 전통차인 쌍화차를 주문하여 마시면서 서울의 황홀한 야경을 바라본다. 전망대는 서서히 돌면서 서울 전체의 모습을 세세히 보여준다. 그중 한강은 동에서 남으로, 다시 남에서 서해로 굽이굽이 흐른다. 남쪽의 올림픽 도로와 북쪽의 강북 도로가 서로 마주하며, 남북을 잇는 30여 개의 다리는 사다리 모양을 하며, 수많은 가로등과 네온 조명이 어우러져 환상적인 야경을 만들었다. 그뿐만 아니라 한강 변의 수많은 고층아파트와 빌딩에서의 불빛은 수십억의 반딧불이 모여서 춤을 추는 듯 반짝이고 있었다.

세계 각국의 사람들은 전망대에서 일어나 서울의 야경을 카메라 또는 스마트폰 동영상에 담기 위해 두 손을 높이 들고 촬영하며, 탄성을 자아내고 있었다.

지상 700m 높이의 전망대는, 서울뿐 아니라 인천 전역과 인천공항, 그리고 수원, 성남 등 수도권의 거의 모든 도시를 볼 수가 있었다. 10년 동안 세계를 일주한 호사인은 다른 어디에서도 이렇게 황홀하게 아름다운 야경을 보지 못했다. 하지만 인조 문명은 무엇인가 아쉬움이 남기 마련이다.

별들의 세상

호사인은 밤하늘의 별들이 보고 싶었다. 계단을 올라 200층 밤하늘의 전망대에 들어서니 도우미가 나타나서 친절하게 설명한다. "여기는 인조 빛이 모두 차단되어 있습니다. 여기 안내 공간은 밝지만, 여기를 벗어나 관측 침대는 암흑의 세계입니다. 안내원이 여기를 벗어나 침대 장소까지 안내해 드리며, 지시에 따라 침대에 누워 하늘 관측 망원경을 쓰시면, 하늘 문이 열리며 찬란한 별들의 세계를 20분 동안 관람하시게 됩니다. 시간이 지나고 하늘 문이 닫히면, 신호가 울리며 도우미가 와서 안내 공간으로 다시 인도합니다."

어린 시절 초롱불을 사용하던 산골짝 마을에서는 밤하늘의 무수한 별들을 바라보며 동산에서 흥겹게 뛰어놀았다. 그러나 서울에서는 밤하늘의 별들을 네온 조명에 가리어 볼 수가 없었으며, 밤하늘의 별들은 잊고 살았다.

암흑 같은 공간에 누워 떨리는 가슴으로 하늘을 바라보는데 갑자기 하늘 문이 열리며 밤하늘의 별들이 나타난다. 호사인은 자기도 모르게 탄성을 질렀다. 마치 하늘이란 거대한 접시 그릇에 반짝반짝 빛나는 별들이 끝없이 박혀 있는 것만 같았다. 서울의 야경은 수백억의 반딧불들이 모여 불야성을 이루었다면, 밤하늘은 수천조의 반딧불이 모여 불야성을 이루고 있는 느낌이다. 호사인의 눈은 밤하늘을 배경으로 원을 그렸다. 위에서 아래로 아래서 위로 갈지자로, 우에서 좌로 좌에서 우로 역시 갈지자로 세심히 관찰하니, 거대한 한 폭의 그림처럼 곳곳마다 특색이 있으며, 다르게 관찰되었다. 별들이 깊숙하고 빽빽하게 박혀 있는 곳, 느슨한 곳, 솜털 같은 구름이 모여 있는 곳, 붉은 불바다가 모여 있는 곳, 암흑의 바다처럼 보이는 곳 등 다양한 곳으로 구분되었다. 밤하늘은 별들의 잔치로만 보였는데, 자세히 관찰하니 너머에는 다양한 현상들이 존재함을 느낄 수 있었다. 인조 문명의 산물인 서울의 야경과 아주 다른 밤하늘의 세계에서는 우주적인 자연의 아름다움이 시원하게 느껴지고 있었다.

우주 공간의 물질은 순환한다

갑자기 와장창하는 소리가 나더니 음성이 들리기 시작한다. "우주의 공간은 음의 에너지와 양의 에너지가 바닷물처럼 출렁입니다. 이 에너지가 모여서 소립자로 뭉쳐지며 소립자가 입자가 되고, 입자가 뭉쳐서 원자가 만들어지며, 원자가 뭉쳐서 별들이 탄생합니다. 별에서 핵융합으로 모든 물질의 기본인 각각의 원소가 만들어지고, 원소들이 화합하여 수많은 물질을 만들어내고, 또 시간이 지나면서 끊임없이 붕괴하여 원자로, 소립자로, 음에너지와 양에너지로 환원되어 우주 공간의 물질은 순환이 이루어지며, 별은 수소 원자의 핵융합을 하면서, 별 주위의 행성에 빛에너지를 제공하여 생명체를 만들어 내며, 오랜 시간 핵융합을 통해 우주의 모든 물질의 원료인 원소를 생성하고, 마지막은 일생을 다하고 폭발합니다. 그러므로 우주의 모든 물질은 순환합니다."

호사인이 소리를 음미하는 동안 순식간에 20분이 지났다. 호사인은 아쉬운 마음으로 안내원의 도움을 받아 나갔다.

무엇이 문제인가?

호사인은 하루의 일정을 마치고, 1501호의 창가에 서서 아래를 바라본다. 하늘에 떠 있는 듯한 기분이다. 상가에서 흘러나온 수많은 네온 빛들이 모닥불처럼 피어오른다. 모든 것이 신기하다. 10년 만에 돌아온 고국은 천지개벽된 것처럼 몰라보게 변해 있음을 실감한다.

호사인은 침대에 누워 눈을 감고 지난날을 명상한다. 10년이라는 긴 세월 수많은 고초를 견디면서 수로 아를 찾아 헤맨 외국 탐방은 많은 것을 깨닫게 했다. 유럽과 아프리카 아메리카와 아시아 적도와 남극과 북극까지도 가보지 않는 곳이 없을 정도다.

그러면서 호사인은 인류문명에 많은 문제점이 있음을 깨달았다. 지구의 인류가 눈부신 과학 문명을 쌓아 올린 문명인이라고 자부하고 있지만, 사회적 동물의 정서를 여전히 벗어나고 있지 못하고 있음을 드러내고 있었다. 동물의 사회는 창고도 없고, 욕심도 없으며, 자연과 더불어 정화하며, 생존에 필요한 양만 사냥하며, 한 마리의 사냥으로 여러 종이 배를 채우며 자연을 청소한다. 얼마나 숭고한 자연스러움인가?

　인류의 지구촌에는 200개의 다양한 국가가 존재한다. 선진국과 후진국, 강대국과 약소국, 부국과 빈국, 대국과 소국 등 각각의 국가들은 나름의 정치적, 사회적 제도를 가지고 있으며, 대부분 경쟁체제의 경쟁으로 강자와 약자가 생기고, 부자와 빈자가 생기고, 식자와 무식자가 생기고, 강자의 대물림, 약자의 대물림, 부자의 대물림, 빈자의 대물림, 식자의 대물림, 무식자의 대물림 등으로 공정과 공평이 사라지고, 부자들은 천국처럼 풍요로운 삶을 즐기고, 가난한 자들은 굶주림과 질병으로 지옥 같은 삶으로 고통을 받는다.

　호사인은 이러한 지구촌의 모습을 보고, 가슴을 조이면서 새로운 문명의 세상이 필요함을 느끼며 꿈속으로 빠져든다.

3장
이차 의식의 별들의 세계

수난을 당한 난지도 하늘공원

5월 초순 정오의 포근한 날씨는 사람의 마음을 편안하게 해주었다. 만물들은 태양에서 쏟아지는 광자들의 에너지를 받아들여, 새로운 생명의 물질을 만들어 내며 성장시키는 데 여념이 없었다. 순결하고, 청순하게 끝없이 펼쳐진 갈대숲의 갈대들이 바람에 이리저리 휘둘리며 만들어 내는 풍경은 아름다운 무대의 기교를 연출하며, 수많은 상태를 만들어 내고 있었으며, 수많은 인파가 갈대가 만들어 내는 갈대 쇼를 보기 위해 하늘공원의 둘레길을 거닐면서 감탄하며 함박웃음을 지으며 즐거워하고 있었다.

이제는 세계적 명소가 된 하늘공원은 처음에는 난지도란 이름의 한강에 붙은 작은 섬이었다. 이 아름다운 섬이 서울에 인구가 늘어나면서 수난을 받기 시작했다. 1970년 산업혁명이 일어나면서부터였다. 이때부터 쓰레기장으로 변한 이곳은 20년간 서울의 쓰레기를 모두 이곳에 버리어 쓰레기 산으로 변하고, 1990년경에 이 부근을 쓰레기 반입을 금지하고, 복토 개발을 하여 다시 하늘공원의 명소로 둔갑한 것이다.

서쪽의 둘레길을 벗어나 오솔길을 따라 한참을 걸으면, 둘레길보다 약간 높은 한적한 정자가 아담하게 자리하고 있었으며, 정자의 앞마당에서, 멋진 호사인은 굽이굽이 흐르는 한강을 바라보며, 새로 단장된 자연의 무대에 감동하며, 서쪽 하늘을 향해 시선을 집중하고 있었다.

호사인 납치되다.

단단하고 건장하며 솔바람에 긴 머리카락을 휘날리며 우뚝 서있는 사나이가 굳은 얼굴로 연신 고개를 갸우뚱하며 긴장한 채로 있었다.

대낮인데, 밤에 나타나는 별처럼 서쪽 하늘에 별이 선명하게, 반짝이고 있었기 때문에 호사인은 '대낮에 무슨 별이 떠 있단 말인가?' 하고 이상히 여기고, 호기심을 갖고 관찰했다. 그런데 그 별빛이 점점 커지면서 가까이 다가오는 것 같지 않은가! 호사인은 신기한 현상에 대한 호기심과 동시에 불안감을 억제할 수가 없었다. 빛은 원을 그리며 가까이 다가오고 있었다. 마치 독수리가 먹이를 사냥하기 위해 하늘을 맴돌고 있는 것처럼….

'외계의 비행접시!' 하지만 다르다. 불빛만 보이지 형체는 확인되지 않는다. 주위를 돌아보아도 사람의 그림자조차 없으니, 이 신기한 광경을 누구에게 물어볼 수도 없다. 마음이 점점 불안해지고, 시간이 흐르며, 이제는 숨이 멎을 지경이다. '사람 살려, 사람 살려' 하고 소리치고 싶으나 말이 나오지 않는다. 이제 그 빛이 너무 강렬하여 눈을 뜰 수 없을 지경이다. '아, 내게 무슨 큰일이 벌어지고 있는데, 누구든 나를 도울 자 없을까? 신이라도 부르고, 도움을 요청해 볼까?' 수많은 생각이 머리를 스치고 지나간다. 그러나 어떠한 묘수가 떠오르지 않는다. 이 순간을 모면하고 싶은데 피할 수가 없고, 음침한 불안이 점점 나를 억누르며, 혼란스럽게 하고 있었다.

드디어 최후의 순간이 온다. 그 강렬한 빛이 회오리를 일으키며, 하늘에서 일직선으로 내려와 나를 덮치고 순식간에 다시 하늘로 날아간다.

나는 놀라고, 또 놀라면서 발버둥을 치지만, 나의 뜻대로 몸이 움직여지지 않는다. 꿈인가, 생시인가 구분이 안 되는 것은 의식이 아주 맑고, 뚜렷하기 때문이며, 꿈이라면 생각이 끊기고, 혼동되면서 달나라 별나라를 맘대로 날 수 있다. 그리고 생각대로 몸을 움직일 수가 있다. 하지만 지금은 전혀 움직이지 못하며, 반면에 생각은 더 명료하다. 호사인은 좌우와 앞뒤와 상하의 공간을 확인해본다. 공간이 원통으로 되어있음을 확인한다. 그러나 그 원통이 무엇으로 구성되어 있는지는 알 수도 없고, 느낌도 없다.

불바다 세상

다시 호사인은 크게 놀라며 소리 지른다. 거의 기절할 지경이다. 거대한 불바다가 덮쳐오기 때문이다. 순간적으로 호사인에게 죽음의 공포가 엄습한다. 호사인은 마지막 죽음을 앞두고, 지난 40년의 생을 스크린 돌리듯 회상해 본다.

부모님께 효도 한 번 못한 것을 크게 후회하고, 나를 향한 사랑을 고백한 혜지에게 친구로의 선을 명확히 그은 자신이 정말 원망스러웠다. 그뿐만 아니라 그동안 살면서 실수하거나 남에게 상처를 주었던 장면들이 주마등처럼 스쳐 지나간다. '죽음의 순간에 하는 일생에 대한 회개는 숭고한 영으로 구원에 이르는 길인가?' 수많은 찰나의 생각들을 반복하게 된다. 하지만 기적 같은 일이 벌어진다. 그 어마어마한 불바다가 덮쳐왔지만, 호사인에게 어떠한 해를 주지 않는다. 참으로 신기한 일이다. 쇠까지도 순간에 녹여버릴 수 있는 고열로 보이는데 말이다. 마치 성경에 등장하는 거대한 괴물 베헤못(욥기 40장 15절)이 그에게 들이닥쳤으나 막상 그를 삼키지 못하는 것만 같다. "전능자가 나를 감싸며, 베헤못을 물리쳐 주는 것일까?"

호사인은 죽음의 공포를 벗어나 호기심 가득한 맑은 의식으로 불바다 쇼를 주의 깊게 관찰한다. 활활 타오르는 불이 태풍처럼 불어와 여기저기 서로 부딪히며 불기둥이 되어 하늘로 솟아오른다. 그러면서 거대한 파도처럼 불의 파도가 연거푸 불어오며 불바다 세상을 만들고 있다. 어떤 곳은 아래서 불기둥이 수없이 솟구치며, 불의 분수를 만들어 내며, 불기둥이 솟아 어마어마한 높은 산맥을 만들기도 하고, 또 다른 곳은 검은 회오리바람이 안에 붉게 타오르는 불을 품으며 큰 태풍을 만들어 환상적인 장관을 보여주고 있었다. 바람이 잔잔하면 바다도 잔잔하다. 그러나 불바다는 전혀 다르다. 거대한 불길이 깊은 중심에서 솟구치며 거대한 분수를 만들어 내고 있었다.

호사인은 하늘공원에서 납치되어 순식간에 불바다에 들어온 것이다. '여기는 대체 어디지?' 하며 생각한다. 순간 불바다에서 높이 솟구쳐 한없이 멀어진다. 그러자 불바다의 실체가 드러난다. 그곳은 거대한 원이었다. '아, 태양이구나!' 잠시 후에는 우리가 평시에 보는 크기의 태양처럼 작아진다. 그리고 급격히 태양이 멀어져 밤하늘의 별처럼 보인다. 그러면서 수많은 별 중에 반짝이며 구분하기가 어려워진다. 그리고 또 하나의 별이 가까워지며 다시 거대한 불바다 옆을 지나게 된다.

호사인은 새로운 별에 대한 흥미가 생긴다. 처음에는 놀라서 정신이 없었지만, 이제는 마음의 여유가 있다. 지금의 별은 태양보다 훨씬 거대하다. 일어나는 현상의 규모도 어마어마하다. 수없이 치솟는 거대한 불기둥에다 좌우로 불어대는 불 파도까지 하나같이 크기가 엄청나다.

호사인은 생각한다. 밤하늘의 수많은 반짝이는 별들이 이렇게 어마어마한 불바다 세상을 만들어 내는 거대한 태양들이라는 것을. 갑자기 지구 행성이 작게 느껴지며, 자신의 존재가 얼마나 미약한가를 자각한다.

또 하나의 별이 멀어지며 이상한 세상에 진입한다. 흐린 날씨처럼 어두움이 온 우주에 넓게 깔려있다. 무엇인가가 아주 빠르게 흐르고 있다는 느낌을 준다. 호사인은 호기심으로 주위를 관찰한다. 알 수 없는 것들이 일정한 방향으로 점점 빠르게 움직인다. 시간이 지나니 미지의 물질들이 태풍처럼 휘날린다. 호사인은 큰일이 벌어지고 있음을 직감한다. 우주 공간에는 수많은 쇼가 벌어진다는데, 이것은 무슨 쇼일까? 궁금증이 더해간다. 시간이 지나니 중심에 이르는 듯하다. 그런데 어마어마한 태풍이 회오리바람을 일으키며 빠르게 회전한다. 그리고 중심에는 큰 공 같은 물질이 자리하고 있는데, 흡사 주위의 모든 물질을 빨아들이는 블랙홀 같다. 더 자세히 관찰하니 공 같은 중심의 물질은 점점 빠르게 회전하면서, 주위의 물질을 끌어들여 계속 커지고 있었다.

호사인은 놀라는 가운데 혹시 별이 탄생하고 있는 것이 아닌지 생각한다. 중심에 있는 물질의 회전이 번개처럼 빨라지고, 부피도 엄청나게 커졌다. 그러면서 여전히 주위의 물질들을 흡수하고 있었다.

한참 지나니 이상한 일이 생긴다. 중심의 물질에 빨간빛이 보이기 시작한다. 그리고 서서히 그 빛이 커지면서 시간이 지나니 마침내 온통 빨간 물체로 변한다. 그러면서 눈부신 빛을 발산하며 주위를 환하게 비추기 시작한다. 호사인은 별의 탄생임을 확신하며 흥분한다.

우주의 모든 물질은 끊임없이 붕괴하여 수소 헬륨 소립자로 변한다. 이러한 물질들이 우주 공간의 중력이 미치지 않는 곳으로 모이고, 물질의 속성으로 압축되어, 중심에서는 압축에 못 이겨 회전하면서, 중심에 물질이 압축되어 커지고, 회전이 빨라지며, 높은 압력에 열이 발생하여 핵융합이 일어나면서 결국은 태양과 같은 별이 만들어지는 것이다.

유난히 큰 불덩이가 주위의 무엇들을 삼키는 장면들이 나타난다. 이 별은 이전 별보다 거대한 느낌이 든다. 그리고 주위의 물질을 태우면서 삼켜 버린다. 호사인은 무릎을 치면서 '적색거성이구나.' 하고 생각한다.

별들은 중심의 수소를 모두 융합시키면, 다음으로 헬륨을 융합시킨다. 그리고 별 중심에는 무거운 원소를 차례로 융합시키면서, 별 주위도 높은 온도로 상승해 수소와 헬륨을 융합시킨다. 이때 별들은 붉게 부풀어 오르면서 주위의 행성을 태우면서 끌어들인다. 이를 적색거성이라 하며, 만약에 태양이 적색거성 상태에 돌입하면, 지구가 타면서 태양에 떨어져 버리며 마지막을 장식한다.

호사인은 적색거성의 장대한 광경을 깊이 생각할 여유를 갖지 못한 채로 적색거성과 멀어져 버린다.

호사인은 우주를 바라본다. 밤하늘의 수많은 별이 반짝반짝 빛나지만 움직임을 느낄 수 없었다. 그러나 지금은 수많은 우주의 모든 별이 원근에서 마치 큰 눈송이가 휘날리는 것처럼 날리고 있었다. 그러면서 멀어질수록 작아지면서 스쳐 간다. 그러던 중 갑자기 우주가 밝아지기 시작한다. 마치 태양이 동해에 떠올라 새벽의 어두움을 몰아내고, 밝게 비추는 것처럼 말이다. 하지만 아직은 밝은 별의 실체가 보이지 않는다. 호사인은 도처를 살피며, 밝음의 정체를 찾아 헤맨다. 우주를 밝게 비추는 별은 태양보다 몇억 배는 크고, 밝은 별이 겠지 하고 상상하며 두리번거린다. 한참을 두리번거리던 호사인은 한 작은 별을 발견한다. 그 별에서 나오는 강력한 빛이 온 우주를 밝게 비추고 있는 것이다. 호사인은 기이하게 생각한다. '이 작은 별의 불빛이 온 우주를 밝게 비추었단 말인가?' 점점 가까워진 작은 별을 자세히 관찰하니 지구의 1/80인 달의 크기와 비슷하단 느낌이 든다. 하지만 놀라운 일이 발견된다. 빛처럼 빠르게 자전하고 있는 것처럼 보인다. 그 속도는 상상을 초월했다. '어떤 원리로 이런 놀라운 현상이 벌어지고 있을까?'

호사인은 더 깊이 관찰한다. 별 전체가 붉게 물들어 있으며, 회전하면서 빛들을 온 우주에 뿌리는 느낌이다.

호사인은 '아, 초신성이구나!' 하며 속으로 탄성을 지른다.

초신성은 모든 핵융합이 끝나면 계속 수축하여서 내부의 엄청난 고열에 의해 전자와 양전자가 모두 빠져나가고, 다음 단계인 중성자별로 변한 것이다. 초신성이 우주를 환하게 밝히는 이유는 바로 전자와 양전자가 빠져나가면서 빛으로 변해 보이기 때문이다.

호사인은 고등학교 시절 무관심하게 배웠던 우주의 천문학을 실제로 목격하고 있다. 꿈속에서도 볼 수 없는 우주의 현상을 직접 경험하고 있는 것이다. 호사인은 이 벅찬 감격을 주체할 수 없는 상태이다. 누구에게라도 알리어 이 감격을 나누고 싶지만, 사람은 물론 어떠한 생명체도 찾아볼 수 없었다. 그리고 외로워할 틈도 없이 새로운 현상이 다가온다. 주위가 심하게 흔들린다.

호사인은 촉각을 곤두세운다. 사방을 자세히 관찰한다. 그리고 한 물체를 발견한다. 달의 1/10 크기의 물체가 회전하는데, 그 회전이 너무 빠르기에 우주 물체를 태풍이 쓸고 가듯이 날려 버리고 있었다.

우주 안에 수많은 별이 있지만, 별들과의 거리는 빛의 속도로도 최소 몇 년이 걸린다. 지구에서 가장 가까운 별이라도 3~4광년(1광년=빛이 1년에 가는 거리=약 10조km)의 거리에 있다.

태양과 지구의 거리인 1억5천km에 비하면, 별들과의 거리는 가까워도 약 30조km이니 상상을 초월한 거리이다. 이러함에도 이 작은 물체의 회전에 별들이 휘청인다.

호사인은 문득 중성자별을 떠올린다. 중성자별이란 무엇인가? 초신성별이 전자와 양전자를 모두 날려 보내면 모든 빛을 잃어버려 어두운 중성자별로 진화한다.

호사인은 자기가 얼마나 빠른 속도로 이동하고 있는지 감이 오지 않는다. 어떤 현상을 제대로 살펴볼라치면 금방 사라져 버리기 때문이다. 중성자별의 흔적도 사라지고, 다시 우주의 망망대해에 떠 있다. 우주의 별들도 아주 서서히 흐르고 있다. 기차여행을 할 경우 기차가 정차하다 출발할 때 밖을 보면 땅과 나무들이 서서히 움직이며, 속력에 따라 점차로 빠르게 뒤로 움직인다. 어린아이라면 땅과 나무가 뒤로 빠르게 움직인다고 착각하겠지만, 성인은 기차가 빠르게 움직인다고 생각한다.

인류는 과학이 발달하기 전에는 우주 자연의 이치에 늘 속아왔다. 대표적인 예가 지구가 우주의 중심이며, 태양과 별과 달이 지구를 중심으로 돌고 있다고 착각했다. 지금은 모두가 다 알고 있지만, 수만 년 대대로 내려온 인류는 우리가 사는 땅이 우주의 중심이라는 자만심에 취해 있었다.

하지만 선구자의 피나는 노력으로 지구가 둥글다는 사실을 알아내고, 또한 지구가 태양을 돌고 있다는 사실도 알게 되었다.

호사인은 자기의 속력에 의해 별이 흐르고 있다는 사실을 아직은 모르고 있다.

별들은 흐르면서 우주의 갖가지 현상을 쏟아내며, 환상적인 무대를 만들어 내고 있었다.

호사인은 이상한 상황에 다시금 시선을 집중한다. 어느 작고 검은 물체가 회전하며, 중심이 깊게 팬 채로 주위의 물체를 빨아들이고 있었다. 심지어 빛까지도 말이다. 마치 대형 태풍이 회전하면서 주위의 물체를 하늘로 끌어 올리는 것과 흡사했다. 다른 점은 태풍이 모든 물체를 하늘로 가져가고, 이 작고 검은 물체는 빛을 포함한 모든 물체를 중심부로 앗아가면서 중심의 가장자리가 부풀어 오르고 있었다는 것이다.

　호사인은 유심히 관찰하다 "이게 바로 블랙홀이구나!" 하며 감탄하고, 소리 질렀다.

　마지막으로 블랙홀도 사라지고, 멀리서 별들이 고요히 흐르면서 한가함과 여유로움이 지속된다. 하지만 호사인은 불안해진다. '왜 이럴까?' 불길한 생각을 지울 수가 없다. 여러 신기한 현상으로 흥분했던 것은 다 어디로 갔단 말인가. 지금은 별들이 사라지며 거의 아무것도 보이지 않는다.

암흑의 세계에 빠지다

　멀리서 흑암이 몰려온다. 마치 검은 구름이 밀려오는 것 같다. 하지만 검은 구름과는 차원이 다르게 어둡다.

　우주에는 암흑물질이 있다고 한다. 그러나 호사인 앞에 나타난 저 어두움이 흑암 물질일 것 같지는 않다.

　"그 아름답던 별들은 다 어디로 숨어 버렸단 말인가." 불안이 점점 크게 의식을 조여 온다. 그러면서 어두움이 가까이 다가온다. 어두움은 점점 진해져서 흑암으로 변하여 다가온다. 흑암은 앞과 좌우로 포위하며 다가온다. 지구에서는 낮과 밤이 있어서 깜깜한 밤에도 불안하지 않다. 곧 새벽이 온다는 당연한 소망이 있기 때문이다. 그러나 지금은 전혀 다른 공포가 느껴진다.

　드디어 흑암이 덮친다. 호사인은 크게 비명을 지른다. 깊은 암흑으로 빠져버린 느낌이다. 희미한 빛조차도 전혀 찾아볼 수도 없다. 지구에서는 검은 구름이 가득한, 별이 전혀 보이지 않은 밤이라도 눈을 크게 뜨고 주위를 바라보면 희미한 빛이 들어온다. 하지만 지금은 아예 차원이 다르다. 완벽한 흑암이다.

시간도 멈추어 버린 느낌이다. 흑암의 불안이 이렇게 무서운 줄 몰랐다. 영원히 흑암에 갇힌 듯한 불안이다. 초조와 불안에 호사인은 시간의 분별이 안 된다. 하루가 지났는지, 1년이 지났는지 전혀 분별이 안 된다. 모든 것이 정지해 버린 상태다. 깊고 깜깜한 공간에 가두어져 버린 느낌이다.

호사인은 절망에 빠진다. 모든 것을 포기하기에 이른다. 음침한 사망이 부르고 있는 느낌이다. 조금 전까지는 감동하며, 감탄하며, 지구에서 가장 행운아로 생각했다. 하지만 지금은 가장 불행한 존재로 전락했다. 괴로움이 의식을 통째로 삼키고 있는 느낌이다. '아, 누가 이 사망의 질곡에서 나를 구할 수 있을까.' 전능한 신에게 구원을 청구하고 싶다. 하지만 그는 어떠한 신도, 종교도 믿지 않았다. 죽음이 사실로 다가온다. 그는 죽음의 음침한 골짜기로 빠져간다.

호사인의 어린 시절

"사인아~ 사인아." 한복을 곱게 입은 어머니의 목소리가 들린다. 나는 주루골이란 50호가 사는 아담한 마을에서 태어났다. 앞에는 맑은 물이 흐르는 개천이 있었고, 뒤쪽은 아담한 동산이 있어 아이들의 놀이터가 되었다. 각호에 감나무, 대추나무, 호두나무가 심겨 있으며 집의 둘레에는 탱자나무가 심어져 울타리 역할을 하고 있었다. 우리의 집은 마을의 중심에 자리하고 있으며 대체로 풍족했다. 어린 시절 나는 어머니의 극진한 사랑을 받았으며, 한복을 곱게 입은 단정한 어머니를 세상에서 가장 사랑했다.

내가 가장 즐거웠던 기억은 책상 앞에 나와 함께 나란히 앉아 환한 미소로 동화책을 읽어주던 어머니의 모습이다. 나는 어머니가 그림책을 바라보며, 재미있는 이야기를 해주던 단정하고, 예쁜 모습을 보면서 행복했다.

그림책에는 거북이와 토끼가 마주 보는 구도로 그려져 있었다. 그림의 토끼와 거북이가 어떻게 말을 하고 있단 말인가! 너무나도 궁금하여 어머니에게 손가락을 가리키며, 어떻게 토끼와 거북이가 이야기할 수 있느냐고 물었다.

어머니는 웃으시면서 아래의 조그만 글씨를 가리키셨다. "여기에 토끼와 거북이가 이야기하고 있는 내용이 쓰여 있단다."

어린 나는 아래의 글씨를 바라보아도 무슨 뜻인지 알 수가 없어서 어머니를 바라보며 고개를 좌우로 저었다.

어머니는 다시 환한 미소를 지으시며 말씀하셨다. "너도 글을 배우면 알 수 있단다."

그때부터 나는 빨리 글을 배우고 싶었다. 그래서 어머니께 글을 가르쳐 달라고 조르기 시작했다. 하지만 어머니는 다음에 가르쳐준다고 하시며 계속 미루셨다. 나는 글을 너무 배우고 싶어 그만 엉엉 울어 버렸다.

어머니는 나를 꼭 안아 주고 눈물을 닦아주었다. 그리고 책상에 앉게 하고, 글을 가르쳐 주었다.

나는 호기심으로 인해 너무 열심히 배웠기 때문에 하루 만에 글을 모두 배워 버렸다.

후에 어머니가 왜 계속 미루며, 글을 가르쳐 주시지 않은 건지를 알게 되었다. 공부란 호기심을 가지고, 스스로 공부해야 한다는 지론이셨다.

나는 어린 시절 호기심이 많았다. 그래서 어머니께 귀찮을 정도로 질문을 많이 하였다. 질문 가운데 2/3 정도는 웃으시면서 대답을 해 주셨지만, 1/3은 모른다고 하셨다. 그리고 책장에 진열된 많은 책을 가리키면서, "어머니가 모르는 것은 이 책에 다 들어있으니, 네가 여기 책을 다 읽고, 어머니에게 가르쳐 주면 좋겠구나."라고 하셨다.

나는 '저 많은 책을 어떻게 다 읽고 어머니를 가르쳐 드릴까?' 하고 근심하였다.

이러한 나의 마음을 아시는지 어머니께서는 "처음에는 재미있는 동화책을 읽고, 다음에는 위인전을 읽고, 이어서 역사서를 읽고, 인문 사회 고전들을 읽으면 된단다."하고 말했다.

나는 근심이 되었다. '저 많은 책들을 어떻게 차례대로 다 읽는단 말인가?'

어머니는 방긋 웃으시면서, "걱정할 거 없다. 네가 읽어야 할 책들을 어머니가 차례대로 골라 줄 테니 네가 열심히 읽으면 고등학교 입학할 때쯤 다 읽을 수 있단다."

나는 어머니의 말씀에 마음이 편안해져서 그때부터 책을 열심히 읽기 시작했다.

초등 1학년 생활

드디어 초등학교 입학을 하게 되었다. 어서 빨리 가고 싶었다. 5세 때부터 책을 읽기 시작했는데, 가끔은 책에서 알 수 없는 단어나 문장이 나와 어머니에게 질문하면 절반은 가르쳐 주고, 절반은 모르신다면서 내가 학교에 가서 선생님께 질문하면 알려주실 거라고 말씀하셨다. 그리고 여전히 어머니도 모르는 것이 많으니 학교에서 배워서 꼭 당신에게 가르쳐 달라고 하셨다.

나의 동심으로는 어머니를 이 세상에서 가장 사랑하였다. 그래서 나는 어머니가 모르는 것을 가르쳐 드리기 위하여 열심히 책을 읽었고, 학교 공부에 흥미를 느꼈으며, 선생님에게도 많은 질문을 하였다. 어머니는 초중고 학창 시절에 공부하란 말씀을 한 번도 안 하셨다. 그러나 시험문제 점수를 어머니에게 보이면 점수와 상관없이 "우리 사인이, 공부 잘했네." 하고 꼭 안아 주셨다.

그렇게 안아 준 어머니의 사랑은 고등 시절까지도 꿀보다 더 달게 느껴졌다.

나는 어린 시절 어머니와 다르게 아버지는 싫어하고, 무서워하고, 질투했다. 아버지와 어머니는 금슬이 아주 좋으셨다. 어머니에 비해 근엄하시고, 무뚝뚝하시고, 엄하셨다. 아버지가 밖에서 돌아오시면, 어머니는 재빨리 나가 아버지를 맞이하셨다.

아버지는 그때마다 "별일 없었소?" 하시면서 어머니를 꼭 안아 주셨다.
안에서 이 모습을 보면서 이 세상에서 제일 사랑하는 어머니를 아버지에게 빼앗기는 아픔을 겪었다. 그래서 나는 아버지를 피하면서 낯을 가렸다.

초등 2학년 때의 이야기

초등학교 1학년 때는 호기심은 물론이고 공부하는 것이 너무 재미있어 금방 지나가 버렸다. 그리고 2학년이 되었다. 1학년의 학급은 5반까지 있었다. 한 반은 대개 40명 정도였다. 그런데 2학년은 전체 반을 다시 나누어 새로운 친구들과 한 반이 되었다.

그런데 2학년이 되면서 불안이 다가왔다. 우리 반에 거포라는 친구가 있었는데 체구가 거의 거인 수준이었다. 그뿐만 아니라 인상도 험하여 보기만 하여도 겁이 날 정도였다.

이 친구는 날짜가 지날수록 두각을 나타내기 시작했다. 가령 어떤 친구가 색다른 물건을 가져오면, 그게 연필이나 필통, 지우개, 심지어 공책이라 해도 빌려 달라고 했다. 위협에 못 이겨 빌려주면 결국 돌려주지 않았다.

나는 어머니에게 이러한 사실을 알리고, 거포 때문에 불안하다고 이야기했다.

어머니는 아무렇지도 않게 웃으시고 "불안해하지 마라"라고만 말씀하셨다. 하지만 내 마음은 답답하였다.

다음날 학교에서 돌아오니 내 책상 위에 짱구 만화책 세 권이 놓여 있었다. 난 단번에 그 세 권을 읽었다. 너무 통쾌하고, 재미있었다. 내용인즉슨 이렇다.

초등학생 3학년인 짱구는 마음이 순진하고, 연약하여 늘 친구들에게 놀림을 당하고, 자주 맞았는데, 하굣길에 분을 참지 못하고 엉엉 울고 다녔다.

짱구의 등하굣길은 깊은 산의 고개를 넘어야 했다. 고개 정상 옆에는 넓은 암자가 있는데, 그곳은 고개를 넘는 나그네의 쉼터로 자리하고 있었다.

그날도 짱구는 분하여 큰 소리로 엉엉 울면서 고개를 넘고 있었다. 그런데 암자에 한 도인이 앉아 졸다가 짱구의 울음소리를 듣고, 큰 소리로 "이리 오너라." 하고 그를 불렀다.

짱구는 놀라서 울음을 그치고 도인을 바라보았다. 그러면서 도인 앞으로 다가갔다. 도인은 "무슨 일로 그렇게 분하게 우느냐?" 하면서 짱구를 자세히 바라봤다.

어린 짱구는 범상치 않은 도인에게 학교에서 당한 억울한 일들을 모두 이야기한다. 도인은 짱구를 불쌍히 여기고 이렇게 말했다. "내가 무예를 하루 1시간씩 한 달간 가르쳐 주겠다. 그리고 너를 분하게 한 그들을 모두 이길 수 있게 해주겠다." 그러면서 잔잔한 미소로 짱구를 바라보았다. 짱구는 너무 기뻐서 "감사합니다. 감사합니다." 하면서 넙죽 절을 했다.

"따라오너라." 도인은 앞장서 성큼성큼 걸어서 깊은 계곡을 내려갔다. 그러자 암벽이 나오고, 암벽에 동굴이 있었다. 동굴 앞에는 넓은 공터가 자리했다.

공터에는 모래 자루가 나무에 달려 있고, 다른 쪽에는 양쪽에 기둥이 서 있고, 기둥에는 10cm 간격으로 구멍이 나 있었다. 그리고 작은 막대가 양 구멍으로 수평이 되게 가로로 걸려 있었다.

도인은 짱구를 동굴 안으로 데려가 암자에 앉히고, 음식을 먹여 배를 채우게 한 다음에 공터로 데리고 나왔다. 짱구를 모래 자루 앞으로 데려와 엄하게 명한다. "이 모래 자루가 너의 원수라 생각하고, 힘을 꽉 준 주먹으로 100번을 쳐라." 하며 자세를 가르쳐 주었다. 또한 이어서 말했다. "다음부터 110번, 120번, 130번, 이렇게 하루에 10번씩 계속 늘려가거라. 그리고 한 달 동안은 절대 싸우지 말고 그냥 참고 다녀라." 다음으로 막대를 세워둔 곳으로 데려와 적당한 높이의 가로막대를 놓고, 뛰어넘게 하였다. 그리고 같은 높이를 100번씩 넘게 하고, 한 단계씩 올렸다.

한 달쯤 지나니, 짱구는 힘이 넘치며 날아다니는 기분이었다.

도인이 짱구를 불러서 말했다. "너는 너를 때리고, 욕하는 자를 물리칠 수 있다. 가장 센 애에게 결투를 요구하고, 코를 먼저 공격해라. 코피가 나면 두려움에 떨 것이고, 너를 못살게 한 애들이 두려워할 것이다."
이리하여 도인의 지시에 따라 힘이 장사인 철구와 결투를 하여, 상대를 한 방에 물리치고, 무적의 싸움꾼인 동시에 모범생이 되었다.

만화를 보고 나니, 지금까지 거포가 나에게 접근해오지는 않았지만, 언제인가 내게도 도전해 오리라는 생각이 들었다. 운동해야 한다는 마음이 간절해졌다.
다음날 학교에서 돌아오니 놀라운 일이 벌어졌다. 만화에서처럼 뒤뜰에 운동 시설이 만들어져 있었다.
나는 너무 좋아 어머니에게 달려가 얼굴에 뽀뽀 세례를 퍼붓고 품에 안기어 좋아했다.
그날부터 하루에 두 시간씩 열심히 운동하였다. 20일이 지나니 나의 몸은 몰라보게 달라졌다. 짱구처럼 하늘을 나는 기분이 되었다.
한편 거포의 갈취는 점점 심해져 갔다. 하지만 누구 하나 대항하지 못했다. 나는 어머니에게 시장 문구점에서 최고로 좋은 필통을 사 달라고 부탁했다. 어머니는 다시 아버지에게 부탁하여 읍내의 백화점에서 고급필통을 사다 주셨다.

거포와의 결투

나는 고급필통을 자랑하듯 책상 위에 올려놓고 열었다. 아이들이 "와아. 필통이 너무 좋다." 하고 칭찬하였다. 그러면서 거포의 눈치를 살폈다.
1교시 수업이 끝나고 쉬는 시간에 나의 예감이 적중해 거포가 다가와 책상 위에 여전히 올려놓은 필통에 시선을 보내며 엄포를 놓았다. "야, 필통 좀 빌려줘."

나는 단호하게 "너도 나처럼 부모님에게 사 달라고 하면 되잖아." 하며 거절했다.

거포는 얼굴이 심하게 일그러지며 "수업이 끝나면 보자." 하고 돌아갔다. 아이들은 나와 거포의 얼굴을 번갈아 바라보며 걱정했다. 그러면서 아이들은 작은 소리로 수군거렸다. 2교시가 끝난 뒤, 거포가 자기 짝꿍을 통해서 쪽지를 보내왔다. '수업이 끝난 뒤 화장실 뒤 공터에서 만나자.'

나는 거포의 짝꿍에게 '좋다.'라고 적은 답을 들려 보냈다.

이 내용은 3, 4교시를 지나면서 모든 아이에게 알려졌다. 아이들은 다들 나를 걱정하는 눈치다.

하지만 나는 결투가 기다려졌다. 20일간의 운동 결과를 실험해 보고 싶었기 때문이다. 어차피 한번은 부딪혀야 한다는 생각이 담담한 여유를 주었다.

4교시 수업이 끝나고, 나는 가방을 챙겨 화장실 뒤 공터로 걸어갔다. 걱정하는 여자애들이 조잘거리며, 멀리서 내 뒤를 따라온다. 그중 혜지는 "이 싸움은 하나 마나, 호사인이 맞게 되어있어. 그런데 왜 호사인이 저렇게 당당하지?" 하고 말했다. 다른 애들도 "맞아, 맞아. 그것이 나도 궁금해." 하면서 덩달아 한 마디씩 한다.

혜지가 다시 말했다. "호사인이 맞으면 교무실로 달려가 선생님께 알려서 호사인을 구해야 하지 않겠니?"

모두가 동감하며 "그래그래." 하며 입을 모았다. 공터에 도착하니 거포가 두 주먹을 불끈 쥐며 의기양양하게 결투를 준비하고 있었다.

나는 여유 있게 가방을 옆에 가지런히 놓고 거포 앞으로 다가갔다.

여자애들은 숨을 죽이며 화장실 뒤에 숨어서 결투를 지켜본다.

누군가가 말했다. "저건 골리앗과 다윗의 싸움 같아." 다른 아이도 이어서 말했다. "다윗은 물맷돌로 골리앗을 물리쳤는데…." 또 다른 애도 덧붙인다.

이차 의식의 별들의 세계　　　　　　　　　　　　　　　　　　　　49

"그건 기적이었어."

혜지는 '혹시 호사인이 이기지 않을까!' 하는 생각을 해 본다.

먼저 거포가 입을 연다. "호사인, 네가 지금이라도 필통을 빌려주고, 무릎 꿇고 빈다면 용서해 줄 수 있다."

나는 비웃으며 답했다. "거포, 너는 거지니? 네가 남의 것을 빌려 가고, 돌려준 적 있냐?"

거포의 얼굴이 일그러지면서 성난 맹수처럼 달려들었다. 나는 왼쪽 옆으로 가볍게 피하면서 점프를 하여 오른쪽 주먹으로 거포의 코를 때렸다. 거포는 큰 통증을 느끼며 코피를 주르르 흘리면서 어쩔 줄 몰라 했다.

이때 여자애들이 우르르 뛰어나오면서 말했다. "큰일 났다. 우리 할머니가 그러셨어, 코피를 많이 흘리면 죽는대. 쑥으로 코를 막아야 해." 그리고 쑥을 한주먹 뜯어서 거포에게 내밀며 말했다. "이걸로 코를 막아. 그렇지 않으면 죽을지도 몰라."

겁먹은 거포가 쑥을 받아 코를 막고, 울며 자기 집으로 달려갔다.

거포 아버지는 골리앗

여자애들이 나를 감싸며 말했다. "거포 아버지는 진짜 골리앗이란 말이 있어. 5학년에서 싸움 제일 잘하는 애가 거포를 때렸는데, 거포 아버지가 때린 아이를 붙잡고 너의 부모까지 혼내준다고 협박하며 밤까지 돌려보내지 않고 무릎 꿇고 계속 빌게 했다는 거야. 그래서 겨우 밤늦게 돌아갔다는 말이 있어." 혜지가 걱정하는 얼굴로 나를 바라보았다.

나는 한 방에 거포를 날려 버렸지만, 교문을 나서면서 겁이 났다. 일이 쉽게 끝나지 않을 것 같기 때문이다. 교문을 200m 지날 무렵 드디어 올 것이 왔다. 거포 아버지가 험상궂은 얼굴로 나를 노려보고 있었다. 앞에는 거포가 쑥으로 코를 막고 당당하게 서 있었다. 여자애들은 무서워서 재빨리 담 쪽으로 숨어 버렸다.

나는 무서워서 떨리기 시작했다. 거포 혼자면 문제가 없는데 그의 아버지는 무서웠다.

"네가 내 아들 코피를 흘리게 했단 말이냐? 다시 결투해라." 나는 너무 무서워 결투할 힘마저 빠져 버렸다.

아버지 존경하다.

그런데 더 놀라운 일이 생겼다. 아버지가 반짝반짝 빛나는 자전거를 타고 이곳으로 오신 게 아닌가! 나는 제발 아버지가 이곳을 피해 갔으면 했다. 나 혼자 혼이 나면 되지만, 아버지마저 거포 아버지에게 혼나면 어머니가 얼마나 걱정하실까. 걱정이 태산처럼 커졌다. 하지만 나의 걱정은 아랑곳하지 않고, 아버지의 자전거는 거포 아버지 앞에서 멈췄다.

나는 가슴을 조이며 눈을 감아버렸다. 그런데 놀라운 소리가 들린다. "형님, 어인 일이십니까?" 하며 깍듯이 인사를 하는 소리가 들린다. 눈을 떠보니 거포 아버지가 허리를 90도로 꺾어 아버지에게 인사하는 장면이다. 나는 꿈이 아닌가 생각하는데, 아버지가 나를 바라보시고, 거포를 바라보신 다음에 "내 아들인데 무슨 일이 있었는가?" 거포 아버지를 바라보며 묻는다.

이 광경을 바라본 여자애들이 우르르 몰려나와 그동안 일어난 일들을 낱낱이 이야기한다.

기포 아비지는 미안해하며, 아버지에게 연신 고개를 숙이며 "형님, 잘못했습니다." 하며 사과한다. 나는 처음으로 아버지를 우러러보며 세상이 환해짐을 느꼈다. 그리고 지금까지 아버지를 미워했는데 너무 미안한 생각이 들면서 아버지에 대한 존경과 사랑이 싹텄다. 아버지는 "아이들 일에 어른이 깊이 끼어들면 안 좋다네."라고 말씀하셨다. 그리고 나에게 와서 "어머니가 기다린다. 어서 가자." 하시면서 나를 자전거 뒤에 태우려고 하셨다.

이때 거포 아버지가 다가와서 "형님, 제가 둘을 화해시키고, 아드님을 집까지 태워다 주겠습니다." 하고 부탁하자, 아버지는 "그렇게 하게나. 그럼, 나는 먼저 가겠네." 하고 가셨다.

친구로 변한 거포

아버지가 가신 후 거포 아버지가 다가와 다감하고, 인자하게 "사인아, 미안하다." 하시면서 내 손을 따뜻하게 잡아주셨다. 이어서 "거포야, 어서 와서 잘못했다고 사과해라." 하시니 거포가 억지로 손을 내밀며 "사인아, 미안해."라고 했다.

나도 거포의 손을 잡으며 말했다. "앞으로는 우리, 친하게 지내자."

거포 아버지가 "호사인, 잘 생겼구나. 아버지는 내가 가장 존경하는 분이란다."라고 하셨다. 이어서 거포에게는 엄격하게 말씀하셨다. "네가 반 친구에게 빌린 모든 것을 내일 모두 돌려주어라."

거포는 풀이 죽어 울상으로 고개를 끄덕였다. 아버지는 나와 거포를 데리고 가서, 따끈따끈한 찐빵을 사 주시고, 나를 자전거로 집 근처까지 데려다주셨다.

거포 아버지는 골리앗처럼 힘이 장사인데 어떻게 체격이 왜소한 나의 아버지에게 그렇게 고개를 숙이고 형님으로 존경하는 건지가 궁금했다. 그리고 한참 후 어머니에게 그 사정에 대해 들었다.

거포 아버지는 힘이 장사여서 버릇이 없고, 거만하며, 어른들을 무시하고, 안하무인이었다고 한다. 읍내에서도 거만을 떨다가 체육관에서 운동하고 읍내를 주름잡고 있던 5명의 청년에게 붙잡혀서 골목으로 끌려가 죽도록 맞았는데, 아무리 힘은 장사지만 제대로 운동을 배운 청년들에게는 당해낼 수 없었단다. 견디다 못해 비명을 지르기 시작했고, 그때 마침 아버지가 그곳을 지나시다가 비명 소리를 들어 현장을 목격하고, 호통을 치셨다. "멈춰라. 너희들, 뭐 하는 거야? 비겁한 녀석들." 그러자 청년들이 불청객이었던 아버지를 쏘아보며 "뭐야!" 하는데 한 녀석이 "야! 가자. 우리 형님의 친구분이시다." 하면서 잽싸게 도망갔다는 거다. 아버지는 상처가 심했던 거포 아버지를 약국으로 데리고 가서 치료를 해주고, 약도 사 주고, 택시를 태워 집으로 돌려보냈단다. 그 후 거포 아버지는 나의 아버지를 형님으로 모시고, 깍듯이 모셨다고 하는 이야기를 들었다.

이후 거포와 나는 물론 혜지까지 단짝으로 지냈다. 나의 도움을 받아 거포는 공부도 열심히 하고, 실력이 늘어 대학 시험을 보았다. 결국 나와 혜지와 더불어 대학에 합격했다. 전공은 다르지만, 같이 학창 시절을 보내고 졸업했다. 그리고 각각 사회에 진출했다.

대학을 졸업한 나는 전공을 살려 모 신문사 편집국에 취업해 30세까지 근무했었다.

거포가 초등 3학년 때 우리 집으로 놀러 왔을 때 아버지가 거포의 이름을 철중이로 개명하면 좋겠다고 하셨다. 하여 거포 아버지가 허락하여 다들 거포 대신에 철중이로 부르게 되었다. 철중이는 대학을 졸업하고, 모 대학 연구소에 취업이 되었다. 그리고 일찍이 결혼하여 아들 둘과 딸 하나를 두고 있었다.

혜지는 영문과를 졸업하고, 고등학교 선생이 되었다.

어머니는 혜지를 딸처럼 극진히 대하고, 가족이 되기를 원했다. 혜지도 나 외에 다른 사람을 남자로 생각해 보지 않은 듯했고, 실제로도 나에게 여러 번 사랑을 고백하였다.

그럴 때면 환상의 여인 수로 아가 내 마음을 사로잡았기에 나는 이렇게 변명했다. "우리는 친구로 지내는 것이 좋아."라고 하면서 거절하였다.

하지만 혜지는 나를 놓칠 수 없다는 마음이 굳건해서인지 40세까지도 결혼을 하지 않고 있었다.

흑암의 탈출

동심의 회상은 시간 가는 줄 모른다. 얼마나 시간이 지났는지 알 수가 없었다. 그런데 갑자기 쑥 미끄러지면서 흑암에서 빠져나오자 환한 빛이 쏟아진다. 40일 동안 주야로 비를 쏟아내다. 갠 날씨처럼 온 우주가 너무 깨끗하고, 아름답고, 화창하며, 소중하게 여겨진다.

흑암의 고통은 사라지고, 동심의 추억도 사라진다. 나는 다시 새로운 우주의 세계를 관찰한다. 가까이에는 큰 별이 빠르게 흐르고, 멀리 작은 별들은 움직임이 거의 보이지 않는다. 가끔은 거대한 불바다가 옆으로 흐른다. 더 멀리서는 달처럼 불덩이가 흐른다.

호사인은 이 벅찬 의식을 주체할 수 없다. 지구의 천문학자들이 이 광경을 목도하면 얼마나 좋을까?

끝없는 우주의 신비로움, 우주의 물질들이 만들어 내는 기교한 현상, 물질의 운동에너지가 순환하면서 만들어 내는 환상, 빛이 만들어 내는 황홀한 무대 등, 이 오묘한 비밀을 누가 깨달을 수 있을까?

4장
유리 행성

의식의 대화

우주의 별들이 사라지고 고요한 정적이 흐른다. 우주는 잔잔하며 한없이 깨끗하다. 밤하늘의 별들은 빽빽해 보이지만, 사실은 넓은 공간에 널찍하게 하나씩 하나씩 떨어져 있다. 호사인이 우주에 대한 수많은 공상 속에 있을 때, 갑자기 앞에 글자가 나타난다. "유리 행성에 오신 것을 환영합니다."

호사인은 허공에 나타난 문구에 놀라며, '유리 행성, 유리 행성. 도대체 유리 행성이 어디야?' 하고 마음으로 질문한다.

그러자 다시 허공에 글자가 나타난다.

"유리 행성은 질량, 부피, 태양(여기서는 유리별)과의 거리가 지구와 모두 일치하며, 모든 환경과 조건이 똑같은 행성으로, 지구로부터 240광년 거리에 있으며, 지구가 태양을 공전하듯 유리별을 공전하며, 지구 행성과 똑같이 자전하고 있고, 환경이 지구와 똑같고, 생물의 분포도 거의 같으며, 지구처럼 문명이 아름답게 발달한 곳입니다."

호사인은 깜짝 놀라며, '지구 행성의 수많은 과학자들은 지금까지 우주 공간에서 생명체가 발견된 행성을 찾아내지 못하였는데, 지구와 비슷한 문명의 행성이 존재하다니 꿈인가 생시인가?' 하고 생각하고는 이어서 다시 마음으로 묻는다. '내가 여기에 어떻게 왔으며, 대화 상대는 누구인가!'

이에 다시 글자가 나타난다. "당신은 하늘공원에서 의식 비행선을 타고 빛보다 7,000배 빠른 속도로 유리 행성에 12일 만에 왔으며, 나는 의식 비행선 '수타 선장'입니다."

호사인은 혼란 속으로 빠져든다. 세상에서 일어날 수 없는 일들이 벌어지기 때문이다. 빛보다 7,000배 빠른 의식 비행선이라니⋯. 나의 육체는 이미 죽어 있단 말인가? 그러면서 조금 전 별들의 세계를 더듬어 나간다.

다시 글자가 나타난다.

"의식 비행선이란 물질로 이루어지지 않았기 때문에 무한대의 속도를 낼 수 있습니다. 당신의 육체는 50일 동안 지구 행성에서 보전될 수 있으며, 당신의 의식은 유리 행성에서 25일 동안 머물면서 유리 행성의 문명을 체험하고, 이후에는 다시 의식 비행선을 타고 지구로 귀환하게 될 것입니다."

호사인은 점점 대화로 빠져든다. '유리 행성에서는 어떻게 우리 지구 행성을 알고 있나요?'

다시 글자가 나타난다.

"2,000년 전부터 유리 행성의 유람은 의식을 육체로부터 분리해 무한한 속도로 유리 행성을 벗어나 우주를 탐험하기 시작했습니다. 그로부터 500년 뒤, 지구 행성을 발견했고, 모든 유람이 이에 크게 흥분했지요. 이후 유람들은 의식 상태로 지구를 지속적으로 탐험하며 문명을 습득했고, 이를 바탕으로 유리 행성의 문명을 발전시켜 나갔습니다. 그 당시에는 육체와 의식을 분리하는 기술을 제외하면 지구가 유리 행성보다 모든 면에서 앞서 있었답니다."

호사인은 놀라고, 또 놀란다. '세상에 이럴 수가 있을까?' 하며 마음으로 질문한다. '그렇다면 이전에는 왜 지구 행성과 유리 행성의 교류가 이루어질 수가 없었나요?'

다시 글자가 나타난다.

"육체 속의 의식과 순수의식 사이에는 전혀 소통이나 교류가 이루어질 수 없습니다. 유리 행성에서 의식으로 수많은 과학자가 지구를 방문하여 거기의 모든 문명을 학습하였으나 교류는 못 하였지요. 그래서 의식상태의 호사인을 의식 비행선에 태워 이곳으로 데려와 우리 문명을 체험하게 하여 지구 문명과 교류하게 할 수 있는 계기를 만들고자 한 것입니다."

한참을 생각한 호사인이 마음으로 고개를 흔들며 '내가 의식으로 이곳에 온들, 여기 사람은 육체를 가진 사람인데, 교류가 가능할까요?'

다시 글자가 나타난다.

"좋은 지적입니다. 놀라지 마세요. 지구에서 활동한 호사인의 육체를 이곳에서 각종 장기의 세포는 물론 뇌의 뉴런과 시냅스 하나까지 차이 나지 않게 만들어 놓았습니다. 호사인의 의식과 인조 육체가 결합하여 지구에서의 모습 그대로 이곳에서 모든 유람과 교류하게 될 것입니다."

너무 놀라서 기절할 것 같았다. '세상에 이럴 수가! 인간은 대략 100조의 세포로 이루어지고, 한 개의 세포는 100조의 원자로 이루어지고, 인간의 뇌는 지구 행성의 모든 모래알보다 많은 뉴런과 시냅스로 이루어져 있는데, 과학이 얼마나 발전하였기에 이렇게 육체를 만들어 낼 수 있단 말인가!'

다시 글자가 나타난다.

"드디어 유리 행성이 보입니다. 지금 이 글자가 보이는 곳 너머를 보십시오."

글자가 가리킨 쪽을 바라보니, 전체적으로는 파란색을 덧입힌 총천연색의 아름다운 구슬이 모습을 드러낸다. 우주의 모든 아름다움을 둥그런 구슬에 담아 놓은 듯 반짝반짝 빛나는 황홀한 구슬은 크기를 더해가면서 가까이 다가온다. 생명을 담고 있는 행성은 이렇게 아름다운 것인가….

순식간에 구슬이 거대한 세상을 만들면서, 슬며시 대기권에 진입한다. 물질이라면 엄청난 저항으로 흔적 없이 녹아버리겠지만 의식과 의식 비행선은 비물질이기 때문에, 어떠한 저항도 없이 대기권으로 살며시 들어간다.

다시 글자가 나타난다. "호사인, 유리 행성에 오신 것을 환영합니다." 의식 비행선은 유리 행성의 대기권을 공전한다. 빛이 드러내기 직전의 안개로 뒤덮인 대지는 하얀 연기만 가득하다. 하지만 유리별이 대지 위에 빛을 뿌려대기 시작하니 안개는 서서히 사라지고 온 천지가 모습을 드러낸다. 무성한 녹지로 덮여 있으며 태초처럼 맑고 청아하며 만물이 살아서 움직이는 것처럼 아름답다. 호사인은 이 자연에 빠져서 황홀해져서 관찰한다. 눈이 시원할 정도로 맑고 깨끗하고 청아하며 아름답지만, 아직 문명의 흔적은 보이지 않는다. 환경에 민감한 호사인은 자연 그대로의 행성을 바라보며 자기도 모르게 탄성을 자아낸다. 티 없이 맑고 깨끗하며 아름다운 신부를 연상케 한다. 우주의 모든 신이 모여 정성으로 한 폭의 그림을 그려 놓은 듯하였다. 육지를 갈지자로 돌고 돌아도 험산과 강과 울창한 녹음만 수없이 펼쳐질 뿐 마을이나 도시는 흔적조차 볼 수 없다. 유리별의 반대 방향인 밤에서도 전혀 문명의 불빛이 보이지 않는다.

호사인은 불안해지기 시작한다. 문명의 행성이라면, 마천루 같은 건물과 휘황찬란한 불빛이 보여야 한다. 하지만 아무리 찾아보아도 무성한 녹지 외에 어떠한 문명의 흔적을 발견할 수 없다. 하지만 대기는 태초처럼 맑고, 깨끗하며, 지구와 다르게 어떠한 오염이 없이 화창하다. 바다가 보인다. 끝없는 바다, 물속이 훤히 보이는 바다, 모래와 자갈이 끝없이 펼쳐진 바다의 끝까지 가다보니 얼음이 보이기 시작하며 눈보라가 심하게 휘몰아친다. 호사인의 마음을 알기라도 하듯 다시 글자가 나타나 정보를 준다. "여기는 남극입니다."

이어서 글자가 나타났다.

"글자가 있는 곳을 보세요."

호사인이 글자를 바라보니 화면이 나타나면서 그림이 빠르게 움직인다. 그러다 그림의 속도가 점차 줄어들면서 선명하게 물체가 나타난다. 정면에 문화원이란 글자가 크게 보이고, 글자 위에는 1-1-1-1-1-1-1-1이라고 숫자가 쓰여 있다. 문화원은 장충체육관 정도 되는 크기의 건축물인데 지붕에 모두 나무가 무성하게 자라 있어 위에서는 전혀 건물인지 알아볼 수 없게 되어있었다.

문화원 주위로 거미줄처럼 띄엄띄엄 녹지가 보인다. 옆으로 보니, 모두 전원주택이고, 역시 지붕에는 모두 나무가 무성하게 자라고 있었다.

다시 글자가 나타난다.

"유리 행성에는 총 25억 유람이 살고 있습니다. 한 고을에 2,500 유람이 거주하며, 유리 행성 전역에 고을들이 골고루 분포하여 유리 행성을 가꾸며 지키고 있습니다. 문화원 위의 숫자는 주소를 나타냅니다. 첫 번째 1은 유리왕청을, 두 번째 1은 10부의 부처를, 세 번째 1은 각 '주'를, 네 번째 1은 각 '단'을, 다섯 번째 1은 각 '도'를, 여섯 번째 1은 각 '군'을, 일곱 번째 1은 각 '면'을,

여덟 번째 1은 '고을'을 가리킵니다. 고을은 기본 단위의 공동체로써 2,500 유람이 살고 있으며, 유리 행성에는 총 100만 개의 고을이 유리 행성에 고루 분포되어 유리 행성의 아름다운 문화를 이루고 있습니다. 지금 화면에 나타난 고을은 그 100만 고을 중 하나입니다."

고을의 유람과 문화원의 풍경

고을의 전경 모습이 나타난다. 문화원을 중심으로 주위에 수천의 전원주택이 그림처럼 아름다운 조경으로 잘 정돈되어 자연과 더불어 어울리며, 전원주택의 내부는 아름다운 보석으로 치장되어 빛이 나며, 깨끗하게 정돈되어 있었다. 문화원 안으로 들어가 내부를 비추니 선녀처럼 황홀한 유람들의 움직임이 보이기 시작한다.

호사인은 유람들의 모습을 자세히 보고 깜짝 놀란다. 어떻게 이렇게 아름다울 수 있을까! 천사가 사람보다 아름답다고들 하지만 여기 유람들은 천사보다 훨씬 더 아름다워 보인다. 피부가 검지만 윤이 반짝반짝 빛나며, 윤기 나는 머리카락은 얼굴을 빛나게 하고 있으며, 눈은 반달 모양으로 하얀 눈에 검은 눈동자가 반짝반짝 빛나며, 높은 코가 얼굴의 균형을 잘 잡아주며, 탄력 있는 빨간 입술과 반원의 턱이 조화를 이루고 있었다.

이 더운 열대우림에서 이처럼 황홀한 문화가 이루어지다니, 이곳의 유람들은 얼마나 위대한가. 문화원에는 많은 유람이 춤추며, 노래하며, 아름답게 즐기고 있다. 문화원 안에 수많은 문화 시설이 있어, 각 시설마다 유람들이 무엇인가 열심히 배우며 즐거워하고 있었다.

다시 자막이 나타난다. "유리 행성의 25억의 유람들은 모두가 한결같게 풍족하고 아름답습니다."

호사인은 믿을 수가 없었다. 아무리 완벽한 제도의 사회라도 차이가 있으며,

빈부 격차가 있게 마련이다. 제도사회란 권력의 서열이 있기 마련이고, 권력은 부를 만들기에 빈부의 차이는 당연하다.

실내 광장의 인공 육체

다시 자막이 나타난다.

"호사인, 잠시 후면 유리 왕국의 실내 광장에서 호사인을 맞이하게 될 것입니다. 실내 광장 중앙의 천막에는 의식 비행선의 선장인 나의 육체와 호사인의 인공 육체가 나란히 누워있을 것입니다. 의식 비행선이 실내 광장에 멈추고, 천막에 들어가 호사인과 똑같은 인공 육체의 코로 가까이하면, 의식이 쑥 들어가는 느낌을 받게 됩니다. 그리고 나서 10초가 지나면, 서서히 눈동자를 움직이고, 입술을 움직이며, 숨을 쉬시고, 팔과 다리를 움직이세요. 그러면 안내자가 나타나 인도해 줄 것입니다."

호사인의 내면에는 긴장과 두려움이 겹치며, 신기함과 황홀함이 교차한다.

5장
인조 육체와 결합한 호사인

제1일 - 황홀하고 고풍스럽고 아름다운 유리 왕궁

　수많은 신이 합세하여 궁의 아름다움을 수놓은 듯 넓은 광장에 유리 왕궁이 웅장하게 자리하고 있다. 궁의 지붕에는 무성한 나무가 자라고 있지만, 정원과 궁전의 기둥과 벽은 보석으로 치장되어 반짝반짝 빛나고 있으며, 광장에는 잔디가 생기 가득한 푸르름을 띠고 있으며, 곳곳에 높다란 나무가 하늘 높이 솟아 꼭대기에서 버섯 모양의 가지와 잎사귀가 아래를 덮어 하늘에서는 전혀 왕궁의 모습을 알아볼 수 없게 되어있었다.

　왕궁의 중심에서 약 2km 아래로 내려와 오른쪽에 자리한 돔 야구장 크기의 실내 광장에 수많은 유람이 자리하고 있었다. 하지만 역시 광장의 지붕에는 파란 잔디가 깔려있고, 밤송이가 벌어지듯 환하게 열려 있으며, 실내 광장 중앙에 꽃으로 단장된 임시 건물이 있었다. 이 임시 건물 바로 앞에 (눈으로는 보이지 않지만) 호사인이 탄 의식 비행선이 살며시 내린다.

　비행선의 문이 열리고, 호사인은 수타 선장의 안내대로 꽃으로 단장된 임시 건물 안으로 들어가니, 자신과 똑같은 인조 육체와 또 다른 육체가 누워있었다. 호사인이 '이렇게 같을 수가!' 하고 놀라며 자기와 닮은 인조 육체의 얼굴이며, 팔다리 등 신체 모든 부분을 확인하니 원래 육체와 너무 동일하다. 이를 신기해하며 코로 가까이 다가가니 쑥 안으로 빨려 들어간다. 멍한 상태로 한참 있다 생각을 정리하고, 눈동자를 굴려 본다. 그러자 시야가 열린다. 손을 움직여 본다. 움직여진다. 다리를 움직여 본다. 움직여진다. 숨을 크게 쉬어 본다. 정상적으로 숨이 쉬어진다. 입을 벌려보고 손가락 발가락을 움직여 본다. 모두가 정상이다.

　놀라며 서서히 일어나 본다. 잠깐 걸어 보다 똑바로 서 본다. 지구에서의 모습과 똑같다. 거울 앞에 서 본다. 역시 지구에서의 모습과 다르지 않다.

　거울을 바라보니 멋진 남자가 자기 뒤에 보인다. 뒤로 돌아서니 멋진 남자가 환하게 웃으며 다가와 "수타 선장입니다."라고 하며 악수를 청한다. "유리 행성에 오신 것을 환영합니다." 호사인은 이 멋진 사내와 어떻게 인사를 하여야 하나 고민하며 수타 선장을 바라만 본다.

그러한 마음을 알기라도 한 듯 수타 선장은 입을 연다. "호사인, 지구 행성에서처럼 부담 없이 행동하세요." 그에 호사인이 웃으면서 수타 선장에게 감사의 악수를 청한다. "감사합니다. 영광입니다. 아직도 꿈인지 생시인지 분간이 안 됩니다."

"좋아요. 호사인, 나의 임무는 여기까지이고, 밖으로 나가면 새로운 유람이 안내할 것입니다. 나와는 25일 후에 지구 행성으로 귀환할 때, 다시 이곳에서 만날 것입니다." 이 말을 남기며 수타 선장이 급히 사라진다.

유리 행성 유람의 환영

호사인은 거울을 다시 보고 표정을 관리하며, 몸을 이리저리 움직여 보며, 꿈인지 현실인지 가늠해본다. 그러나 맑은 정신은 분명히 꿈은 아니고 현실이다. 호사인은 수타 선장이 사라진 쪽을 바라보다 햇빛이 들어오는 문을 바라본다. 그리고 서서히 발을 옮겨 문 쪽을 향한다. 마음이 쿵쿵거리고 떨린다. 문을 열면 어떠한 세상이 펼쳐질까. 병아리가 알에서 깨어나 세상에 나올 때의 심정을 생각하며, 문을 열어 조심스레 밖으로 나온다. 처음에는 한두 유람의 박수 소리가 들리더니, 우레와 같은 박수 소리가 갈수록 더 요란하게 들린다. 정신이 아찔한 순간이다. 주위를 살피니 대형 축구장의 건물처럼 보이는 곳에 사람들이 구름처럼 관중석에 앉아 있고 자기는 운동장 중앙에 서 있다는 것을 깨닫는다.

호사인은 긴장된 마음을 안정시키며 관중석을 향해 양손을 크게 흔들며 사면팔방에 답례한다. 더욱더 큰 박수와 함성이 들린다. 그러면서 호사인은 관중석의 유람들을 유심히 관찰하다 놀라고 또 놀란다. 자기가 청춘을 바쳐 찾고 있던 수로 아와 비슷한 여인이 수없이 많기 때문이다.

아름다운 시호라와 악수

이때 우아하고, 눈이 반짝이는 여자가 환하게 웃으며, 호사인 앞으로 다가와 손을 내밀며 악수를 청한다. 호사인이 어색하게 악수를 받는다.
"호사인, 나는 시호라입니다. 오늘과 내일 아침까지 호사인의 안내를 맡을 것입니다."
호사인도 용기를 내어 답한다. "감사합니다. 반갑습니다. 하지만 지금 제가 정신이 없답니다."
"알아요. 하지만 곧 우리 행성의 유람들이 얼마나 친절하고, 매력적인가를 아시게 될 것입니다."
"나는 이미 당신들이 너무 아름답고 황홀하여 천국에 온 기분이랍니다. 어색하기도 하고요."
"앞으로 수많은 유람을 만나게 될 것입니다. 우리는 호사인의 지구 행성에서의 모습을 보기를 원합니다. 행동 양식을 이곳에 맞추지 말고 지구 행성에서 하는 모습 그대로 행동하면 됩니다."
그녀는 이어서 설명한다.
"호사인은 지구 행성의 대표랍니다. 앞으로 유리 행성의 유리왕 및 20 장로들과 인사를 교환할 것입니다. 지구 행성에서는 신분의 서열이 있지만, 여기서는 그저 직분의 서열만 있을 뿐이며, 모두가 친구랍니다. 그러니 당당하게 편안한 마음으로 친구처럼 인사를 교환하시기 바랍니다."
시호라의 안내를 받으며 호사인은 귀빈석의 자리로 걸어간다. 또다시 우레와 같은 박수가 쏟아진다. 호사인도 마치 스타처럼 자연스레 사면을 향해 돌아가며 손을 흔든다. 관중석에 시야를 집중하여 유람들을 바라본다. 얼굴이며,

머리 스타일이며, 의상들이 너무 아름다워 말로 표현할 수 없을 정도이다. 그저 황홀할 뿐이다. 어떤 유람들은 일어나 춤을 추며 환호한다. 대충 10만 명 정도로 추산된다. 호사인도 더 크게 손을 흔들며 답례한다.

"호사인, 유리 행성의 수많은 유람들이 호사인을 보고 있답니다. 모두가 이렇게 환호하고 있을 것입니다. 저기를 보세요. 유리왕과 20장로와 인사를 할 것입니다." 간단한 안내에 이어서 시호라는 호사인을 귀빈석 앞으로 안내한다.

유리왕과 반갑게 인사 교환

유리왕과 장로들이 귀빈석에 앉아 있지만, 특별히 일반 관중석에 있는 유람들과 다르지 않아 보인다.

유리왕이 반갑게 악수를 청하며 호사인과 뜨겁게 포옹한다. "호사인, 반갑습니다. 드디어 지구 행성과 유리 행성의 교류가 시작되었습니다. 유리 행성의 모든 유람은 당신을 환영합니다."

호사인도 답례한다. "유리왕을 만나게 되어 영광입니다. 지구 행성의 모든 사람이 이 모습을 보고 있다면 얼마나 좋을까 생각합니다. 뜨거운 환영에 마음을 다해 감사드립니다." 이어 유리왕을 바라보니, 고운 피부에 인자한 얼굴, 그리고 예리한 눈빛에 지성이 넘쳐 보인다.

옆으로 이동해 시호라의 안내로 20 장로와 조우한다. "20 장로는 60세까지 유리 행성의 모든 학문을 이수하고, 유리 행성의 중추적 역할을 맡고 있습니다. 유리왕은 물론이고 입법부와 사법부 수장도 20 장로 중에서 선출된답니다.

유리왕 1대의 기간은 20년이고 임기는 10년으로 1대의 기간에 2명의 유리왕이 직을 맡습니다. 지금은 100대의 유리왕 기간이며, 동방의왕이 1대의 유리왕으로 시작하여 100대까지 2,000년의 기간이 흘렀답니다."

호사인은 유리왕의 왕조시대가 2,000년의 세월이 흐르도록 오래 지속되고 있다는 것에 놀라면서 각각의 장로들과 악수하며 인사한다. 모두가 기품이 넘기며 인자하며 구김살이 없고 사랑이 넘친다.

지구에서라면 최고 권력의 자리에 있을 경우에 일반인이 쳐다보기가 힘들겠지만, 이곳의 유리왕과 장로들은 일반인과 마찬가지다. 하나같이 매력이 넘친다. 모두가 유리왕과 비슷하게 기품이 넘친다.

환영 영상

열린 지붕이 닫히면서 빛이 차단되고 거대한 실내 광장에 구슬처럼 인조 빛으로 장식한 지구 행성과 유리 행성을 본뜬 모형이 풍선처럼 공중에 다정히 떠 있으며 이리저리 흔들리고 있다.

자막이 나온다.

1막

유람은 2,000년 전부터 의식은 공간의 제약을 받지 않고, 원하는 지점을 오갈 수 있게 되었다. 이때부터 의식은 유리 행성을 벗어나 우주를 탐험하기 시작했다. 그 후 500년이 지나 유람은 지구 행성을 발견하였고, 유람과 거의 비슷한 인류가 살고 있으며, 모든 문명이 유리 행성과 비슷하게 발달했으며, 환경이 일치함을 알게 되고 나서 유리 행성의 유람은 너무 기뻐하여 한 달 동안 축제를 벌였다.

유리 행성과 지구 행성이 넓은 실내 광장을 메우고 있다. 실내 광장의 모든 유람이 동시에 볼 수 있도록 두 행성이 무대의 영상이 나온다.

무대에는 환상적인 매력의 소년 소녀들이 유연한 동작으로 관객을 매료시킨다. 천상의 미모에 개성이 넘치는 소년 소녀들의 모습을 볼수록 마음이 고양된다. 고전적인 음악이 흐르며 리듬에 따라 동작이 이어진다.

시호라가 호사인의 귀에 대고 속삭인다. 지금 나오는 음악은 유리 행성에 온 호사인을 환영하며, 지구 행성과 유리 행성의 교류를 축하하는 내용이라고 한다. '우주의 두 문명이 만났다네. 사랑의 꿈을 안고 만났다네. 우리의 친구, 호사인이 왔다네. 호사인을 환영하며 지구를 환영하세.' 음악이 끝나고 동작이 멈추며 우레와 같은 박수를 받으며 다음 장막이 열린다.

2막

세상이 맑고 깨끗하다. 마치 만물이 축하하고 있는 듯 숨을 죽이고 있다. 금빛 찬란한 왕관을 쓰고 청록색 의상을 갖추고 높은 의자에 앉아 긴 두루마리를 펼치고 있는 누군가가 보인다. 2,000년 전 동방의왕이자 초대 유리왕이 새 공약을 준비하신다. 유리왕 앞과 뒤에 4성검이 자리하고 100인 의인이 앞자리에 정좌하고 주위에는 수만의 유람이 유리왕을 주시하고 산천초목이 축하의 향을 피워내고 있다.

나 초대 유리왕은 유람에게 공약을 선포하노라.

1. "나 유리왕은 세습왕조를 금하며, 후계 왕은 지혜자 신선을 양성하여 신선이 상대 투표로 후계 왕을 결정한다."
2. "의식주 해결을 위해, 농산부를 두어 모든 유람이 충분히 먹을 식량을 생산하여 누구도 굶주림이 없게 하겠다. 의상부를 두어 유람 모두가 깨끗하고 아름다운 의상을 만들어 입게 하겠다. 주거부를 두어 유람 모두가 깨끗하고 쾌적한 주택을 갖게 하겠다."

3. "경제의 발전을 위해 점화를 발행하여 모든 유람이 필요한 물건을 사서 쓸 수 있도록 충분히 공급하겠다."
4. "모든 교육은 무상이며, 의무교육은 20세까지이고, 20세가 넘으면 직장인이나 상급생이나 동등하게 점화를 받는다."
5. "법무부를 두어, 모든 유람이 평화롭고 안전하게 살 수 있도록 법을 제정하고, 법을 어기는 유람은 엄격하고 공정하게 죄로 다스리겠다."
6. "과학을 발전시켜, 모든 분야의 생산을 늘리고 노동시간을 줄이며 삶을 안락하게 하겠다."
7. "전 유리 행성을 고루 친환경적으로 발전시키기 위해 2500개의 고을을 만들고 각 고을에 문화 회관을 두어 문화인으로 양성하며, 모든 지역을 고루 발전시키겠다."
8. "유리 왕국 유람의 수가 25억까지 늘도록 증가 정책을 하며, 25억이 넘으면 억제 정책을 통해 유람의 수를 조절하겠다."
9. "유리 행성 땅의 주인은 식물이다. 유람의 경제가 발전하여 많은 건물을 건축할 때면 옥상에 흙을 두껍게 올려 식물을 심어 식물에 땅을 돌려주게 하며, 첨단과학이 발달해도 태초처럼 깨끗한 환경을 갖게 하겠다."
10. "육체와 의식의 분리로 의식이 우주를 탐험하여, 유리 행성과 같은 새로운 행성을 발견하여 문화를 교류하겠다."

10가지 공약을 발표하니 감동의 함성이 온 세상에 메아리친다. 시호라가 호사인의 귀에 대고, "2,000년 전 초대 유리왕의 공약이 지금까지 이어져 부유하고 아름다운 유리 행성을 이루었답니다." 하고 말했다.

3막

아름다운 국악 무대가 펼쳐진다. 시호라가 호사인의 귀에 대고 작은 소리로 말한다. "호사인을 위해 특별히 준비한 국악 환영 무대입니다."

한복으로 곱게 차려입은 천상의 선남선녀처럼 아름다운 출연진이 고개 숙여 인사하고 무대에서 사라지며 농악 무대가 등장한다. 북, 장구와 징, 꽹과리 팀이 하나가 되어 율동으로 북 치고 장구 치니 광장이 흥분의 도가니로 빠져든다. 다음에는 강강술래로 온 무대를 메우니 관객들이 어깨춤으로 화답한다. 마지막은 하늘에서 내려온 선녀들이 부채춤으로 무대를 메우니 흥이 절정에 달한다. 한복의 화려한 의상에 부드럽고 날렵한 율동으로 심금을 울리는 국악은 우주를 사로잡는다. 박수가 끝없이 나오면서 무대가 막을 내리고, 지구 행성과 유리 행성은 광장에서 서서히 하늘로 사라진다.

만찬의 환상

넓은 광장에 송곳처럼 날카로운 막대 수만 개가 올라온다. 올라올수록 막대는 굵어지면서 쫙 퍼지니 거대하고 멋진 만찬 탁자가 된다. 탁자에 놓인 음식은 쌀로 만든 빵과 소스, 막걸리, 맥주 등 간단하다. 하지만 부족한 음식은 메뉴에서 찾아 누르면 바로 나온다. 유리왕과 장로, 장관 등이 서열의 차별이 없이 일반인과 어울려 아름답고 환한 미소로 맥주잔을 높이 들어 올리며 건배한다. "호사인, 환영합니다." 이어서 왁자지껄하니 먹고 즐긴다. 호사인은 시호라의 안내를 받으며, 수많은 유람과 눈인사한다. 마치 향기 그윽한 꽃길을 걷는 기분이며, 유람들 한명 한명이 아름다운 꽃이나 천사보다도 아름다워 보인다. 마지막으로 음악과 춤이 어우러진다.

넓은 운동장이 무도장이 되어 수천의 유람들이 춤을 추니 흥이 최고조에 달한다. 호사인도 시호라의 조력을 받으며 어렵지 않게 적응하여 어울린다. 지구 행성에서 나름 춤의 달인인 호사인도 새로운 흥분의 도가니에 빠져든다. 이윽고 안내 음성이 들린다. "이로써 지구 행성의 방문자 호사인의 환영 행사를 마칩니다."

유리 행성에서 첫날 밤

호사인은 시호라의 안내를 받아 유리 행성에서의 첫날밤을 맞이할 호텔로 간다. 타원형으로 되어있는 2층의 호텔은 실내장식이 화려하다. 201호의 객실은 30평의 아담한 넓이에 필요한 시설이 갖추어져 있고 잘 정리되어 있었다. 지붕에는 역시 나무가 심어져, 위에서는 건물의 흔적을 찾을 수가 없었다.

시호라는 호텔의 사용법을 안내해주고, 호사인을 마주 보며, "나의 임무는 내일 오전 호사인을 지구과학 위원장에게 안내하는 것까지입니다. 그리고 24일 후에 다시 만나게 됩니다." 하고 이야기하곤 이어서 가볍게 안아 주며 작별을 고한다. 호사인은 사랑과 감사의 눈으로 시호라를 바라보며 악수하고 손을 흔든다.

유리 행성의 첫날 밤. 지구로부터 240광년의 거리에 홀로 남았다.

호사인은 방을 서성이며 꿈보다 더 꿈같은, 현실 아닌 현실을 돌아보며, '25일 후 무사히 지구로 귀환할 수 있을까?' 하고 생각한다. 하지만 오늘 만난 유리 행성의 유람들은 너무 아름답고 환상적이었다. 호기심이 가득한 채로 첫날 밤이 지나간다.

6장

수로 아를 만나다.

제2일- 신비로운 유리 행성의 아침

유리 행성에서의 첫날 아침이다. 창문을 열고, 맞이하는 유리 행성의 아침은 신비하고 아름다우며 상쾌하여 천상을 나는 기분이다.

온 천지에 무성한 나무와 꽃, 그리고 새들의 노래가 아름다운 연주를 하고, 동쪽에서 떠오른 태양의 광신이 오염되지 않은 대기와 초목 산천을 비추기 시작하니, 대기의 원소들이 산화되어 반짝반짝 빛나며 자연의 찬란함을 드러내고 있었다.

호사인은 신비의 자연에 반해 시선을 여기저기 옮기며 감탄사를 연발하고 있는데, 노크 소리가 들린다. "들어오세요."

"호사인, 안녕하세요? 기분이 어떠세요?" 환하게 웃으며, 시호라가 어제보다 더 세련되고, 아름다운 모습으로 나타난다.

호사인은 진주보다 빛나는 시호라를 바라보며 말한다. "너무너무 좋고 환상적이랍니다. 지구 행성에서는 느낄 수 없는 너무 황홀한 기분이에요."

"호사인, 간단히 목욕하세요. 나는 오늘의 일과를 준비하겠어요." 그렇게 말하고 시호라는 컴퓨터 앞에 앉아 고운 손으로 자판을 움직인다.

간편하고 시원한 샤워실

호사인이 넓은 샤워실에 들어가니 황금으로 장식되고 물이 수정처럼 맑다. 안내 음성이 들린다. "가운데 동그란 돌 위에 서세요." 호사인은 이에 순응하듯 돌 위에 선다. 다시 음성이 들린다. "두 손을 위로 반듯이 올리세요."

호사인이 그대로 따라하니 위와 옆에서 물이 뿌려지며, 부드러운 샤워기가 호사인의 온몸을 감싸고 돌며, 얼굴이며 머리 온몸을 깨끗이 씻겨 준다. 마치 자동세차장에서 승용차가 가만히 서 있고, 부드러운 솔이 이리저리 빙 돌며 자동차를 깨끗이 씻어 주는 듯한 모습이다.

3분의 시간이 경과 되니 샤워기가 물러나고, 물줄기가 온몸에 뿌려진 후에 훈훈한 바람이 물기를 제거한다. 10분이 되니 "목욕이 끝났습니다." 하는 음성이 들린다.

간편한 친환경 식사 문화

나는 듯한 기분으로 나오니 시호라의 상쾌한 목소리가 들린다. "호사인, 이리 오세요." 벽에 붙은 작은 냉장고 앞으로 안내하여 문을 열고 4개의 그릇을 꺼내 옆에 나란히 붙은 오븐에 옮기며 말한다. "우리의 아침입니다."

호사인은 너무 간단한 식사 문화에 의아해한다.

"유리 행성에는 25억의 유람이 변동 없이 일정하게 살고 있으며, 한 고을에 2,500명의 유람이 있으며, 백만 고을이 유리 행성에 어디든 골고루 자리하여 자연과 더불어 문명을 이루고 있습니다." 마치 유리 행성 문명을 자랑하듯 호사인을 바라본다. 이때 오븐에서 안내음이 울리며 파란불이 켜진다. 시호라가 옆에 있는 카트를 앞으로 당겨 쟁반을 올리고, 오븐에서 집게를 사용하여 따뜻해진 그릇을 꺼내 쟁반에 올리고, 카트를 밀고 경관이 수려한 창가의 식탁에 가서 두 개씩의 그릇을 양쪽에 놓고 마주 앉는다.

"유리 행성의 모든 유람은 아침을 이렇게 먹습니다. 이 꿀밥과 우유는 어제 만들어 새벽에 배달된 것이며, 냉장고 밖에 문이 있어 로봇이 넣고 간 것입니다."

호사인은 여기의 식사 문화에 호기심을 느끼며 묻는다. "그렇다면 가가호호에 유람이 있는지 없는지 알아야 하지 않나요? 혹시 여행 등으로 인해 집에 유람이 없으면 어떻게 하나요?"

시호라가 웃으며 "밖의 냉장고 문에 집 안에 유람이 있는지 없는지 표시가 되어 있습니다." 하고 말하곤 김이 나는 그릇의 덮개를 열고 이어 호사인을 바라본다.

호사인도 간편한 식사 문화에 호기심을 드러내며 꿀밥과 우유의 덮개를 연다.

시호라가 익숙한 동작으로 과도와 젓가락으로 꿀밥을 잘라 입에 넣고 우유를 한 모금 마시고, 호사인도 맛을 보라는 듯 바라본다.

호사인은 이곳의 꿀밥은 어떤 맛일까 궁금해 시호라를 따라 과도로 꿀밥을 잘라 젓가락으로 집어 먹고 이어서 우유를 맛본다. 담백하고 씹히는 맛이 나는 꿀밥과 향긋한 우유는 훌륭한 맛으로 기분이 절로 좋아지게 한다. 시호라를 바라보며 오른손 엄지손가락을 세우고 최고의 맛이라는 감탄을 표한다.

시호라는 만족한다는 듯이 웃으며 설명한다. "각 고을마다 꿀밥 회사는 고을 유람들의 체질을 파악하여 알맞게 영양분을 조정하여 꿀밥을 만들어 배달한답니다." 호사인은 감탄하는 표정을 지었다. 시호라의 설명을 들을수록 이곳의 문명에 놀라게 된다.

"지구 행성에서는 주로 주부들이 밥을 하고 반찬을 손수 만들어 3끼의 식사를 차립니다. 여기서도 그런가요?"

호사인의 질문에 시호라는 주부들의 수고에 놀라며 고개를 끄덕인다. "점심은 주로 밖에서 하고, 아침과 저녁은 이렇게 집에서 하는데, 필요한 양이 미리 식사를 준비하는 업체의 컴퓨터에 입력되어 수량만큼 각호에 배달됩니다."

호사인은 합리적인 식사 문화 제도에 경의를 표한다. 그들의 문화에 호기심이 점점 더 깊어간다.

식사를 마치니, 약간의 포만감과 더불어 평안과 만족감이 느껴진다. 호사인이 또다시 밖을 바라보며, "보고 또 보아도 다시 보고 싶을 만큼 아름다운 자연이구나." 하며 감탄한다.

이러한 마음을 알기라도 한 듯, 호사인을 바라보던 시호라가 그릇과 수저를 쟁반에 담으며 미안하다는 듯이 말한다. "호사인. 일정이 있어서요." 하며 카트를 밀고 냉장고 앞으로 가서 꿀밥과 우유 접시, 과도와 젓가락을 냉장고 바로 앞 통에 그대로 넣는다.

"설거지도 않고 이렇게 넣으면 안 되지 않나요?" 호사인이 질문한다.

시호라가 웃으며 "사용된 접시와 과도, 그리고 젓가락을 넣는 통이 밖으로 연결되어 있어요. 로봇이 모두 수거해 가서 깨끗이 씻고 위생 소독을 한 후에 다시 재사용됩니다." 하고 답한다.

호사인은 여기의 식사 문화가 이렇게 간편한 모습을 보면서 지구 행성의 식사 문화의 복잡성을 돌아본다.

3끼의 식사를 준비하고, 밥을 짓고, 반찬을 만들고, 먹은 그릇을 치우기 위해 얼마나 많은 시간과 인력이 소모되며 또한 주부들이 얼마나 힘든 노동을 하고 있는가를 생각한다.

식후의 차 문화

시호라가 다시 냉장고에서 주전자와 2개의 컵을 꺼내어 창가 식탁에 차려 놓는다. 호기심이 가득한 호사인과 마주하며 앉는다.

"식후에 차를 마시는 문화가 있어요. 차는 각 개인이 취향에 맞게 손수 만들고 준비합니다." 호사인 앞으로 차를 내민다. 시호라를 따라 한 모금 마신다.

호사인이 차를 한 모금 마시니 부드럽고 그윽한 향기가 머리를 시원하게 해주며 기분이 상쾌해진다. "유리 행성의 차 문화를 알 수 있을 것 같네요."

지구 행성과 유리 행성 교류위원장

환한 웃음으로 시호라가 말한다. "호사인, 오늘부터는 이곳의 여러 사람들을 만나 유리 행성의 문명과 문화를 탐방하시게 될 것입니다. 오늘 만나시게 될 분은 지구 행성 과학위원장입니다. 다른 말로는 유리 행성과 지구 행성의 교류위원장입니다. 교류위원장은 유리 행성에서는 가장 인기 있는 스타랍니다. 호사인이 유리 행성에 오신 것도, 이분 노력으로 이루어진 덕입니다." 시호라가 일어서 옷장 앞으로 가서 여러 옷을 호사인이 입어 보게 한다. 그리고 옷장 밖에서 거울을 통해 호사인에 어울리는 옷을 고른 다음 입게 하고, 머리와 얼굴을 손질해 준다.

그러고선 시호라가 말한다. "호사인, 호사인을 교류위원장에게 안내하면 내 임무는 끝납니다. 이후는 모두 교류위원장이 인도할 것입니다."

"다시 만날 수 있겠지요?" 호사인이 질문에 시호라가 기쁘게 답한다. "그럼요. 다시 만날 수 있어요. 호사인이 유리 행성을 떠나는 날에요." 그렇게 말하며 환한 웃음을 보인다.

2인용 비행차에 오른다.

아름다운 대자연의 환호를 받으며 시호라와 호사인이 나란히 밖으로 나오니, 2인용의 귀엽고 아담한 비행차가 대기하고 있다.

시호라가 차 문을 열어 호사인을 승차하게 한 다음 뒤로 자기도 차에 오르고, 곧바로 컴퓨터에 교류위원장을 만나기로 한 장소를 입력한다. 귀여운 비행차는 "예, 목적지는 20분 정도 걸립니다. 안전하게 모시겠습니다."라고 안내하고서 곧바로 출발한다.

녹음이 무성한 2차선 도로를 비행차가 6~70km의 안전한 속도로 운전기사 없이 스스로 달리고 있었다.

호사인은 자율 비행차를 타면서 신기하여 시호라를 바라보며 말한다. "의식 비행선에서 유리 행성을 바라볼 때 온통 녹음으로 둘러싸여 있기에 여기에 무슨 문화가 있는 건지 의심하였는데, 자율 비행차가 이렇게 발달해 있다니 놀랍군요."

"앞으로 더 놀라는 일이 많을 것입니다."

호사인이 창밖을 내다보니 이름 모를 귀여운 새들이 지저귀며, 분주하게 여기저기 날아서 먹이를 찾고 있으며, 땅을 기어 다니는 파충류도 화려한 색으로 변신을 하며 기어 다니고 있었다. 또한 빛이 따뜻하게 비추는 곳에는 꽃과 나비들이 화려한 자태를 드러내며 춤을 추고 노래하고 있는 듯 보였다.

"도착 1분 전입니다." 비행차의 컴퓨터가 안내를 한다. 모퉁이를 돌아서니 넓은 공간이 나오고, 병풍처럼 펼쳐진 아담한 산 아래 이층집이 보인다. 역시 지붕에는 나무가 무성히 자라고 있어 멀리서는 집인지를 분간하기 어려웠다. 집은 평지에서 높게 자리하고, 계단으로 올라가게 되어있었다.

차가 계단 앞에 멈추니, 문이 열린다. 또한 "안녕히 가세요." 하는 멘트가 울린다. 시호라가 내리며, 이어서 호사인이 내린다.

시호라가 호사인 앞으로 다가와 말한다. "호사인, 이 계단으로 오르면 문이 나옵니다. 3번 노크를 하세요. 그러면 안에서 문을 열어 줄 것입니다." 그리고 아쉬운 표정으로 호사인을 포옹하고, 다시 비행차에 올라 출발한다.

호사인은 허전해하며 멀어지는 비행차를 바라본다.

지구 행성 교류위원장

호사인은 주위를 두리번거리고 살피며, 아름답고 수려한 경관에 취해 한참을 바라보다, 계단을 향해 천천히 오르기 시작한다. 계단은 보기와 다르게 계단과 난간이 보석으로 만들어져 반짝반짝 빛이 나고, 양옆에 이름 모를 아름다운 꽃들이 화려하게 장식하고 있었다.

호사인은 교류위원장은 어떤 분일까, 딱딱하고 까다로운 분은 아닐까 등 여러 생각을 하면서 대문 앞에 선다.

　대문 위쪽에 '지구 행성 교류위원장' 금속 문패가 달려있다. 호사인은 설레는 마음을 안정시키기 위하여 주위를 한 바퀴 돌아보며 천천히 3번의 노크를 한다. 그러나 안에서는 아무런 기척이 없다. 호사인은 고개를 갸우뚱하며 다시 3번 노크한다. 그러나 이번에도 아무런 기척이 없다. 호사인은 마음이 약간 불안해지면서 주위를 다시 한번 돌아본다. 하지만 이곳은 유람 한 명조차 구경할 수 없을 만큼 한적하다. 다시 문을 세게 3번 두드린다.

　그때서야 안에서 작고 부드러운 목소리로 "들어오세요. 문은 열려 있답니다." 하는 음성이 들린다.

　호사인은 설레는 마음으로 문을 열고 들어간다. 양탄자가 깔린 넓은 거실이 눈에 들어온다. 거실의 벽들은 백옥으로 고풍스럽게 장식되어 있고 화사한 그림들이 장식되어 있었다.

　밝은 창가를 바라보니 한 여인의 뒷모습이 보인다. 창가의 바람에 긴 머리카락이 날리며, 반짝거리는 하얀 보석이 달린 드레스가 바람에 흔들리고 있었다. 뒷모습만 보아도 아름다워 보였다.

　저 여인이 교류위원장이라니, 호사인은 믿어지지 않는다. 그런데 이상하다. 손님이 왔는데 들어오라 하고서는 아직도 창가에서 먼 산만 바라보고 있다. 하지만 할 수 없다. 말을 먼저 걸어 볼 수밖에. 호사인은 용기를 내어 말을 건다. "지구에서 온 호사인입니다. 교류위원장을 만나러 왔습니다." 그러나 말이 없고 정적만 흐른다. 호사인은 무엇인가에 홀린 기분이다.

수로 아

　적막의 시간이 지나고 은방울 같은 소리가 들린다. "알고 있습니다." 하며 서서히 호사인을 향해 고개를 돌린다.

돌아서는 여인을 보는 순간, 호사인은 비틀거리며 "수로 아!" 탄성을 지르고는 간신히 벽에 기대어 중심을 잡는다. 호사인은 눈을 여인에게 집중시켜 바라본다. 나의 청춘을 바쳐 찾아 헤맨 여인, 날마다, 밤마다, 꿈속에서도 얼마나 헤매었던가! 그 여인이, 그 그리운 여인이 천천히 호사인 앞으로 다가온다.

호사인은 자세를 바로 하며, 정신을 차리고, 다가오는 여인에게 정열의 눈동자를 집중시킨다. 호사인의 눈에는 눈물이 주르르 흐른다. "수로 아, 수로 아, 수로 아!" 눈물과 콧물이 범벅되어 수로 아를 부른다. 얼마나 보고 싶었던가! 전 세계 방방곡곡을 찾아 헤맨 여인, 그 여인이 지금 호사인 앞으로 다가오고 있다.

"알아요. 마음을 바치고, 청춘을 바쳐서 찾았다는 것을. 나도 호사인을 만나기 위해 주야로 연구에 정성을 쏟았답니다." 하며 호사인 앞에 선다. 남녀의 두 눈동자가 서로의 강렬한 사랑의 빛으로 승화된다. 고3 시절 환상으로 만나 "나를 찾으세요. 당신에게 새로운 하늘과 땅을 보여드리겠습니다."라고 말한 뒤, 동산 묘지 둘레 소나무에서 너무 아름다운 선녀처럼 나타났다 사라져 버린 환상의 여인을 찾아 젊음을 바쳤다. 누구에게도 말할 수 없는, 그리고 잊을 수도 없는 여인이 앞에 나를 바라보고 있다.

폭포 같은 감정이 무슨 말을 해야 할지 말문을 막아 버린다. 하염없는 감격의 눈물만 흐를 뿐이다.

한참의 시간이 흐른 뒤 마음의 평정을 찾은 두 사람은 말한다. "수로 아."
"네, 말하세요. 호사인."
"나를 만나기 위해 주야로 연구에 정성을 쏟았다는 말이 무슨 뜻인지 모르겠습니다."

수로 아가 호사인을 바라보며, "유리 행성에서는 의식과 육체가 분리되어, 물질이 아닌 의식은 우주 공간을 다니며 수많은 별의 세계를 탐험할 수 있답니다. 하지만 의식은 물질의 모양이 없으므로 지구 행성과 같이 문명이 발달한 사람과 교류를 할 수 없습니다. 서로 생각을 전할 수 없기 때문입니다. 의식은 지구 행성으로 가서 사람을 보고 마음대로 탐방은 할 수 있지만, 소리도 낼 수 없고, 보이지 않으니, 지구 행성 사람은 유리 행성의 유람을 알아볼 수 없기 때문이며, 그래서 교류할 수 없지요."라고 답한다.

"그래서요." 호사인은 이해가 안 간다는 듯 성급하게 반문한다.

수로 아는 호사인을 바라보며 덧붙인다. "답답하지 않겠어요? 지구 행성의 사람들과 대화 한번 해보는 것이 얼마나 큰 바람이겠어요."

호사인은 고개를 끄덕이며 '아, 그럴 수 있겠구나.' 하고 생각한다.

"그러자면 지구 행성 사람의 의식을 유리 행성으로 불러오면 되는데, 그래도 의식과 육체가 함께한 유리 행성 유람과 의식뿐인 상태인 지구 행성 사람은 역시 교류할 수 없겠지요?"

호사인은 다시 고개를 크게 끄덕이며, 수로 아의 말에 전적으로 동의한다.

첨단의 의식 비행선과 의식을 담는 인조 육체

"그러면 두 가지 난제를 알겠지요?"

호사인은 수로 아를 아주 사랑하는 눈으로 바라보며, 아리송하다는 듯 고개를 약간 흔든다.

수로 아는 천천히 자상하게 다시 설명한다. "첫째는 호사인의 의식을 여기까지 올 수 있게 할 의식 우주 비행선이고, 두 번째는 지구 행성에서와 똑같은 인조 육체입니다. 이 두 가지 과학 기술은 우주 역사에서 최고봉으로 남을 과학 기술로 자부하고 있답니다."

호사인은 이곳의 과학 발달에 놀라며, 갑자기 혼란스러워진다.

자신의 육체가 인조 육체인 것을 새롭게 인지하는 순간이기 때문이다. 그동안은 자신이 인조 육체라는 것을 느낄 수가 없었다. 오감뿐만 아니라 소화계, 호흡계, 순환계 등 모두가 자연스럽게 움직였기 때문이다.

수로 아는 호사인을 2층 귀빈실로 안내한다. 아담한 귀빈실은 아름답게 꾸며졌고 향기가 그윽하다. 수로 아는 호사인에게 자리를 권하고 마주 앉는다.

이어서 수로 아가 말한다. "아시다시피 이곳은 유리 행성의 유리 왕국입니다. 유리 왕국은 지혜가 바다보다 깊고 하늘보다 높은 동방의왕이 세웠습니다. 복지와 교육 등이 완전하여 지금과 같은 지상 낙원을 이루게 되었습니다. 저는 호사인에게 유리 행성의 모든 것을 보여드리겠습니다. 그리고 유리 행성에 머무는 동안 호사인은 이곳의 2층에서 머무르시면 됩니다. 나는 아래층에 있을 거예요. 이제 매일 유리 행성의 제도를 탐험하게 될 것입니다."

7장
무공해 물레방아 전기발전소

제3일

먼저 깨어난 호사인은 일어나 샤워하고, 상쾌한 옷으로 갈아입는다. 곧이어 일어난 수로 아를 본다. 토 티가 꿀밥과 우유를 식탁에 차려 놓았다.

열어 놓은 창가에 부는 상쾌하고 시원한 바람이 마주 앉은 둘의 마음을 싱그럽게 한다.

식탁에는 간단한 조반이 입맛을 돋우며 다과가 혀를 녹인다. 수로 아가 손으로 금빛 머리카락을 뒤로 넘기며 먼저 오늘의 일정을 이야기한다.

"호사인. 오늘은 탐방의 첫날이며, 에너지부의 전기 발전소공장을 탐방합니다. 지구 행성에서는 전기 에너지를 생산하기 위하여 수력, 화력, 원자력 등으로 전기를 생산하며 많은 환경오염을 일으키지만, 여기서는 자연의 힘을 사용하여 어떠한 환경오염도 일으키지 않고 얼마든지 필요한 전기 에너지를 생산할 수 있답니다. 에너지 전기발전소는 각 '군' 행정부에 하나씩 들어서서 100개 고을의 전기 에너지를 차질 없이 공급하는데, 오늘은 중앙물레방아 전기발전소를 답방하게 됩니다."

호사인은 흥분하기 시작한다. 자연의 힘을 이용한 전기 생산은 지구 행성에서도 태양광이며 풍력이며 파력 등 지금은 많은 붐을 일으키고 있다. 하지만 극히 일부만 자연을 이용해 전기 에너지를 생산하고, 지금도 대부분 수력, 화력, 원자력발전소에 전기 에너지를 생산하고 있는 실정이다. 그러니 이곳의 환경오염 없는 전기 에너지 생산의 탐방에 그만큼 호기심이 발동한 것이다.

호사인과 수로 아가 새로운 외출복으로 갈아입고 거실을 나오려니 토 티가 나와서 "수로 아 님. 잘 다녀오세요." 하고 아주 귀엽게 인사한다.

"토 티. 집 잘 지켜라."

"예. 수로 아 님." 하며 대답한다.

갖가지 귀엽고 아름다운 새들도 조반을 구하기 위하여 하늘과 나무와 숲 사이를 분주히 오가며 먹이를 사냥하고 있었다. 신비하고 황홀한 자연의 무대를 감상하며 계단을 걸어 나오니, 어제의 비행차가 대기하고 있는데, 인조 말은 흔적 없이 사라지고, 말이 서 있던 자리에 고급의자가 나란히 놓여 있었다.

호사인과 수로 아가 비행차에 나란히 탄다. 수로 아가 버튼을 누르니 뒤에서 하얀 연기가 일면서 비행차를 감싸기 시작한다. 시간이 지나니 비행차가 공중에 뜨면서 형체가 만들어지고, 안에는 안락한 실내가 만들어 지면서 의자 앞에는 스크린이 만들어져 있었다.

스크린에 대고 수로 아가 "중앙물레방아 전기발전소."라고 말하니 스크린에 전기발전소의 아름다운 전경이 나타난다. 모든 것이 새롭고, 신비하며 꿈을 꾸고 있는 듯한 마음이다.

비행차가 하늘과 강과 녹음 위로 날며 거대한 폭포수 강의 한적한 공간에 살며시 내려앉으며, 제 모습으로 복원된다. 호사인이 먼저 내려 주위를 살핀다. 맑고 푸른 하늘에 솜털 같은 회색의 여유로운 구름, 폭포에서 품어내는 웅장하고 청아한 물결 소리, 깨끗하고 시원하고 달콤한 공기가 오감을 매료시킨다. 폭포 아래의 넓은 물결은 한없이 맑고 깨끗하여 깊은 물 속 많은 고기들의 평화로운 세계처럼 느껴진다. 하지만 중앙물레방아 전기발전소의 흔적은 찾아볼 수 없고, 태고의 오염되지 않은 자연의 신비로움만 넘실대고 있었다.

호사인과 수로 아는 폭포에서 떨어진 호수를 바라보고, 주위 경관을 바라보며 한없는 황홀함에 젖어 든다. 기분이 절로 상쾌해진다.

수로 아가 어딘가를 가리킨다. 그쪽을 호사인이 바라보니 호수 약간 깊은 곳에, 통 파이프가 망으로 입구를 막은 채 옆으로 세워져 있었다. 파이프 옆으로 가서 자세히 살피니 파이프는 땅으로 연결되어 있었다. 둘은 파이프가 연결된 땅을 찾기 시작했다. 그리고 한참 만에 땅으로 연결된 파이프라인을 찾았다. 파이프라인을 찾아 아래로 내려가니 강과는 점점 멀어졌다.

호사인과 수로 아는 파이프라인을 찾아 내려가면서 자연의 아름다움에 매료되었다. 거대한 거목들은 햇빛을 차지하기 위하여 높이 높이 오르다 보니 거대한 숲을 이루어 나가고, 작은 식물들은 빛을 찾기 위해 틈새를 노린다. 빛들이 식물의 터전을 마련하고, 식물들은 꽃과 열매를 맺으며 벌과 나비를 불러들이며 생존의 경쟁을 한다. 또한 이 식물들은 나무를 견제하기 위하여 나무를 위협하는 해충을 기르고 있었다. 수많은 해충은 나무들의 진을 빨아 괴롭히고 있었다. 수많은 작은 새들은 나무의 해충을 잡아먹기 위하여 분주히 나무들 사이를 드나들고 있으며, 나무의 숲들은 작은 새들을 반기고 있었다. 하지만 하늘의 큰 새들은 나무 틈새의 작은 새들을 잡아먹으며 먹이사슬의 한 축을 담당하며 낙원을 이루어 나가고 있었다. 그뿐 아니라 땅에서는 작은 곤충으로 시작하여 크고 작은 초식동물에서 육식 동물에 이르기까지 약육강식의 먹이사슬을 이루고 있었다.

 호사인과 수로 아는 환상적인 자연을 만끽하면서 파이프라인을 따라갔다. 점점 강과는 멀어진 육지에 서있는 느낌이 들었다. 그리운 옛날 초가집의 형상을 한 물체가 눈에 보인다. 호사인과 수로 아는 약속이라도 한 듯 숲속을 헤치며 발길을 옮긴다. 가까이 다가가 자세히 안을 살피니 물레방아가 돌고 있지 않은가. 호사인은 궁금해졌다. 물레방아는 농촌에서 곡식의 껍질을 벗겨 알곡을 만들어 내는 방앗간이다. 하지만 여기에서 무슨 연유로 물레방아가 돌고 있는가. 호사인과 수로 아는 안으로 들어가 자세히 살펴본다. 타원형 내부는 고전적인 그림들과 생화 화분들로 정돈되어 상당히 잘 관리되고 있다고 느끼게 하며, 향긋한 냄새가 기분을 상쾌하게 해준다. 물레방아는 원통을 중심으로 한쪽 홈 위에서 물이 내려와 채워져 원통을 돌리고 있었다. 다시 물의 출처를 찾아보니 폭포 호수에서 이어져 내려온 파이프라인의 물이 홈으로 흐르고 있었다. 물레방아를 자세히 관찰하니 원통 중심부에 회전축 파이프가 길게 이어져 있었으며, 회전축 파이프를 따라 시선을 모으니, 회전축 파이프와 변속 기계장치가 연결되어 있었으며, 위에는 안내 문자가 적힌 게시판이 있었다. 호사인과 수로 아는 호기심에 문자를 읽기 시작한다.

 '물레방아 발전소는 물레방아의 원통 중심의 회전 파이프가 10단의 변속 기아 장치와 연결하여 2단계 100kg의 소형 터빈을 빠르게 회전시켜 10배의 동

력 파이프 에너지를 만들어 낸다.'

이때 호탕한 웃음소리가 들린다. "호사인, 수로 아 님, 중앙물레방아 발전소를 가장 먼저 찾아주셔서 영광입니다. 나는 발전소를 총관리하는 에너지 총장입니다." 야성미가 넘치는 얼굴이 다가와 악수를 청한다. 호사인과 수로 아는 갑자기 나타난 에너지 총장의 출연에 당황하나, 바로 평정심을 찾으며 어색한 인사를 한다. 그리고 옆에 서있는 깜찍한 유람에 호기심을 보이자 에너지 총장이 말한다. "공 티, 인사해라."

인형 같은 공 티가 앞으로 나오며 말한다. "지구 행성에서 오신 호사인 님, 지구 행성 교류위원장 수로 아 님, 안녕하세요?"

호사인은 공 티가 로봇임을 알고 놀란다. '유리 행성의 과학 수준은 실로 놀랍구나. 로봇이 유람과 구분이 어려울 정도로 외양이며, 거동이며, 심지어 언어까지 차이가 없다니.'

"지구 행성에서 오신 호사인, 오늘은 참으로 기쁜 날입니다. 지구 행성의 사람이 가장 먼저 우리 중앙물레방아 발전소를 방문하여 주셨으니까요. 호사인도 알다시피 지구 행성에서는 과학 문명의 필수인 전기 에너지를 생산하기 위하여 행성 환경을 크게 오염시키고 있으며, 앞으로도 전기 에너지가 계속 크게 늘어날 것입니다. 그리고 이로 인한 공해도 더욱 나빠질 것으로 생각됩니다. 하지만 여기 유리 행성에서는 이 물레방아의 중심 회전축 파이프에서 회전의 에너지를 10단의 변속 기계장치를 이용하여 2단계 100kg의 미니 터빈을 빠르게 회전시켜, 10배의 회전동력에너지를 만들어 내며, 이와 같은 원리로 6단계를 거치며 1,000,000kg의 거대한 터빈을 돌려 무한한 전기 에너지를 어떠한 공해도 유발하지 않고 생산할 수 있답니다."

호사인은 호기심이 차올라 질문하기 시작한다. "우리 지구 행성에서도 이러한 전기 에너지 발전이 가능할까요?"

"물론이고 말고요. 사실은 아주 간단한 원리입니다. 6단계까지 간단하게 설명해 드리지요." 이어서 물레방아 쪽으로 자리를 옮긴다.

"물레방아는 위에서 흘러내린 물이 회전축의 홈 한쪽에 채워지면, 기울기의 힘으로 회전하게 됩니다. 이 회전축에 파이프를 연결하고, 이를 2단계 변속기어 장치와 연결하여 동력을 전달하지요." 에너지 총장은 지휘봉으로 물레방아를 가리키며, 회전하는 동력 파이프를 따라 변속기어 장치에 이른 과정을 가리킨다.

에너지 총장은 호사인과 수로 아를 바라보면서 말한다. "지구 행성, 호사인의 고국에도 자동차 문화가 많이 발달했지요. 30톤의 거대한 트럭이 엔진의 힘으로만 빠르게 질주하는 것은 불가능하지만, 변속기어 장치 원리를 이용해 천천히 출발해서 빠르게 질주할 수 있습니다. 이와 같은 원리를 이용해, 변속기어 장치는 1단에서 10단까지 변속을 하면서 천천히 회전을 시작하여 빠르게 회전을 하게 되지요."

이어서 2단계의 방으로 이동한다. 이곳에는 변속기어 장치와 연결된 동력 파이프가 100kg의 미니 터빈과 연결되어 있다. 다시 에너지 총장이 변속기어 장치를 중립에서 1단의 기어로 옮기니, 100kg의 터빈이 천천히 회전을 시작한다. 물레방아의 힘이 100kg의 터빈을 회전시키는 것이다. 호사인과 수로 아는 박수를 치면서 신기해한다. 왜냐하면, 물레방아의 힘으로 100kg의 터빈을 돌린다는 것은 불가능하기 때문이다.

다시 변속기어 장치를 2단으로 옮기니 터빈의 회전이 빨라진다. 3단, 4단, 5단으로 기아를 옮기니, 터빈의 회전이 점점 아주 빨라진다.

에너지 총장이 회전이 빨라지는 터빈을 바라보면서 말을 이어간다. "2단계 100kg의 터빈 중심에 회전 동력 파이프가 연결되어 다시 3단계 변속기어 장치로 연결되어 1,000kg의 터빈을 회전시키고 있으며, 같은 원리로 4단계에서는 10,000kg의 터빈을, 5단계는 100,000kg의 터빈을, 6단계에서는 1,000,000kg의 어마어마한 터빈을 돌리게 됩니다. 그리고 마지막 터빈에 발전기를 연동시켜 전기를 생산해 냅니다."

호사인은 물레방아의 작은 동력으로 100만kg의 터빈을 빠르게 회전시키는 장치에 놀라워하며, '이 원동력이 어디서 나온단 말인가?' 하고 궁금해하며 에너지 총장을 바라본다.

　에너지 총장은 마치 질문이라도 받은 것처럼 다시 설명을 이어간다. "물레방아의 작은 동력이 100만kg의 엄청난 터빈을 돌릴 수 있는 원동력은 바로 각 6단계 터빈의 회전력에 있습니다. 호사인의 고향인 지구 행성은 태양을 공전하면서 동시에 자전합니다. 자전의 힘으로 중력이 생기고 대기권이 발생해 만물의 생명체가 발현합니다. 만약 지구 행성의 자전이 없다면, 혹은 달처럼 천천히 자전한다면 중력이 거의 없어져 대기권이 형성되지 않으며 만물의 생명도 존재할 수 없습니다. 태양도 은하를 공전하면서 자전합니다. 만약에 태양이 자전이 없다면, 태양계는 형성되지 않으며, 지구 행성도 태양을 공전하지 않습니다. 우주 안의 모든 물질은 제자리에 정지해 있는 물체가 없으며, 거의 모든 물체는 크든 작든 힘의 작용에 따라 회전을 이루고 있습니다. 모든 물질이 존재하려면 에너지가 필요하며, 에너지는 곧 회전에서 얻어집니다." 설명을 멈추고, 에너지 총장은 호사인을 바라본다.

　호사인은 생각한다. '논리가 부족한 데 없이 딱 들어맞는 말 같기는 하지만, 지구에서는 아직 자전에서 발생하는 에너지 연구가 깊이 진행되지 않아 잘 모르겠구나.'

　한참 후, 다시 에너지 총장의 설명이 이어진다. "2단계의 터빈은 자전거 바퀴처럼 큰 원으로 되어있으며, 원은 무거운 쇠 파이프로 되어있고, 중심은 동력 파이프가 길게 연결되어 있으며, 원과 중심 사이에 빗살처럼 단단한 작은 파이프가 연결되어 터빈은 안전합니다. 이 터빈이 정지해 있으면 어떠한 에너지도 없습니다. 하지만 빠르게 회전을 하면 엄청난 에너지가 발생합니다."

　2단계 터빈을 8단 기어로 연결하니, 외곽의 원은 눈에 보이지 않을 정도로 빠르게 회전하고, 중심의 동력 파이프는 느리게 회전하지만 매우 강한 힘을 발휘하게 된다.

　그리고선 3단계 터빈과 연결된 변속기어 장치 앞으로 에너지 총장과 수로 아, 호사인이 이동한다. 100kg의 2단계 터빈에 비해 1,000kg의 3단계 터빈은 아주 크고 단단해 보인다. 2단계 터빈 중심에서 얻은 큰 에너지의 동력 파이프는 3단계 터빈을 회전시키기 위하여 변속기어 장치에 연결되어 있다.

　에너지 총장이 3단계 변속기어 장치를 중립에서 1단으로 옮기니, 1,000kg의 3단계 터빈이 천천히 회전을 시작한다. 변속기어를 2, 3, 4, 5, 6, 7, 8단으로 이동시키자 터빈이 빠르게 회전한다. 고속 회전에 들어가자 터빈 외곽의 원은 보이지 않고, 중심의 견고한 동력 파이프만이 천천히 회전하는 모습이 보인다.

　3단계에서 큰 동력 에너지를 얻은 동력 파이프가 4단계 변속기어 장치에 연계되어 있다. 10,000kg의 4단계 터빈은 원의 지름이 3.5m에 달하는 무거운 원이며, 중심의 쇠들이 아주 튼튼해 보인다. 에너지 총장이 4단계 변속기어 장치의 기어를 중립에서 1단으로 옮기니, 10,000kg의 터빈이 바람을 일으키며 회전하고, 8단까지 올리니 시원한 바람을 일으키며 빠르게 회전한다.

　4단계에서 10,000kg의 회전 터빈 중심의 동력 파이프는 크고 단단해졌으며, 엄청난 에너지를 축적하고 있었다. 변속기어 장치도 크고 단단해졌다.

　이제 지름 5m에 무게는 100,000kg에 달하는 5단계 터빈을 회전시키기 위하여 에너지 총장은 변속기어 장치의 기어를 중립에서 1단에서 8단까지 올린다. 장치는 큰바람을 일으키며 거의 태풍 같은 소리를 내고 있었다.

　100,000kg의 5단계 회전 터빈에서 전달된 중심 동력 파이프의 에너지는, 이제 마지막 1,000,000kg짜리 6단계 터빈을 돌릴 준비를 마쳤다. 호사인과 수로 아는 변속기어 장치 앞에서 거대한 터빈을 바라본다. 지름이 7m에 달하는 거대한 터빈은 바라만 보아도 위축된다. 터빈의 원은 둥근 무쇠로 되어있으며, 중심은 쇠뭉치로 되어있다. 원과 중심은 둥근 쇠 파이프들로 촘촘히 연결되어 있다.

　6단계에서는 에너지 총장이 호사인과 수로 아를 안전한 장소로 안내하고, 에너지 총장도 안전한 장소에서 리모컨으로 중립의 변속기어 장치를 1단으로 이동한다. 거대한 괴물이 용트림하듯 1,000,000kg의 터빈이 움직인다. 8단까지 올리니 심한 바람을 일으키며 주위의 자연을 삼킬 듯이 웅장하다.

에너지 총장이 호사인과 수로 아를 바라보며, "1,000,000kg의 6단계 터빈에 발전기를 연결하여 전기를 생산합니다. 여기까지 현장의 탐방이며, 이제 우리 사무실로 가서 화면으로 설명하지요." 하며 안내한다. 이에 수로 아가 나서며 묻는다. "에너지 총장님, 이제 식사 시간이 아닌가요?"

"아, 벌써 그렇게 되었군요. 그럼 식사 먼저 할까요?" 에너지 총장이 방향을 바꾸어 식당으로 안내한다. 2층의 넓고 아담한 식당은 벌써 직원 유람들이 모여들어 자리에 앉는다. 에너지 총장이 가운데 자리를 잡고 호사인과 수로 아에 자리를 권하고 마주 앉는다. 그리고 공 티에게 지시한다. "오늘은 귀한 손님이 오셨으니 중식을 여기로 가져오려무나." "네." 하고 응답한 공 티가 곧바로 중식을 가져온다.

하지만 직원 유람들의 시선이 총장과 호사인 수로 아에 집중되니, 에너지 총장이 일어나 입을 연다. "직원 유람 여러분, 오늘은 중앙물레방아 발전소에서 가장 즐거운 날입니다. 여러분도 어제 뉴스를 통하여 아시겠지만, 지구 행성에서 오신 호사인은 유리 행성의 과학 문명에 지대한 관심을 가지고 계십니다. 그중 가장 관심사인 유리 행성의 전기 에너지를 어떻게 생산하는지에 관심을 갖고 우리 중앙물레방아 발전소를 가장 먼저 탐방하신 것입니다." 우레 같은 박수 소리가 넘쳐난다.

호사인은 모든 것이 새롭고 신기하다. 직원 유람들은 아름답고, 티 없이 맑으며, 근심 걱정은 찾아볼 수가 없다. 하지만 이상한 점이 있다. 식탁에 식사를 가져와 준비한 직원 유람은 10명에 불과하고 30명의 유람은 벽 쪽의 의장에 앉아 있다.

수로 아가 호사인의 궁금증을 알아차리고 "식탁에 식사를 갖다 놓은 유람만이 직원 유람이고, 나머지는 로봇인 티입니다. 그리고 티들도 의자에 앉아 충전하는 것입니다." 하고 말했다.

호사인이 놀라며, "그럼 유람과 티들을 어떻게 구분하지요? 직원 유람이 하는 일을 티들도 똑같이 하나요?" 하고 물었다.

에너지 총장이 웃으며, "의상으로 구분합니다. 티들의 의상은 상·하의 색상이 모두 같습니다. 그러나 직원 유람들은 상·하의 의상 색이 모두 다르지요." 하고 답했다.

수로 아가 덧붙여 설명한다. "유리 행성에는 25억의 유람이 살고 있습니다. 그리고 50억의 로봇 티들이 있습니다. 그리고 이 티들은 힘들고 어려운 일들을 모두 도맡아 합니다. 그러한 덕에 유람들은 주 4일 근무에, 매일 근무는 오전 3시간과 오후 3시간을 하며, 1년에 2달은 휴가를 즐깁니다. 이는 힘든 일을 모두 로봇 티들이 하기에 가능하지요."

호사인은 입이 벌어진다. 세상에 이럴 수가. 그러면서 의구심이 생겨 물었다. "유람과 지능이 비슷하고 2배나 많은 티들이 한데 뭉친다면, 유람들을 해칠 수도 있지 않을까요?"

수로 아가 답한다. "호사인으로선 그렇게 생각할 수 있겠지요. 그러나 여기서는 티들에게 철저한 보안장치를 하고 있답니다. 티마다 데이터 관리가 이루어지며 이상한 로봇 티가 생기면 즉시 전기 충전을 중단하고 방전시킵니다. 그러면 티는 바로 정지하지요." 호사인은 고개를 끄덕이며, 바로 수긍한다.

아담하고 빈틈없이 꾸며진 에너지 총장의 직무실에는 은은한 향기가 피어나고 있었으며, 벽에는 고화가 걸려 있고, 창문 아래에는 많은 화초가 진열되어 있었다. 볼수록 고상한 에너지 총장이 직접 차를 우려내어 쟁반에 들고 와서 탁자에 놓으며, 호사인을 향해 말한다. "여기서는 귀한 손님이 오면 주인이 직접 차를 만들어 대접합니다."

수로 아가 차를 마시고 고상한 향기에 취하면서 엄지손가락을 치켜들며 칭찬한다. "차 맛이 일품입니다." 호사인도 차를 맛보며 역시 칭찬하며 웃음꽃을 활짝 피운다. "차 맛이 예술입니다."

에너지 총장은 맞은편 벽면에 화면을 띄우고선 다시 설명을 시작한다. "오전에 이미 중앙물레방아 발전기의 현장을 견학하였지만, 정확한 이해를 돕기 위해 영상을 통해 다시 한번 설명하지요." 곧이어 벽면의 화면이 켜진다. 화면 속 물레방아 중심 파이프는 수평으로 길게 뻗어 6단계까지 이어져 있었고, 단계가 올라갈수록 더 견고한 파이프가 연결되어 있었다.

　에너지 총장이 100kg의 2단계 터빈보다 10배 무거운 1,000kg의 터빈을 가리키며 이어 말한다. "2단계 터빈에서 빠르게 회전하여 얻어진 동력 에너지가 다시 1,000kg의 터빈 회전을 위하여 다시 변속기어 장치를 이용하지요." 그와 동시에 변속기어 장치의 기어를 1단에서 8단까지 높여 나가니 1,000kg 터빈의 원이 보이지 않을 정도로 빠르게 회전한다.

　에너지 총장은 화면을 통해 6단계 변속기어와 터빈 구조를 보여주며, 호사인과 수로 아에게 자세히 설명한다. "여기 중앙물레방아 발전소에서는 1,000,000kg의 6단계 터빈으로 전기를 생산하지만, 10단계로 올리면 엄청나게 많은 전기량을 생산할 수 있지요. 만약 1단계만 올려 7단계라면 10,000,000kg의 터빈을 회전시킬 수 있습니다. 그러므로 유리 행성에서는 물레방아 회전의 작은 힘으로 무한정 전기를 생산할 수 있습니다. 하지만 지구 행성에서는 이러한 단계를 거치지 않고, 처음부터 발전소의 큰 터빈을 회전시키기 때문에 엄청난 양의 에너지가 필요하지요. 그러므로 화력발전소는 엄청난 화석연료를 태우기에 환경을 크게 오염시키고, 수력발전소는 거대한 댐을 막아 홍수를 일으키고, 원자력발전소는 방사능이 유출해 위험을 유발하고 있습니다. 지구 행성에서도, 이러한 원리로 전기 에너지를 생산해 이용한다면, 환경이 태초처럼 맑아질 것입니다." 그는 이 말을 하며 호사인을 바라본다.

　호사인은 큰 감명을 받으며 질문을 이어간다. "발전소의 전기발전 생산은 몇 kw며, 중앙물레방아 발전소를 운영하는데 직원 유람과 티의 노동이 얼마나 필요하며, 어느 정도까지 전기 에너지를 공급하나요?"

　"좋은 질문입니다." 에너지 총장이 웃으며 답한다. "여기 전기발전 생산은 1,000만 kw며, '군' 단위 100 고을 25만 유람이 쓸 수 있는 전기 에너지를 공급합니다. 그리고 시설 장치는 모두가 자동입니다. 어디에 이상이 있으면, 부위마다 센서가 있어 자동으로 여기 직무실 벨이 울리며, 화면에도 이상 부위가 나타납니다. 하지만 실제로는 그런 이상이 거의 발생하지 않습니다. 그러므로 사실 많은 인원은 필요하지 않습니다. 중식 시간에 보았듯이 중추적 업무를 담당하는 직원 유람이 총장을 포함해 총 11인이고, 로봇 티는 30기입니다." 에너지 총장의 설명이 다소 아쉬웠던지, 호사인은 다시 물었다. "중추적 업무는 어떤 분야입니까?"

초전도체 전선

"전기는 6단계, 1,000,000kg 터빈에 발전기를 연동해 빠르게 회전시킴으로써 생산되며, 변전소에 저장됩니다. 그리고 초전도체 전선을 지하 깊숙이 매설해 각 고을에 전기를 안정적으로 공급합니다. 중추적 업무는 시스템을 검토·분석하고, 이상을 사전에 발견해 예방하는 것입니다. 티들이 하는 일은 설비의 관리, 청소, 수리, 환경관리 등의 업무입니다. 티들은 대개 하루에 12시간을 근무합니다. 유람은 주 4일, 오전 3시간과 오후 3시간씩을 근무하지요."

수로 아가 시간을 확인하고 말을 건넨다. "에너지 총장님, 우리의 일정을 적극 도와주셔서 감사합니다."

호사인도 정중히 인사한다. "에너지 총장님, 감사합니다." 이에 에너지 총장도 화답한다. "영광입니다. 첫 일정으로 물레방아 전기발전소를 찾아주셔서요." 호사인과 에너지 총장은 뜨겁게 악수하고 작별한다.

호사인은 생각한다. 과학 발전과 경제 성장은 에너지의 공급 없이 불가능하다. 그래서 지구의 각 국가는 전기 에너지 확보를 위해 얼마나 많은 환경을 파괴하며, 비용은 또 얼마나 많이 들어가는가! 하지만 이곳의 물레방아 기반 에너지 시스템은 놀라울 만큼 간단하다. 초기 건설비용 외에는 관리비만 들어가며, 자연환경 오염은 전혀 일어나지 않는다. 만약 지구에도 유리 행성처럼 물레방아 발전 시스템을 도입한다면, 환경이 얼마나 깨끗해질까?

8장

아름다운 문명은 교육에서 나온다.

제4일

모든 생명체는 살아가기 위한 본능적 지혜를 가지고 있다. 누가 가르쳐 주지 않지만 스스로 알게 된다. 그러나 문명사회에서는 질서 유지를 위해 일정 부분 개인의 자유를 규제하는 규정이 필요하고, 전체의 발전을 위해 제도가 필요하며, 제도의 정착을 위해 교육이 필요하다. 이 아름다운 사회를 이룩한 유리 행성의 교육은 어떻게 이루어지는지 호사인은 문득 궁금해졌다.

익어가는 가을과 은하 학교

호사인은 춥지도, 덥지도 않은 가을 날씨처럼 상쾌한 산천을 바라본다. 오염 없이 관리된 유리 행성, 높고 맑은 가을 하늘은 청아하고 깨끗하다. 그리고 솜털 같은 흰 구름이 유유히 흐르며 여유와 풍류를 자아낸다. 그 아래에는 기러기 떼가 아련하게 활보하며 하얀 궤적을 남기고, 그 아래에는 독수리가 날개를 활짝 펴고, 눈을 반짝이며 지상의 먹이를 열심히 찾고 있었다. 이 밖의 새들이 공중을 활보하며 먹이를 찾고 있는 듯하였다. 산과 들에는 단풍이 시작됐음을 알리듯 붉은 잎들이 하나둘 모습을 드러내고, 이름 모를 나무들에는 풍성한 열매가 익어가는 중이었다. 또한 산들산들한 바람이 향기가 되어 코끝을 매료시키며, 상쾌한 마음을 만들어 준다. 어디서인지 귀여운 로봇이 다가와 고개를 숙이며 말한다. "호사인 님, 수로 아 님. 어서 오십시오. 교 티입니다. 제가 교장님께 안내하겠습니다." 교 티가 앞장서 걸어가며 둘을 인도한다. 넓은 운동장에는 아이들의 웃음소리가 시끌벅적하게 들린다. 교 티는 아이들이 보이지 않는 한적한 뒷길로 안내하며, 한 건물에 도착하여 교장실 문을 노크한다.

"누구세요?" 하는 음성이 들리자 교 티가 답한다. "지구 행성에서 오신 호사인과 수로 아 과학위원장 두 분이 오셨습니다." 이어서 교 티가 문을 열어 둘을 안으로 안내한다. 안에서는 지적이면서도 인자한 인상의 중년 여성이 자리에서 일어나 앞으로 걸어 나왔다. "어서 오세요. 지구 행성에서 오신 호사인님, 그리고 수로 아 지구과학위원장님. 우리 은하 학교를 방문해 주셔서 감사합니다. 저는 해주 교장입니다."

호사인과 수로 아는 약속이라도 한 듯 동시에 답례한다. "이렇게 환대해 주시니 영광입니다. 해주 교장님."

해주 교장실의 벽면은 창문을 제외하면 모두 책으로 가득 차 있다. 그리고 천정에는 동방의왕의 책 읽는 모습이 정교하게 그려져 있다.

4면의 넓은 창들은 아래 창틀에 맞게 반원의 공간을 만들어 활짝 핀 꽃 화분을 전시하고 있다. 꽃의 향기가 코를 진동하며 기분을 상쾌하게 만든다.

"귀빈실로 들어가시지요." 해주 교장이 안내하며 앞장선다. 교장실과 떨어진 외딴곳에 있는 귀빈실은 3면이 유리창으로 되어있고, 들어오는 문의 반대편에 또 다른 문이 있어서 한 건물과 연결되어 있다. 귀빈실은 아름다운 그림으로 장식되어 있었다. 한 창문을 향해 반원으로 테이블이 놓여 있고, 테이블을 따라 3개의 고급의자가 놓여 있다.

해주 교장이 자리를 권하니 가운데 수로 아가 앉고, 양옆에 호사인과 해주 교장이 앉는다. 교장이 벨을 누르니 반대편 문에서 교 티가 들어온다. "부르셨습니까?" "귀한 차를 가지고 오렴." "알겠습니다. 교장님" 교장이 호사인을 바라보며 입을 연다. "유리 행성에 대한 소감을 듣고 싶군요."

호사인은 교장의 질문에 무슨 말을 해야 하나 머뭇거린다. 수로 아는 호사인의 마음을 알기라도 하듯이 "그냥 느낌 그대로 말하세요." 하고 말한다.

이에 호사인은 부담 없이 "모든 것이 신기하고 아름답습니다. 지구 행성에 비교하면, 마치 '새 하늘과 새 땅'을 보는 기분이랍니다." 하고 답했다.

이때 교 티가 쟁반에 차를 가지고 탁자 위에 놓는다. "이 차는 고산에서 구한 재료로 우려낸 거랍니다. 머리가 맑아지는 차입니다. 자, 드시지요." 하며 차를 권한다.

호사인과 수로 아가 차를 음미하고 마시면서 향을 칭찬한다.

해주 교장은 차를 마시면서 이야기를 시작한다. "오늘은 호사인 님과 유리 행성 교육의 모든 학제 및 수업 모니터링, 교육부 장관 화상 면담, 화상 수업을 살펴보고, 마지막으로 운동장에서 전체 학생들과 환영식을 진행하겠습니다."

"초등, 중등, 고등의 일반 학교는 '면' 행정마다 하나씩 있으며, 유리 행성에는 10만 학교가 있고, 이 모든 학교에서 1년에 2,000만 명의 학생이 학업을 마치고 졸업합니다.

졸업한 학생 가운데 1,000만 명은 직업을 선택하여 2년 동안 직업 교육을 받고 21세가 될 때 직장에 들어가고, 1,000만 명은 1 학제 상급학교에 진학하기 위해 선택한 학과에서 교양 교육과 적응 교육을 2년 동안 받은 후 동일한 21세에 진학을 합니다.

그리고 직장인이나, 공부를 계속하는 진학생이나 똑같이 점화를 받습니다. 지구 행성 식으로 말하자면, 직장인이나 학생이나 똑같이 월급을 받는 셈입니다.

1,000만 명의 진학반은 3년의 공부를 마치고, 이후에 그중 500만 명은 직장에 들어가고, 남은 500만 명은 2 학제 상급학교에 진학합니다.

2 학제 진학반은 다시 3년의 공부를 마치고, 그중 250만 명은 직장에 들어가고, 남은 250만 명은 3 학제 상급학교에 진학합니다.

3 학제 진학반은 다시 3년의 공부를 마치고, 그중 130만 명은 직장에 들어가고, 남은 120만 명은 다시 4 학제 상급학교에 진학합니다.

4 학제 진학반은 다시 3년의 공부를 마치고, 그중 60만 명은 직장에 들어가고, 남은 60만 명은 다시 5 학제 상급학교에 진학합니다.

5 학제 진학반은 다시 3년의 공부를 마치고, 그중 30만 명은 직장에 들어가고, 남은 30만 명은 다시 6 학제 상급학교에 진학합니다.

6 학제 진학반은 다시 3년의 공부를 마치고, 그중 15만 명은 직장에 들어가

고, 남은 15만 명은 다시 7 학제 상급학교에 진학합니다.

7 학제 진학반은 다시 3년의 공부를 마치고, 그중 7만 명은 직장에 들어가고, 남은 8만 명은 다시 8 학제 상급학교에 진학합니다.

8 학제 진학반은 다시 3년의 공부를 마치고, 그중 4만 명은 직장에 들어가고, 남은 4만 명은 다시 9 학제 상급학교에 진학합니다.

9 학제 진학반은 다시 3년의 공부를 마치고, 그중 2만 명은 직장에 들어가고, 남은 2만 명은 다시 10 학제 상급학교에 진학합니다.

10 학제 진학반은 다시 3년의 공부를 마치고, 그중 1만 명은 직장에 들어가고, 남은 1만 명은 다시 선사 학교에 진학합니다.

그리고 선사 학교 반에서 5년의 공부를 마친 1만 명은 선사라는 자격이 주어집니다.

선사는 모든 학문에 통달하여 통 왕국의 모든 중추적 보직의 역할을 맡습니다.

1만 명은 다시 추천을 받아 100명의 신선을 선출합니다.

이 100명은 5년 동안 모든 고서를 탐구하여 신선의 직위에 오르며, 신선까지의 공부는 60세에 이르며, 동방의왕의 지혜와 지식에 도달합니다.

이 신선 중에서 통 왕이 선출되며, 이들이 신선 의회를 구성하며, 또한 그들 중에서 10부 장관이 임명되는 교육제도입니다."

호사인은 '모든 공직과 임무가 능력에 맞게 주어지는구나.' 생각하며 돈을 받으며 공부하는 사회, 높은 지위일수록 공부를 많이 하여 능력을 갖춘 사람이 맡아 움직이는 사회의 결과가 지금의 훌륭하고 아름다운 유리 행성의 모습이구나 하는 깨달음을 얻는다. 이에 자연스레 궁금증이 생긴다. "교육의 핵심은 어디에 맞추어 있습니까? 진학반과 직업반의 선별기준은 어떻게 이루어지나요?" 호사인이 해주 교장을 향해 질문한다.

교장은 거침없이 답변한다. "사랑과 법입니다. 여기서는 유치원 때부터 가장 먼저 사랑과 법을 가르칩니다."

호사인은 깜짝 놀란다. 해주 교장은 이어서 말한다. "호사인의 나라에서는 '세 살 버릇 여든까지 간다.'는 속담이 있다고 알고 있습니다. 유치원에서부터 일찌감치 사랑과 법을 가르쳐 나쁜 마음을 갖지 못하도록, 그리고 죄를 짓지 않도록 하는 것이 교육의 시작입니다."

해주 교장은 호사인을 바라보며 말한다. "유아원에서는 2년 동안 말과 글, 그리고 노래와 춤, 기초적인 그림 공부 등을 가르칩니다. 그리하여 정서적, 안정감, 호기심의 유발, 풍부한 상상력 등을 심어주며, 즐겁게 노는 놀이도 많이 가르칩니다. 그리고 유치원에 입학하는 것입니다."

유치원부터 사랑과 법을 가르친다

호사인은 깊은 명상에 잠긴다. "왜 아무것도 모르는 유치원 어린이에게 가장 먼저 사랑과 법을 가르치지요?"

해주 교장이 설명한다. "유치원 어린이들은 호기심과 상상력이 풍부하지요. 이때 사랑과 법을 심어주면 어린이 마음에 악이 자라지 못하며, 의로운 사람으로 성장하게 됩니다. 사랑이란 호사인의 고향 지구 행성의 대표적인 종교인 기독교의 경전 가운데《고린도전서》13장에 잘 기록되어 있고, 불교의 자비와 보시 개념, 유교의 인(仁)의 개념에도 있습니다. 사랑은 미워하지 않으며, 질투하지 않으며, 시기하지 않으며, 남의 것을 도적질하지 않으며, 약자를 괴롭히지 않으며, 거짓 증거하지 않으며, 악을 생각지 않으며, 온유하며, 인내하며, 이웃과 친구를 사랑하는 것입니다. 이 생각을 마음에 심어주어 바른 생각과 마음을 갖게 하는 것이 교육의 기본입니다. 우리는 내 생각과 마음은 알 수 있지만 남의 생각과 마음은 알 수 없습니다. 상대방이 악인인지 의인인지 우리는 알 수 없습니다. 하지만 악은 행동으로 나타납니다. 악한 행동을 법으로 다스려 사회의 악을 제거해야 의로운 세상, 아름다운 세상을 이룩할 수 있습니다.

그러므로 사랑과 법을 가장 먼저 가르치는 것입니다." 호사인은 이에 감명한 듯 고개를 크게 끄덕인다.

해주 교장이 수로 아를 바라보며 말한다. "두 번째 질문은 수로 아 님께서 답하시면 될 것 같습니다."

수로 아가 미소를 지으며 입을 연다. "네, 중요한 질문이지요. 여기서도 마지막 학기에 시험은 봅니다. 하지만 이 시험의 성적은 학생에게 알리지 않으며, 상제 진학반과 직업반을 가르는 자료로 삼을 뿐입니다. 이 성적과 더불어 담당 선생님들이 학생들의 여러 적성을 파악하여 선별하기에 불만이 제기될 수도 있지요. 하지만 지금까지는 문제가 없습니다. 공부를 좋아하는지로 30%, 적성 테스트로 40%, 본인의 의사를 30% 비중으로 적용하면서 세밀하게 판단합니다."

호사인은 고개를 끄덕인다.

문명은 교육에서

해주 교장이 말한다. "호사인, 이제는 교육부 장관과 대담할 시간입니다. 유리 행성에는 10개 부처가 있으며, 이들은 호사인의 나라에서의 장관과 같습니다. 10개 부처의 각 장관은 신선이 맡고 있습니다."

화면이 켜지며 교육부 장관이 등장한다. 흰머리가 듬성듬성하고, 가지런한 머리를 뒤로 넘겨 안정감이 넘치고, 포근하지만 날카롭고 예리한 눈매를 가진 교육부 장관이 환하게 웃으며 말한다. "호사인 님, 반가워요. 또한 지구과학위원장 수로 아 님, 오랜만이네요. 해주 교장도 오랜만입니다."

호사인이 먼저 화답한다. "교육부 장관을 만나게 되어 영광입니다."

이어 교육부 장관은 답한다. "호사인, 우리 유리 행성에서는 지구의 교육과정을 잘 알고 있으며, 지금도 전문 교육자가 영혼으로 지구의 교육과정을 살펴보고 있습니다. 이는 교육이 꾸준히 발전하는 과학의 문화와 문명을 늘 새로운 학문에 담아야 하기 때문입니다. 우주에서 지금까지 발견된 행성 중에, 문명을 이룬 행성은 유일하게 지구 행성과 유리 행성뿐입니다. 그러므로 지구 행성에서 온 호사인은 너무나 반가운 친구입니다. 지구 행성과 유리 행성은 모두 문명사회이지만, 유리 행성에 머문 지 4일째인 호사인은 두 행성의 모습이 얼마나 다른지를 곳곳에서 체험했을 것입니다. 저는 그 차이가 바로 교육에서 비롯된다고 생각합니다. 어떤 교육을 어떻게 하느냐에 따라 문명의 모습은 달라질 수 있습니다. 2,000년 전 초대 유리왕은 교육의 중요성을 인지하고 점화를 발행하여 전 유람이 태어나면 2만 점화 선 통장을 주어 20세까지 모두가 교육을 받을 수 있게 하였지요. 더 중요한 것은 왕권의 세습을 버리고 100인의 의인 신선을 선정하여 중요 요직을 주고, 다시 20인을 선별하고 그중에 유리왕을 선출하도록 하는 제도를 2,000년 동안 꾸준히 유지하여 오늘의 문명국을 이룩한 것입니다. 그 당시에는 상상조차 어려웠던 이 제도는 모든 유람이 높은 지적 수준을 갖추고 의식주 문제를 해결할 수 있도록 했습니다. 이를 바탕으로 유리 행성의 모든 유람이 하나의 유리 왕국으로 통합되었고, 초대 유리왕은 한글과 유사한 언어와 문자를 창제해 통일된 교육을 시행했습니다. 그 결과, 경제와 과학이 급속도로 발전하게 되었지요."

호사인이 질문한다. "교육부 장관께서 선사들이 고위직을 맡아 발전의 중추적 역할을 한다고 하였습니다. 그렇다면 행정조직위의 서열이 있는 것 아닌지요." 이에 교육부 장관은 잔잔한 미소를 지으며 답한다. "유리 행성은 하나로 통일된 국가, 즉 유리 왕국입니다. 유리 행성의 유람들이 모두가 부유하고, 행복할 수 있는 것은 공정하고, 일사불란한 강력한 법과 지휘 체계가 있기 때문입니다. 이는 강한 직위서열 지휘 체계가 없다면 이루어질 수 없습니다. 그러나 지구 행성 체계와 다른 점은 직위 업무에만 엄격한 서열이 있지 업무 시간 이외에는 모두가 친구로 변한다는 겁니다. 가령 해주 교장이 한참 위의 직위서열인 교육부 장관의 업무 지시를 어겼다고 하면, 나는 이렇게 합니다. 해주 교장, 3일 전의 내 업무 지시를 이행하지 않았습니다. 이에 법의 처분이 이루어질 것입니다. 이렇게 부드러운 목소리로 알립니다. 지구에서처럼 직위 서열이 높다고 하여 눈을 부라리거나 험한 말투로 하위직위자를 함부로 대하지 않으며, 그렇지만 업무의 지시를 이행하지 않거나, 나태하거나, 태만하면 엄격한 법의 처벌을 받습니다. 하지만 직무 시간이 끝나면, 우리는 모두 막걸리도 마시며, 소주도 같이 마시며, 맥주도 마시며 동등한 친구가 된다는 것입니다."

호사인은 고개를 끄덕였다. 같은 것 같으면서 전혀 다른 이곳의 직위 체계를 알 수 있었고, 또한 흠모하지 않을 수 없었다.

호사인은 다시 질문했다. "일반 학교의 졸업 학생이 되면 50%는 상제 학교에 진학하고, 남은 50%는 취업이 이루어지는데, 그에 따른 직장은 충분히 확보되어 있나요?"

"여기는 졸업 취업생이 언제나 부족한 상태이며, 취업은 걱정이 없습니다. 여기의 모든 직장은 주 4일 오전 3시간, 오후 3시간 근무를 하며, 또한 1년에 2달은 휴가의 달입니다. 그리고 일자리는 얼마든지 만들 수도 있고, 창출할 수도 있습니다. 그러므로 구인이 부족하지, 구직이 부족하지 않습니다."

호사인은 지구를 떠올린다. 구직난으로 수많은 실업자가 생기고, 그로 인해 소비가 위축되며 경제 전반이 어려워지고 있는 현실을 떠올린다. 이곳은 정말로 꿈같은 세상이 아닌가, 하는 생각이 절로 든다. 호사인은 교육부 장관에게 지혜를 구한다. "지구 행성 교육의 문제가 심각합니다. 적절한 진단과 처방을 구해야 할 상황입니다. 교육부 장관님의 지혜를 구합니다."

교육의 핵심은 인성교육

교육부 장관은 한참 생각하다 입을 열었다. "유리 행성과 지구 행성의 문화와 제도가 너무 차이가 있어서 결점을 단정하기는 어렵지만, 나름 분석하자면 유리 행성은 하나의 통합국이고, 지구 행성은 200여 국가가 서로 다른 문명과 제도를 가지고 있어 어느 특정 국가의 문제점을 지적하는 것은 어렵습니다. 즉, 모든 나라에 문제가 많다는 것이며, 이러한 문제의 해결은 교육에 있습니다.

교육의 목표는 크게 나누어 인성교육과 기술교육이 있는데, 지구 행성의 대부분 국가는 과학기술교육은 잘 이루어지고 있으나 인성교육은 잘 이루어지지 않고 있습니다. 이로 인해 혐오와 분쟁, 분열, 전쟁이 끊임없이 일어나며, 가난과 기아, 환경파괴가 지구 행성을 망치고 있습니다.

그러므로 인성교육을 크게 격상하고, 국가별로 모든 사람이 차별 없이 교육받을 수 있도록 하며, 인성교육과 과학기술교육을 함께 중시한다면 지구 행성도 크게 달라질 것입니다."

"인성교육의 핵심은 무엇입니까?"

"'마음의 사랑' 교육입니다. 만약에 지구 행성의 모든 국가가 '마음의 사랑' 교육을 실행한다면, 전쟁이 없고 분쟁과 분열이 없는 평화로운 세상이 만들어질 것입니다."

호사인은 눈을 감고, 10년 동안 탐방한 지구의 모습을 돌아본다. '소수는 넓은 창고에 곡식을 가득 쌓아놓고 천국이나 극락 같은 호화로운 생활을 누리는 반면, 대다수는 한 끼 식사조차 부족해 허덕이는 비참한 모습이라니… 얼마나 가슴 아픈 일인가. 도대체 무엇이 문제인가?' 생각하며 마음이 우울했었다.

교육부 장관은 호사인을 바라보며 말한다. "유리 행성의 현재 교육과 제도는 2,000년 전 초대 유리왕인 동방의왕이 마련한 것입니다. 동방의왕의 지식과 지혜는 하늘보다 높고 바다보다 넓고 깊습니다. 앞으로 유리 행성에 머무르는 동안 관심을 두시기를 바랍니다."

"감사합니다, 교육부 장관님." 호사인은 감사 인사를 전하며 화상 면담을 마쳤다.

이어 해주 교장이 말했다. "이제 일반 학교의 유치원부터 초1~고1까지 수업을 녹화된 시청각 자료로 살펴보지요."

호사인이 크게 반기고, 수로 아 역시 고개를 끄덕이며 환영한다. 이내 영상이 펼쳐진다.

유치원 수업

"여러분, 유치원에 입학하여 배울 첫 수업은 사랑과 법입니다." 어린 학생들이 호기심과 긴장이 어린 눈으로 선생님을 바라보고 있다. 선생님은 부드럽고 단아한 목소리로 질문한다. "여러분은 부모를 사랑합니까?" 아이들이 "예!" 하며 힘차게 대답한다. "부모님도 여러분을 사랑합니까?" 아이들은 다시 "예." 하고 대답한다.

"그렇다면 여러분은 친구들을 사랑하는지를 생각해 봅시다. 유아원 때 친구를 미워하고 때리며 질투하고 욕하던 적이 있나요?"

  5번 학생: "저는 옆에 있는 친구가 미워서 괴롭혔어요."
  9번 학생: "저는 앞에 있는 친구한테 노래를 못 한다고 욕했어요."
  14번 학생: "저는 건너편 친구를 키가 작다고 놀렸어요."
  21번 학생: "저는 뒤에 있는 친구가 목소리가 크다고 때렸어요."
  30번 학생: "저는 장애인 친구를 골려 주었어요."

"여러분이 괴롭히고 욕하고 놀려 주고 때려 주고 골려 주는 행위가 곧 여러분 자신에게 한 짓입니다. 여러분이 아무 생각 없이 하는 행동은 당한 친구에게는 큰 상처를 주는 것입니다. 여러분은 가정에서 부모와 자녀가 서로 사랑하니 얼마나 행복했습니까. 그런데 유아원에서 여러분에게 폭행을 당한 친구들은 유아원이 고통스러웠을 것입니다. 그러므로 우리는 먼저 사랑과 법을 알고 배워야 합니다. 만약에 여러분이 유치원 때부터 사랑과 법을 알고 배우지 않으면 세상이 혼돈으로 가득하게 됩니다."

학생들은 순수하고 악의 없는 초롱초롱한 눈망울로 선생님을 바라본다.

선생님은 학생들과 눈을 마주하고 말한다. "사랑이 무엇인지 대답해 보세요."

2번 학생: "친구를 때리지 않아요."

7번 학생: "친구를 미워하지 않아요."

11번 학생: "사랑은 시기나 질투하지 않아요."

16번 학생: "남의 것을 도적질하지 않아요."

24번 학생: "사랑은 약한 자를 무시하지 않아요."

선생님은 사랑의 미소를 지으며 "모두가 훌륭하게 잘 대답했어요. 우리의 마음에 사랑이 없다면 누가 악한지 선한지 알 수가 없지요. 우리는 내 마음은 알지만 남의 마음은 알 수가 없어요. 하지만 악인은 그 마음이 곧 행동으로 나옵니다. 그래서 남에게 피해를 줍니다. 그래서 우리는 사랑의 마음을 배워야 하고 사랑이 없어 남에게 피해를 주면 엄격한 벌을 받아야 합니다. 그래서 우리는 법도 중요하게 배워야 하는 것입니다."하고 말한다.

호기심 많은 어린 학생들이 질문을 쏟아낸다.

4번 학생: "법이 무엇인지 알고 싶어요!"

"법이란, 어떤 학생이 잘못하여 피해를 주면 그 학생에게 그러한 행동을 못하도록 규정을 만들어 처벌하는 것을 말합니다."

20번 학생: "처벌 규정은 어떻게 정해지나요?"

"가령 학교에서 법이 필요하면 필요한 법의 내용을 정리해서 신선 의회에 올리면 신선 의회에서 직접 나와 조사하고 심의하여 처벌의 규정이 정해집니다."

25번 학생: "내가 친구에게 너는 바보야, 하면 얼마 규정의 처벌을 받나요?"

선생님은 깊게 생각하고 답한다. "여러분은 유치원 학생이니, 원통의 창고에 하루 동안 가두어지는 벌을 받으며, 고학년이나 성인들은 차이가 있지만 1달 동안 교도소에서 죄를 벗어야 합니다."

27번 학생: "처벌이 너무 가혹한 것 같은데 꼭 법이 필요하나요?"

"유리 행성의 모든 유람이 이렇게 행복하게 살 수 있는 것은 엄한 법이 있기 때문입니다. 여러분이 조심하여 죄를 범하지 않으면 모두가 행복합니다."

초1 학년 법학 수업

눈동자가 유난히 맑은 장발의 선생님이 학생들과 일일이 눈을 맞추며 가르친다. "여러분과 함께 초1 학년 첫 수업을 하게 되어 기쁩니다. 첫 수업은, 여러분도 어렴풋이 알고 있겠지만, 법학 수업입니다. 25억의 모든 유람이 아름답고 행복한 사회를 이루기 위해서는 누구나 공감할 수 있는 보편적인 규칙과 질서를 만들고 그것을 법으로 정해 지켜야 합니다. 우리는 그 법을 배워 제도의 규정을 잘 지키며 죄를 짓지 않고, 건전한 사회인으로 성장해야 하지요." 선생님은 학생들의 수업 태도를 유심히 관찰하며 덧붙인다. "우리 마음의 정서는 환경에서 만들어집니다. 그래서 우리의 마음은 모두가 서로 다릅니다. 가령 온대 지방 유람, 열대 지방 유람, 한대 지방 유람, 바닷가의 유람, 강가의 유람, 깊은 산속의 유람 등 사는 환경에 따라 성격과 적성과 마음이 모두 다르게 됩니다. 그러므로 각자 성격과 생각의 차이로 다투고, 미워하며, 시기하고, 때로는 전쟁도 일으킵니다. 교육은 서로 다른 마음과 성격을 이해하고, 용서하며, 사랑의 마음으로 하나 되게 합니다. 또한 누구나 공감하는 보편적인 질서를 체계화하여 법으로 만들고, 이를 어기면 엄격한 형벌로 다스리는 것입니다. 그래서 법을 배우는 것은 죄가 무엇인지 알고, 죄를 지으면 어떻게 벌을 받고, 죄의 형벌이 얼마나 무서운지를 알게 합니다."

선생님이 학생들을 바라보며 "이번에는 여러분의 질문 시간입니다." 하고 말한다.

5번 학생이 일어나 질문한다. "유치원 때 사랑의 마음과 죄의 마음을 배워서 우리는 서로 사랑하며 다정하게 지냅니다. 그런데 다시 법학을 공부해야 되나요?"

"중요한 질문입니다. 법학을 배워야 하는 이유를 모르면 법학 공부가 지루하고 따분한 공부가 되기 때문입니다. 모든 유람은 듣고 잊어버리는 것이 정설입니다. 우리가 보고 들은 것을 잊어버리지 않으면 뇌는 용량이 초과되어 과부하가 일어날 것입니다. 유치원 때 사랑의 마음, 죄의 마음을 배웠다고 법학을 배우지 않으면, 복잡한 사회에 나가서 죄의 함정에 빠져 불행해집니다. 그러므로 법학이 그렇게 중요하기 때문에 이렇게 첫 시간에 배우는 것입니다."

"9번 학생입니다. 법과 용서에 대해 알고 싶습니다."

"예를 들어보지요. 어느 관광지에서 두 유람이 우연히 부딪혔습니다. 그런데 둘 중 힘이 센 유람이 화가 나서 약한 유람을 심하게 때렸다고 합시다. 그러면 힘이 약한 유람은 분노하게 되어 원수를 갚을 마음으로 가득할 것입니다. 그러면 이 유람의 마음에는 사랑이 사라져 정상적인 사회생활을 할 수 없게 됩니다. 자신을 때린 유람을 용서할 때만 사랑이 회복되어 정상적인 사회생활이 가능해집니다. 그래서 원수를 사랑하라는 말이 생겨난 것입니다. 물론 그렇게 용서를 해주어야 한다고 하여, 힘이 세다고 함부로 폭행해서는 안 됩니다. 이를 방관하면, 사회는 폭력으로 가득하게 될 것입니다. 그래서 법이 있는 것입니다. 법은 폭력을 사용한 유람을 엄한 형벌로 다스리게 되고, 그래야 공평하고 정의로운 사회가 이루어집니다."

"12번 학생입니다. 법은 공정하고 공평해야 한다는 말은 어떤 뜻인가요?"

"이 질문도 중요합니다. 현 유람의 사회는 법의 공정함과 공평함이 이루어져 그 중요성을 모릅니다. 하지만 만약에 우리 유람의 사회가 2,000년 전 어둠의 세력인 태유신 무리가 싸움에 승리하여 지금까지 이어져 왔다면, 법은 힘 있는 자의 사유물이 되어 그들의 죄를 처벌하지 않으며, 나머지 유람들이 법의 보호를 받을 수 없게 되겠지요. 그래서 법은 만인에게 공정하고 공평해야 한다는 선언이 나오게 된 것입니다. 오늘 수업은 여기까지입니다."

학생들이 박수로 화답하는 가운데 화면이 꺼진다.

고1 학생 수업

해주 교장이 다시 화면을 열고, 고1 학생의 수업 영상을 보이기 시작한다. 30명의 학생이 단정히 앉아 담임선생님을 맞이한다.

"여러분, 이 시간은 우주 물리학 수업입니다. 우리 주위의 많은 물질을 끝없이 쪼개면 원자가 나옵니다. 그리고 우주의 70%의 물질이 수소원자로 이루어져 있습니다. 그리고 밤하늘의 수많은 별에 의해서 각종의 물질 종류인 원소가 핵융합을 통해 만들어집니다. 원자번호 1인 수소로 시작하여 원자번호 92인 우라늄까지 우주의 별과 은하와 은하단과 초은하단에서 원자가 융합되어 원소가 만들어집니다. 이제 여러분의 질문을 받겠습니다."

"30번 학생입니다. 우리 주위의 모든 물질이 원자로 이루어졌다면, 무거운 물질, 가벼운 물질, 질긴 물질, 잘 부수어진 물질 등이 어떠한 원리로 다양합니까?"

머리부터 발끝까지 깔끔하고 단정한 미남 선생님이 웃음 띤 얼굴로 대답한다. "쉽고 간단한 질문 같지만, 물리학의 핵심에 근접한 질문입니다. 원자번호 1인 수소 원자를 최대의 크기로 15만 유람이 관람할 수 있는 돔 공연장으로 확대한다면, 가운데 구슬만 한 아주 작은 핵이 존재하고 외각에 전자 1가 존재합니다. 그런데 원자번호 2인 헬륨 원소를 최대의 크기로 확장하면 그 크기가 반으로 줄어듭니다. 수소 원자 둘이 융합되어 질량은 2배가 되지만 부피는 반으로 줄어듭니다. 왜 그럴까요?"

"4번 학생입니다. 원자나 원소의 질량은 원자핵에 있으며, 전자는 거의 질량이 없습니다. 그러므로 수소 원자 2개가 융합된 헬륨 원소는 질량이 2배로 커지면서, 질량이 거의 없는 전자를 끌어당기는 힘이 2배로 강해져 전자를 끌어당기기 때문에 부피가 반으로 줄어듭니다."

　선생님이 환하게 웃으며 말한다. "정답입니다. 아주 정확합니다. 만약 원자 번호 92번 우라늄 원소라면 부피가 약 92분의 1로 줄어들겠지요. 그래서 무겁고 가볍고 다양한 물질이 만들어집니다. 원소의 원자번호는 원자핵의 양성자 수를 나타낸 것입니다. 그런데 양성자 수만큼 전자가 핵 주위에 존재합니다. 양성자는 양의 전하를 가지고 있고, 전자는 음의 전하를 가지고 있으며, 양성자와 전자가 동수를 지니고 있어야 전하가 중성이 되어 물질의 전하가 제로가 되어 폭발하지 않고 존재합니다."

　"17번 학생입니다. 그렇다면 양이온이나 음이온이 존재한다는데, 아주 위험한 물질이 됩니까?"

　"아주 좋은 질문입니다. 양이온이란 원소가 양성자와 전자가 같은 숫자가 되어야 하는데, 양성자 수가 전자보다 많다는 것이고, 반대로 음이온은 전자가 양성자보다 많다는 뜻이며, 이러한 원소를 불완전한 원소라 합니다. 이 불완전한 원소들은 그냥 그대로 존재하는 것이 아니라, 양이온 원소는 음이온 원소를 찾아 화합하여 안정을 찾고, 음이온 원소도 양이온 원소를 찾아 양성자와 전자를 화합하여 동수를 만들어 완전한 원소의 물질이 됩니다."

　"22번 학생입니다. 원자나 원소는 양성자의 양전하와 전자의 음전하는 서로 끌어당기는 힘이 있어 결국은 붙어버릴 거 같은데 왜 일정한 간격을 유지하나요?"

　"양전하와 음전하는 남녀의 사랑 같아서 딱 붙어야 하는데, 거리가 유지되는 것은 중성인이 남녀의 사랑을 가운데서 막는 것처럼 중성자가 막고 있기에 붙지 못하고, 물질을 만들어 내는 것입니다."

　"9번 학생입니다. 모든 원소에는 존재한다는 동위원소에 대해서 알고 싶습니다."

　"원소의 핵은 양성자나 중성자의 숫자가 같아야 하는데 양성자의 수와 중성자의 수가 다르면 동위원소라 합니다. 모든 물질은 붕괴하는데, 양성자와 중성자가 같으면 완전한 원소가 되어 붕괴가 잘 일어나지 않습니다. 그러므로 원소가 분열되려면, 동위원소가 먼저 이루어져야 합니다."

선생님이 시간을 보며 물었다. "30번 학생, 질문의 답이 되었나요?"

"네." 학생이 답한다. "그럼 이만 수업을 마칩니다."

이어서 화면이 막을 내린다. 호사인은 고개를 계속 끄덕이며 '질문 위주의 수준 높은 교육이구나.' 하고 생각한다.

학생의 환영 행사

해주 교장이 "이제 남은 학생들의 환영이 있을 것입니다." 하며 일어나 안내하며 걸어 나간다.

밖으로 나오니 서쪽으로 기울어진 오후의 햇살이 눈을 찌른다. 아이들의 떠드는 소리가 귀청을 울린다.

왼쪽으로 돌아 계단을 내려가니, 수많은 학생이 넓은 운동장에 가득하다. 초등 7살부터 고등 18세까지 학급별로 모여 있다.

해주 교장은 뒤에 서 있고, 호사인과 수로 아가 단상에 올라 손을 흔드니 모든 학생이 열렬히 환영한다.

호사인은 단상에서 우에서 좌로, 다시 좌에서 우로 손을 흔들어 답례하며 학생들 하나하나를 눈에 담는다.

그리고 이 학생들에 매료된다. 은하의 별빛보다 아름다운 눈망울, 티없이 맑고 깨끗한 피부, 발랄하고 화난 미소들, 그 어떤 보석이 이보다 더 아름다울 수 있을까.

호사인이 "여러분!"하고 입을 여니 학생들이 모두 조용해진다.

"오늘은 정말 기쁜 날입니다. 누구나 아름다운 것을 보면 기뻐하는 법이지요. 여러분은 이 우주에서 가장 아름답기에 여러분을 보고 있는 나는 지금 가장 기쁘답니다." 학생들의 우레같은 박수가 쏟아진다.

학생들 질문과 답변이 시작된다

"내가 누구인지 아세요?"
"지구 행성에서 오신 호사인입니다." 마치 합창이라도 하듯이 대답이 나온다.
"지구 행성에서 여기까지, 거리가 얼마나 먼지 아나요?"
고학년 쪽에서 "240광년" 하는 대답이 나온다.
"빛은 1초에 얼마나 갈 수 있지요?"
이번에는 저학년 쪽에서 "30만km입니다." 하고 답했다.
"그러면 빛은 1년에 얼마의 거리를 갈 수 있나요?"
역시 고학년 쪽에서 "약 10조km입니다." 하는 소리가 들려온다.
"그러면 240광년의 거리는 얼마나 되나요?"
이번에는 초학년 쪽에서 "2,400조km입니다." 하며 대답한다.
"유리 행성의 둘레는 얼마나 되지요?"
"4만km입니다." 중학년 쪽에서 대답한다.
"유리별과 유리 행성의 거리는 얼마나 되지요?"
이번에도 중학년 쪽에서 대답한다. "약 1억5천km입니다."
"우리 은하 일반 학교 여러분은 정말 많이 알고 있군요. 지구 행성과 유리 행성은 크기와 별과의 거리, 그리고 환경 등이 거의 비슷합니다. 그렇다면 지구와 유리 행성의 거리인 2,400조km가 얼마나 먼 거리인지 상상이 되나요? 이 우주에서 가장 빠른 물질은 빛입니다. 그런데 저는 빛보다 7,000배 빠른 속도로 12일 만에 지구에서 유리 행성까지 왔습니다."
학생들이 "와아!" 하고 탄성을 지른다.
"이러한 기적은 나와 나란히 서있는 수로 아 님 덕분입니다." 하며 수로 아와 나란히 포즈를 취한다.

수로 아의 지구 행성 사랑

수로 아가 뒤이어 이야기한다. "여러분을 만나니 기쁘고 반갑습니다. 여기 수로 아도 여러분처럼 동심의 세계가 있었답니다. 지금은 아름다운 추억으로 남아 있지만, 여러분을 만나니 나의 어린 시절이 꿈처럼 그리워집니다. 나의 직명은 지구 행성 교류위원장입니다. 그간 지구 행성을 수십 번 방문하면서, 유리 행성의 문명을 지구에 전해야겠다는 결심을 하였답니다. 그런데 빛으로 240년 걸리는 거리는 의식으로 12일이면 이동할 수 있지만, 물질로는 이동할 수가 없습니다. 그래서 의식 비행선을 만들어야 했고, 지금 호사인의 육체처럼 의식을 담을 수 있는 그릇을 만들어야 했습니다. 이것은 최첨단과학의 연구가 아니면 이루어 낼 수 없는 것입니다. 하지만 수로 아는 20년 동안 밤낮으로 연구하여 의식 비행선과 이곳의 호사인 육체를 만들었습니다. 그리고 지구 행성에 있는 호사인의 의식을 의식 비행선에 실어 유리 행성으로 데려온 뒤, 인조 육체와 결합했습니다. 이는 호사인에게 유리 행성의 문명을 알게 하고, 24일 후 지구로 돌아가 유리 행성의 문명을 전함으로써, 두 행성 간 문명교류가 이루어지고, 그 상생 효과로 지구 또한 유리 행성처럼 아름다운 문명을 이루게 하기 위함이었습니다."

학생들의 함성과 박수가 끊이지 않는다.

환영과 송별

다시 호사인이 학생들을 향해 묻는다. "여러분, 누구를 미워해 본 적이 있는 학생은 손을 들어보세요."

"아니요." 합창으로 대답한다.

호사인은 이에 다시 묻는다. "그럼, 여러분은 누구를 도와준 적이 있나요?"

"예, 우리는 모두 서로 사랑하고 돕고 있어요." 하는 소리가 합창처럼 들린다. 호사인은 학생들을 감동하는 눈으로 바라본다. 악이란 찾아볼 수 없는 이 새파란 새싹들이, 의롭고 아름다운 학생들이 미래를 준비하는데, 어찌 유리 행성이 아름답고 황홀하지 않겠는가. 호사인은 수로 아와 함께 학생들에게 답례한 뒤, 학생들 사이로 지나가며 아쉬운 마음으로 환영 행사를 마친다.

서산의 빛이 하늘에 노을을 그리고 있었다. 호사인과 수로 아는 아름다운 해주 교장과 뜨겁게 포옹하곤 아쉬움을 남기며 헤어진다.

호사인과 수로 아를 태운 비행차가 도로 위를 날아올랐다. 시야에서 비행차가 보이지 않을 때까지, 해주 교장은 손을 흔들고 있었다.

호사인은 오늘의 탐방을 되새기며 감상에 젖어 하염없이 창밖을 바라보고 생각에 잠긴다. 사랑은 인격의 완성이다. 인격의 완성인, 사랑의 교육을 유치원 때부터 가르친다. 사랑이 가득한 유람은 얼마나 아름답고 평화롭고 행복한가! 성경의 고린도전서 13장에는 사랑의 교훈이 녹아있다. 지구 행성 인류는 사랑의 교육을 왜 제도권 교육에 담지 않았는가! 인류가 사랑의 교육을 유치원 때부터 중요하게 가르친다면 인류는 얼마나 행복해질까?

수로 아가 말했다. "오늘, 참 잘했어요. 호사인도 유람이 다 되었네요."

집 앞에 도착해 차에서 내리니, 토 티가 나와 반갑게 "수로 아 님, 호사인 님, 즐거운 여행이셨어요? 저녁을 준비했습니다."하고 마중한다.

"그래, 토 티도 수고했구나." 수로 아가 칭찬하니, 펄쩍펄쩍 뛰며 앞장서 걸어간다.

만찬과 목욕을 끝내고 나니 아쉬운 밤은 깊어간다.

9장
로봇을 이용한 농업.

제6일

모든 생명체는 무엇인가를 먹어야 산다. 먹지 않으면 죽는다. 그래서 모든 생명체는 먹이를 구하기 위해 필사의 노력과 경쟁과 전쟁까지도 벌인다. 먹는 것이 해결되면 안정되고 평안해진다. 문명사회에서는 먹는 것을 주식이라 한다. 25억 유리 왕국의 유람은 '주식'을 어떻게 해결하나 관심을 가질 수밖에 없다.

불사의 성능을 가진 비행차가 호사인과 수로 아를 태우고 가파른 설산을 날아오르고 있다. 오를수록 나무와 풀들은 사라지고 거대한 빙산으로 한다. 돌고 돌아 오르고 오르지만, 정상은 아득하다.

"정상에는 생명 호수가 있습니다. 신기하게 넓으며, 1만m 높이지만 뜨거운 온천물이 폭포처럼 솟아오르고 있습니다."

호사인은 백두산 천지를 기억하며 호기심을 더해간다. 지구에는 가장 높은 산도 9천m를 넘지 않는데 1만m의 정상에 넓은 호수가 있다는 말을 수긍하기가 어렵다. 하지만 불사의 비행차는 영하 50~60도의 기온에도 고장 없이 정상을 향하고 있다.

드디어 호수에 들어서니 아름답고 신비한 생명 호수가 펼쳐지며 감탄이 절로 나온다. 바다처럼 넓은 호수에는 김이 모락모락 피어오르고, 호수 주위에는 무성한 나무들이 빽빽이 자라고 있다. 자세히 보니, 꽃과 나비, 벌, 이름 모를 갖가지 새들이 분주히 날아다니며 먹이사슬 속에서 살아가고 있었고, 그 모습은 마치 한 폭의 그림처럼 아름다웠다. 호수 속을 들여다보니 수천 군데에서 뜨거운 물이 폭포수처럼 솟아오르는 모습이 생생하게 보였고, 뜨거운 김이 위로 올라 호수 주변의 생명체들을 성장시키고 있었다. 비행차는 호수 주변을 돌며 그 생생한 풍경을 보여준다.

"이 호수에는 네 곳에 수문이 있습니다. 이 수문을 통해 흘러나온 물이 유리 행성 생명의 젖줄인 4대강의 시작점입니다. 이 호수는 북위 15도에 위치하지

로봇을 이용한 농업.

요. 남쪽으로는 '장롱 강'이 시작되어 남방 2만km를 흐르며 거대한 농경지를 만들고 바다로 이어집니다. 북쪽에는 '설빙 강'이 시작되어 북극 가까이까지 흐르며 빙산의 장관을 이루고 바다로 이어지고, 서쪽에는 '초지 강'이 시작되어 넓은 초원을 이루며 동물의 낙원을 만들고 바다로 흘러갑니다. 동쪽에서는 '동경 강'이 시작됩니다. 자연의 아름다운 절경을 만들어 내며 바다로 이어져 관광의 낙원을 이루는 곳이지요. 유리 행성의 문명은 바로 이 4대강 유역에서 시작되었으며, 지금도 생명 호수에서 흘러나온 4대강이 없었다면 우리의 문명이 지금처럼 존재할 수 있을까 하고 생각하여, 치수 사업과 관리를 통해 소중히 가꾸고 있답니다."

풍년 농부

호사인과 수로 아를 태운 비행차는 장롱 강의 줄기를 따라 하강하며 최대 속력으로 수 시간을 날았다. 어느 순간 드디어 경사가 느슨해지며 강폭이 아주 넓어지기 시작하더니, 넓은 농지를 가진 평야가 펼쳐진다. 비행차는 장롱 강을 지그재그로 비행하면서 농경지를 지나간다. 어떤 지역은 파란 벼가 자라고 있고, 어떤 곳은 누렇게 익은 벼를 수확하고 있다. 가도 가도 끝이 없는 들판에 벼들이 자라며 수많은 농부가 저마다 농기구를 이용해 논갈이며 이양이며 수확이며 나르는 일들을 부지런히 하고 있었다.

다시 비행차는 초지 강 쪽으로 이동하니 초원에 수많은 가축이 한가로이 풀을 뜯으며 닭이며 오리며 양이며 사슴들이 한가로이 놀고 있었다. 야트막한 야산으로 이동하니 반찬 재료인 콩이며 배추 무 파 양파 등 수많은 채소류가 자라고 있었다. 이렇게 수 시간을 농사 가축 야채류 등을 돌아보다 낙원 같은 정자를 발견한다.

호사인과 수로 아는 사막에서 오아시스를 만난 듯 기뻐하며 비행차를 하강시켜 정자 앞마당에 정차한다. 주위를 살피니 정자 주위로 차고지 같은 주차장이 넓게 만들어져 있으며 정비를 할 수 있는 장치들이 설비되어 있었다. 정자는 투명유리로 가려져 안은 볼 수가 없으며 계단으로 오를 수 있게 되어 있다.

호사인과 수로 아는 계단에 올라 정자의 문을 노크한다. 안에서 "들어오세요." 하면서 문이 열린다. 중년이 넘어 보이는 건장하고 준수한 남자가 박력이 넘치는 소리로 인사한다. "호사인, 수로 아. 어서 오십시오. 반갑습니다. 풍년 농부입니다." 손을 내밀며 악수를 청한다. 호사인과 수로 아는 환대에 감사를 표한다. 이어서 어느 아름다운 여자가 인사를 한다. "안녕하세요? 풍년 농부의 후계자 마유 미입니다. 귀한 두 분을 만나게 되어 영광입니다."

"마유 미, 두 분을 접견실로 안내하여라. 나는 차를 준비하마."

마유 미는 "네, 아버지."라고 답하고 수로 아와 호사인을 탁자가 놓여 있는 접견실로 안내한다.

호사인이 묻는다. "따님이 농부의 후계자이시군요." 눈동자가 수정처럼 맑으며 아름다운 피부에 세련된 머리 스타일을 한 마유 미가 호사인에게 설명한다. "유리 행성의 농부 1,000 유람 중 50%가 여 유람입니다."

풍년 농부가 찻잔에 차를 가지고 테이블에 놓으며 차를 권한다. 차를 마시면서 풍년 농부는 "나는 1,000개의 로봇 일꾼을 가지고 있습니다. 컴퓨터에 로봇을 작동시키는 앱이 깔려있으며, 농부는 이 정자에서 로봇에 일감을 입력하고, 모든 농사일은 로봇이 합니다."

호사인은 들판에서 일하고 있는 수많은 일꾼이 로봇임을 알고 놀라워 한다. 그가 알고 있는 농사는 무척 힘든 일이다. 그러니 지금 정자 안에서 컴퓨터 클릭 한 번으로 로봇 일꾼을 부려 넓은 평야에서 농사를 짓는 농부가 신선으로 보인다.

호사인이 풍년 농부에게 묻는다. "두 분이 경작하는 농지의 크기는 어느 정도인가요?" "마유 미, 화면을 켜서 보여드려라."

마유 미가 건너편 벽면에 리모컨을 켜니 멀티미디어 화면에 농지의 전경이

나온다. 풍년 농부가 마우스로 농지의 경계를 나타내며 설명한다. "우리의 농지는 세로 20km, 가로 20km입니다. 비유하면 호사인의 나라 수도인 서울 정도의 넓이로 보면 됩니다."

호사인의 입이 쩍 벌어진다. 화면은 수로와 농로를 자세히 보이며 한쪽에서 이양기로 파종을 하고, 반대쪽에서는 누렇게 익은 벼를 탈곡기로 수확하며 수확된 곡식은 포대에 담겨 화물차에 실어 나른다. 넓은 들의 모든 농사일은 자동이며 로봇이 분주히 일하는 모습이 보인다.

풍년 농부는 마우스를 돌리며 설명한다. "생명 호수에서 발현된 4대강 중 장롱 강은 가장 길고 큰 강으로, 바다로 연결된 하부의 강폭은 5km입니다. 치수 사업이 잘되어 장마로 아무리 많은 비가 내려도 홍수 피해가 없지요. 장롱 강 양쪽에는 거대한 평야가 자리하고, 여기서는 수로를 이용해 장롱 강의 물을 길어 와 평야의 농사를 짓고 있습니다. 여기서 수확된 곡식으로 유리 행성 25억 유람의 식량을 충당하지요." 장롱 강 유역의 끝없이 펼쳐진 농지를 보니, 풍년 농부의 설명에 믿음이 간다.

"모든 유람이 쌀만으로 필요한 영양소를 공급받을 수는 없을 텐데요?"

호사인이 묻자, 그를 바라보며 농부가 답한다. "맞습니다. 주식은 쌀이지만, 쌀만으로는 모든 영양소를 충족시킬 수 없습니다. 그래서 다양한 잡곡 재배와 목축업도 병행하고 있습니다. 콩을 재배하는 유람은 '콩직', 감자를 재배하는 유람은 '감직', 꾀를 재배하는 유람은 '꾀직'이라 부릅니다. 이곳의 농부들은 한 가지 작물에 집중하여 재배 기술을 발전시키고 있지요. 잡곡 농지는 주로 장롱 강과 동경 강 사이에, 목축업 농지는 초지 강 인근 초원에 분포하고요."

"그렇게 수확된 곡류와 축산물은 어떤 과정을 거쳐 유람들에게 공급되지요?"

"장롱 강 양 유역 중심에 중앙 지하 철도가 있습니다. 20km마다 역 집합장이 있어 수확된 곡류가 필요한 곳으로 운송되며, 각 면 행정부에 조리장이 있습니다. 10만의 조리장이 중앙철도와 간선 철도로 연결되어 있어 조리장에 필요한 곡류가 공급되며, 각 면 조리장에서는 2만 5천 유람의 꿀밥과 유차가 공급됩니다."

호사인이 고개를 흔들며 "모든 유람이 체형과 체질이 다른데 똑같은 음식을 공급하면 문제가 없나요?" 하고 묻는다.

"예리한 질문입니다. 유리 행성 100만 고을의 문화회관에는 유람의 체형과 체질을 재는 체형 컴퓨터 기계가 있어 유람이 체형 컴퓨터 기계 안에서 10초를 기다리면 체형과 체질이 조리장의 조리 화면에 입력되어 자동으로 유람의 영양에 맞는 꿀밥과 유차가 공급됩니다."

수로 아가 나서며 묻는다. "과수원과 채소재배 단지도 보면 좋겠군요."

"좋은 질문입니다." 풍년 농부의 빠른 손놀림에 화면이 빠르게 교체되며 산자락에 이른다. 야산에는 여러 가지 많은 과일이 주렁주렁 열리어 장관을 이루고 있다. 산자락 아래에는 이름 모를 수많은 채소가 장관을 이루며 많은 로봇이 작업하고 있었다. "이 과일과 채소들도 조리장에 공급됩니다."

"여기도 컴퓨터 클릭을 하면 로봇이 작업하는 식으로 이루어지나요?" "물론입니다. 유리 왕국의 로봇은 50억 개입니다. 이 로봇이 25억 유람의 삶을 여유롭고 풍요롭게 만들어 줍니다."

지구 행성의 오랜 전통 농경사회에서는 씨를 뿌리고, 가꾸고, 돌보며 수확하는 과정에 수많은 일손이 분주히 움직였다. 농부는 언제나 고생의 상징처럼 여겨졌다. 호사인은 감탄하면서 풍년 농부를 바라본다.

산천 관리자

석양의 햇살을 받으며 골짜기를 따라 산등성이를 오르며 비행차는 날아간다. 갖가지 나무로 울창한 숲은 호사인과 수로 아를 반기듯이 신성한 향기를 쏟아내니, 코에서 느껴지는 내음이 만찬을 즐기듯 상쾌하다.

로봇을 이용한 농업.

호사인은 활기차고 무성한 나무들을 관찰하며 관리되고 있다는 느낌을 받는다.

호사인의 마음을 읽기라도 한 것처럼 수로 아가 답한다. "이 숲의 나무들은 산천 관리자의 관리를 받습니다."

"평야보다 배가 넘는 산천을 관리하는 게 가능합니까?"

"조금 지나면 산천 관리자를 만나게 됩니다."

비행차가 멈추며 하강하기 시작한다. 그리고 평평한 암자에 살며시 내린다. 호사인이 먼저 내리고, 뒤이어 수로 아가 내린다. 주위를 살피니 열심히 작업하는 로봇이 보인다. 한 로봇은 나무에 붙어 있는 마른 가지와 잘못 뻗은 가지를 잘라주고, 다른 로봇은 낙엽을 끌어모은다. 또 다른 로봇은 모인 낙엽을 잘게 부수어 적재함에 싣는다.

이때 어디선가 "여기입니다." 하는 반가운 음성이 들린다. 4개의 눈이 소리 나는 쪽을 바라보니 나무 속에 가려진 정자가 보인다.

정자에 들어서니 중년의 여 유람과 젊은 남 유람이 백 년의 손님을 반기듯 반긴다. 흰머리가 듬성듬성하지만 피부가 곱고 아름다우며 세련된 정장을 입은 여 산천 관리직이 활짝 웃으며 "깊은 산속까지 오시느라 고생이 많습니다. 지구 행성에서는 볼 수 없는 작업풍경을 보시게 될 것입니다." 하곤 호사인과 수로 아를 쳐다본다.

젊은 남 관리직도 "두 분을 뵈니 꿈만 같습니다." 하며 해맑은 웃음으로 그들을 반긴다.

호사인은 "귀한 대접을 받는 기분입니다. 감사합니다." 하고 답례한다.

수로 아는 뒤이어, "숲의 도우미 역할에 고생이 많으십니다." 하고 인사한다.

여 관리직의 권유로 의자에 앉으며 호사인이 질문을 한다. "수천km를 날아오면서 산천을 유심히 관찰하니 잘 관리되고 있다는 느낌을 받았습니다. 어떻게 방대한 산천을 관리하시는지요?"

"유리 행성의 모든 산천은 3년마다 관리됩니다. 호사인과 수로 아가 잠깐 보았던 것처럼 5인 1조가 되어 낙엽을 긁어 주지 않으면, 낙엽이 쌓여 산소가 공급되지 않아 뿌리가 뻗어나가지 못해 나무가 죽어 버립니다. 또한 죽은 가지가 많으면 나무가 바르고 아름답게 자라지 못합니다. 여기는 '상수리 산천 관리소'입니다. 줄여서 '상천소'라 합니다. 상천소에서는 로봇 5개가 한 조가 되어 100팀의 500개 로봇을 관리하며, 정 산천 관리직인 저는 현재 70살로 10년 후면 퇴직을 합니다. 그러면 50살인 부 관리직이 정 관리직으로 승진하며, 이어서 후임 부 관리직이 오게 됩니다. 유리 행성 산천에는 10만 곳의 산천 관리소가 있어 산천을 관리하고 있습니다."

호사인이 놀라며 묻는다. "250만 개의 로봇과 50만 유람이 산천을 관리하고 있군요?"

"그렇습니다." 부 관리직이 답변한다.

"깊은 외로운 정자에서 관리직은 어떠한 일을 하지요?"

"컴퓨터에 로봇 일감을 입력하는 일입니다."

"500개의 로봇에게 일감을 입력하려면 많은 시간이 소모되지 않나요?"

"각자 로봇에는 한 번의 입력으로 일감을 나눠줄 수 있고, 그다음은 관찰하고 감시하므로 시간이 부족하지 않습니다."

"관리 정자가 외지다 보니 사나운 맹수나 산적 같은 위험이 도사리고 있을 것 같은데요?"

정 관리직이 웃으면서 답한다. "호사인은 역시 궁금한 것이 많군요. 유리 행성에서는 아무리 사나운 맹수라도 유람을 공격하지 않으며, 초대 유리왕 때부터 산적은 없습니다."

"여기서는 주거 고을이 아주 멀리 있을 것 같은데 출퇴근은 어떻게 하지요?"

"적합한 질문입니다. 유람은 3가지 교통편을 이용할 수 있습니다. 첫째는 1인용 배낭카입니다. 두 번째는 호사인과 수로 아가 타는 2인용 비행차입니

로봇을 이용한 농업.

다. 세 번째는 3인 이상이 탈 수 있는 대중차입니다. 이 교통편을 누구나 가지고 있습니다."

호사인은 모든 것이 신기하고 놀라 묻는다. "대중차도 하늘을 비행합니까?"

이에 수로 아가 대답한다. "그렇지요. 도로 위도 달리고 하늘도 날며, 바다 위에서도 달릴 수 있답니다."

수거한 낙엽 처리

호사인은 고개를 끄덕이고 이어서 질문한다. "산천에서 수거한 방대한 낙엽은 어떻게 처리되나요?"

정 관리직이 답한다. "중요한 질문입니다. 초대 유리왕 때부터 환경을 아주 중요하게 생각하고 환경을 철저히 관리하는 제도와 법이 정교하게 협업하고 있습니다. 지금의 태초와 변함없이 맑고 깨끗한 자연환경은 그때의 제도와 법이 잘 지켜지고 있기 때문입니다. 산천에서 수거된 모든 낙엽은 적재함에 실어 처리장으로 모이고, 처리장에서는 동물사료와 채소 및 과수원의 퇴비 2가지 용도로 사용합니다."

호사인이 의아한 듯 다시 질문한다. "퇴비의 사용은 충분히 납득이 가는데, 동물의 사료는 잘 이해가 되지 않습니다."

부 관리직이 답변한다. "퇴비는 화공약품을 뿌려 질소로 발현시키고, 사료도 화공약품을 뿌려 여러 가지 영양분으로 숙성시킵니다. 그러므로 산천에서 수거한 방대한 낙엽은 재활용으로 유용하게 사용됩니다."

호사인은 산천의 관리가 빈틈없이 이루어지는 데에 감탄하고 다시 질문을 이어간다.

"산천에는 기후 변화가 많은 줄 압니다. 열대지역, 온대지역, 한대지역마다 기온 차가 심한데, 지역마다 다르게 관리되지 않나요?"

정 관리직이 답한다. "모든 산천의 나무는 지역의 기후와 특성에 맞게 개량된 나무들입니다. 사계절의 기후 변화는 유리 행성이나 지구 행성이나 별을 타원형으로 공전하기 때문에 발생합니다. 즉 적도가 일정하지 않고, 별이 일직선이며 온도가 가장 높은 적도가 북위 35도, 남위 35도를 왔다 갔다 하기에 일어납니다. 그러므로 열대나 온대나 한대도 기후가 일정하지 않고 오르고 내리고 합니다. 여기에 따르는 품종의 나무를 개량하는 데는 많은 세월이 필요했지만, 지금은 지역에 따라 알맞은 나무들이 심어져 추운 한대지역도 무성한 숲이 이루어져 있답니다."

호사인은 숙연해진다. '유람들은 실로 완벽하게 유리 행성을 관리하고 있구나.' 하고 생각하며 정 관리직과 부 관리직을 바라본다.

수로 아가 "근무시간이 초과 되었어요. 작별할 시간입니다."라고 말한다.

호사인은 미안해하며 정 관리직과 부관리직과 뜨거운 포옹을 나누고 감사를 표하며, 수로 아와 비행차에 오른다.

인류는 삶에 필수적인 의식주를 스스로 해결해야 한다. 그중에서도 '식'은 가장 중요하다. 먹지 않으면 생존할 수 없기 때문이다. 인류는 먹기 위해 끊임없이 노력하며 살아간다.

하지만 유람은 다르다. 이곳에서는 국가가 전체 유람의 식사를 책임진다. 농산물 생산을 위해 체계적인 과학 시스템이 도입되어, 소수의 농부가 로봇을 활용해 농작물을 재배하고, 수확된 농산물은 식사공장에서 음식으로 조리된 뒤 로봇을 통해 각 가정으로 배달된다.

이 덕분에 유람의 가정은 밥을 짓고, 음식을 만들고, 설거지를 하는 일에서 완전히 해방되었다.

수로 아와 호사인의 비행차의 속도계가 시속 500km의 속도를 가리키며, 두 아름의 높은 가로수들이 늘어진 일직선의 도로를 30분을 달린다.

넓은 잔디 광장 터 중심에는 타원형의 2층 건물이 넓고 화려하게 자리하고 있으며, 지붕에는 무성한 나무들이 자라 건물을 숨기고 있었다.

로봇을 이용한 농업.

타원형의 건물에 현관이 있고, 2층 계단으로 올라가니 농수산부 장관의 문패가 붙어 있다.

문을 노크하니 "들어오세요." 하며 문이 열리고, 농수산부 장관이 열심히 서류 결재를 하는 모습이 보인다. 장관은 고개를 들어 호사인과 수로 아를 쳐다보고 말한다. "잠깐 의자에 앉아 기다리세요. 결재 업무가 곧 끝납니다."

호사인은 직무실을 살피며, 넓다는 것을 제외하면 여느 직무실과 다르지 않다는 것을 확인한다. 두 벽에는 책이 가득 진열되어 있다. 다른 두 벽과 천정에는 동방의왕과 태유신의 궁과 정평도원이 10의 선사들과 함께 태약의 제거를 논의한 암자들이 그려져 있었다.

또한 태약성검과 정평성검의 불꽃같은 대결도 그려져 있었다.

농수산부 장관이 결재 서류를 덮으며 일어선다. "이제야 업무 결재가 끝났습니다." 하곤 빠른 걸음으로 다가와 악수를 청한다. "기다리게 해서 미안합니다. 업무를 제때 처리하지 않으면 업무 태만으로 엄격한 법의 처벌을 받는답니다."

호사인은 놀란다. 농수산부의 최고의 지휘자도 업무의 엄격한 책임이 있다고 생각하니 유리 행성의 아름다운 문명이 쉽게 이루어진 것이 아님을 새삼 깨닫는다.

"자리를 이동하지요." 하며 장관은 직무실을 나와 호사인과 수로 아를 바로 옆 접견실로 안내한다.

접견실은 직사각형으로 위쪽에 귀빈 의자 3개가 놓여 있고, 앞에는 탁자가 놓여 있고, 외쪽에 창문이 크게 있고, 반대편 벽에는 흰 천으로 드리워져 있다.

농수산부 장관이 가운데 앉고, 양옆에 호사인과 수로 아가 반대편을 바라보고 앉는다.

장관이 수로 아를 향해 묻는다. "앞으로 농수산부 방문 일정이 더 있나요?"

"오늘뿐입니다." 수로 아가 답한다.

"그러합니까? 사실 현장을 방문하면 좋을 텐데 시청각 영상으로 농수산부 탐방을 마치는 아쉬움이 남네요."

장관은 농 티를 불러 음료수를 가져오라 이르고, 바로 설명이 시작된다.

"우리 유리 행성 지식인들은 지구 행성의 문화와 문명에 대해 잘 알고 있습니다. 지구에서는 농산물이 상업화되어서 식량이 남아돌아도, 돈이 없어 식량을 구하지 못해 굶주린 사람들이 많다는 것도 알고 있습니다. 농촌에서는 식량을 개개인이 생산하여, 영농의 기계화가 되어있어도 식량 보급은 더디기만 합니다. 하지만 우리 유리 행성에서는 농수산부에서 25억 인구의 식량을 책임지고 능률적으로 생산하여 모든 유람을 충분히 먹을 수 있게 합니다. 지구에서도 인구폭발이 심각한 위험에 도달해 있습니다. 우리 유리 행성도 한때는 인구 조절이 가장 어려운 문제였습니다. 왜냐하면 인생에서 남녀 간의 아름다운 사랑이 없으면 삶의 낙이 없다고 해도 과언이 아니기 때문입니다. 그러므로 사랑 뒤에는 성 교제가 있고, 성 교제 후에는 출산이 따르기 마련인데, 이러한 공식을 어떻게 무너뜨릴 수 있을지 많은 연구가 이루어졌습니다. 그 결과, 자연스럽게 피임 연구가 활발히 이루어졌고, 성 교제의 주도권을 완전히 여성에게 부여하는 법을 제정하게 되었습니다. 또한 남성이 여성의 허락 없이 강제로 성 교제를 할 경우, 엄한 벌을 받을 수 있도록 법을 마련하여 여성을 철저히 보호하고 있습니다.

하지만 이것으로는 너무 부족하였지요. 그래서 결국 출산 허가제를 도입했습니다. 그러니까 지난해의 사망자 수만큼만 출산 허가를 하는 것이지요. 그래서 지금은 25억 인구를 항상 유지하게 되었습니다."

"그렇다면 출산 허가는 누구나 신청이 가능한가요?"

"그렇지는 않습니다. 여기는 결혼을 25~30세에 합니다. 우선적으로 신혼부부에게 출산이 허가되며, 다음으로 결혼 2년 차, 3년 차 순입니다. 출산 허가는 한 가정에서 두 자녀까지 가능합니다."

호사인은 생각한다. 사람이 태어나는 것도 허가에 의해서 태어난다. 어색한 생각이 들지만, 지구의 인구 폭발을 생각하면, 현명한 제도로 인정하지 않을 수 없다.

"인구를 줄이거나 늘이는 것은 탄력적으로 해도 무방하지 않나요?"

"그렇지 않아요. 식량을 책임지고 생산한 농수산부는 인구 조절이 아주 중요하지요. 과학적 분석에 의하면, 유리 행성의 인구는 25억이 가장 적합하다는 연구 결과이며, 인구가 더 많아지면 자연이 오염된다는 분석이 나와 있습니다."

하면서 건너편에서 화면이 나온다.

"여기는 전형적인 식량 생산 고을입니다. 유리 행성에는 100만의 고을이 유리 행성 전 지역에 고루 분포되어 있어 유리 행성의 자연을 지키고 관리하고 있다고 볼 수 있으며, 그중 식량 생산 고을은 약 20만 고을이 있습니다."

화면에서는 여러 식량 생산 고을을 비추면서, 고을의 생생한 모습을 보여주었다. 잘 정리된 고을들은 깨끗하고, 운치 있고, 아담하며, 아름다웠다.

"한 고을은 2500명의 유람인이 주거를 이루고 있으며, 그중 생산 활동을 하고 있는 유람은 21세부터 80세까지 1200명에 달합니다. 하지만 전용 식량 생산 고을이라 해도 식량 생산을 하는 유람은 100명 정도에 불과합니다."

화면은 전용 식량 생산 고을의 광활한 농지를 보여준다.

호사인이 질문한다. "지구 행성의 200여 국가는 주식이 모두 다릅니다. 어떤 국가는 밀가루 옥수수이며, 다른 나라는 감자와 고구마이며, 우리나라와 많은 나라는 쌀과 보리입니다. 특히 우리나라는 쌀과 보리뿐 아니라 밀, 콩, 옥수수, 꾀, 과일, 야채 및 육식 등 종류가 다양합니다. 여기의 주식은 어떻게 되는지요?"

"유리 행성의 주식은 쌀이 40%, 보리 20%, 밀 10%, 콩 5%, 옥수수 5%, 기타 과일이나 야채, 육식 등이 20%입니다."

호사인이 고개를 끄덕이며 나의 조국의 주식과 다르지 않음을 실감한다.

"식량 생산 농부 한 유람은 백여 기의 지능 일꾼 로봇을 가지고 있으며, 화면에서처럼 농지 중심의 높은 정자에 앉아, 로봇에게 일감을 입력하며, 모든 생산은 로봇이 합니다."

　화면의 정자에는 여유 있고 위엄 있는 남녀 유람이 고급의자에 앉아 컴퓨터 모니터를 연속으로 클릭하고 있다.

　화면은 광활한 쌀 농지의 모든 지역을 보이며, 드물게 정자가 보이고, 정자에는 어김없이 남녀 유람이 컴퓨터 모니터에 앉아 클릭을 열심히 하고 있다.

　광활한 들에는 수천의 로봇들이 저마다 분주히 움직이고 있다.

　화면은 다시 다른 지역의 벼들이 누렇게 익은 들판을 보여주며, 가을의 풍성함을 드러낸다.

　호사인은 어릴 적 시골 친척 집에 놀러 가서 농촌의 농사짓는 모습을 본 기억이 있었다. 농촌 사람들이 얼마나 힘들게 농사를 짓는지도 잘 알고 있었다.

　하지만 이곳의 농군은 정자에 앉아 편안한 의자에 기대어 컴퓨터를 클릭하고 있었다. 그런 모습이 농사꾼이라니, 호사인은 믿기지 않는다는 듯 감탄하며 놀랐다. 예전에 보았던 농촌의 모습과는 하늘과 땅 차이였다.

　화면은 다시 수확하는 장면을 보이기 시작한다.

　들판의 노란 벼를 로봇 일꾼들이 트랙카를 타고 수확하고 있었다. 트랙카가 지나간 자리에는 포대에 담긴 곡식이 적재함 차량에 차곡차곡 실려 있었고, 수확하고 남은 벼의 줄기들은 잘게 부서져 바닥에 깔렸다.

　적재함 차량에 곡식이 가득 차면 트랙카는 다른 차량과 교체되며, 곡식을 실은 차량은 분주히 어디론가 이동해 갔다.

　호사인이 궁금한 듯 물었다. "저 곡식을 실은 차량은 어디로 가는 건가요?"

　"우리가 먹는 모든 음식은 식제조공장에서 가공됩니다. 식제조공장은 10개 고을 단위의 중심인 2만 5천 유람 규모의 행정구역인 '면'마다 하나씩 있습니다. 곡식차량은 각 '면'의 행정부에 있는 식제조공장으로 이동하는 거예요."

　이어지는 화면에는 식제조공장이 모니터에 비춰졌다. 넓은 잔디 위에 열 개의 커다란 창고가 나란히 서 있었고, 그중 절반은 이미 곡식으로 가득 차 있었으며, 나머지 창고에서는 곡식차량들이 계속해서 곡식을 쌓고 있었다.

로봇을 이용한 농업.

다음 장면에서는 식사공장이 화면에 나타났다. 일렬로 늘어선 곡식창고 맞은편에는 U자형으로 길게 뻗은 식제조공장이 있었고, 공장은 깨끗하게 유지된 상태였으며, 내부는 여섯 단계의 칸막이로 나뉘어 있었다. 그곳에서는 여섯 단계의 공정을 거쳐 꿀밥이 만들어지고 있었다.

설명에 따르면 꿀밥에는 곡식뿐만 아니라 고기류, 양념류, 과일류 등 유람에게 필요한 각종 영양소가 골고루 포함되어 있어 칼로리 부족이 없도록 제조된다고 했다.

이 꿀밥 제조 과정은 모두 자동으로 이루어지며, 각 공정 구간마다 감시자 두 명이 배치되어 생산이 정상적으로 이루어지고 있는지를 확인하고 있었다.

이번에는 화면이 보리생산의 들녘을 보이며 여러 군데의 지역을 화면으로 보여준다. 파란 새싹에서부터 무성히 자란 모습, 누렇게 익은 모습, 수확하는 모습을 보이고 있었다.

보리밭의 중심의 정자에서 왕비나 공주처럼 우아하고 아름다운 여 유람이 컴퓨터를 열심히 클릭하며 작업하는 모습이 보인다.

장관을 바라보며 호사인이 질문한다. "정자의 저 여 유람도 농부입니까?"

장관이 호사인의 질문에 의아해하다가 고개를 끄덕이며 답한다. "농부 중 절반이 여 유람이랍니다. 유리 행성 통국의 모든 직책에는 남녀의 차별이 없이 누구나 자기가 원하는 직업을 가질 수 있습니다. 물론 적성이 직책에 적합한가의 관문을 통과해야 하지만요. 단 하나 차별 직책이 있다면 바로 통 왕입니다. 통 왕은 아직까지 남 유람만 신선의회에서 선출하는데 신선이나 선사들의 남녀 유람분포도 거의 반반입니다. 하지만 통 왕의 직책만은 동방의왕의 빛나는 공로로 여 유람들이 양보를 합니다."

"여기야말로 진정으로 남녀평등의 세상이구나!" 눈을 감으며 깊은 생각을 한다.

또다시 화면은 잡곡들의 생산되는 다방면의 지역을 보여주며 곡식이 생산되는 모습을 보여준다.

장관이 호사인을 바라보며 "농수산부 안에는 각 '주' 행정부에 첨단농수산 연구단지가 있습니다. 여기는 농수산부의 두뇌 역할을 하는 곳입니다. 여기서는 품종을 개량하고, 병충예방의 천적을 연구하고, 기후 환경을 조사하여 적합한 곡물 생산 농지를 개발하고, 휴경농지를 지정하며, 첨단영농기계와 기구들을 개발하여 농산물 생산에 접목시킨답니다."

호사인은 부러운 눈으로 장관을 바라보고 경탄한다. 열대, 온대, 한대 등의 광활한 지역에서 곡물이 생산되는 화면을 바라보며, 한 유람이 로봇을 이용해 대량의 곡류를 생산하는 모습을 보면서 과학 문명의 효용성을 실감한다.

정자에 앉아 있는 농부에게 화면이 다시 고정되자 장관이 이야기한다.

"호사인, 농경사회에 대한 궁금한 점이 있다면 직접 이야기해 보십시오."

화면 속 농부가 호사인을 향해 반갑게 인사한다. "먼 지구에서 유리 행성을 방문해 주신 호사인 님, 반갑습니다. 저는 풍요농부입니다. 이곳의 농경 환경은 지구 행성과 많이 다를 것입니다. 궁금하신 것이 있다면 무엇이든지 물어보세요."

호사인은 생각을 정리한 후 조심스럽게 입을 연다. "지구에서도 오래전부터 농경사회가 발달하여 지금까지 이어져 왔고, 사회 환경과 과학의 발전으로 식량을 집단 생산하고 있습니다. 그러나 풍요농부님처럼 정자에 앉아 컴퓨터를 클릭하며 로봇 일꾼을 활용해 농사를 짓는 환경은 갖추지 못하고 있습니다. 지구에서는 대부분의 농사일을 여전히 사람이 직접 해야 해서, 농부는 고된 일의 대명사처럼 여겨지고 그 직업을 선호하지 않는 편입니다. 이곳처럼 과학문명이 접목된 농업 환경이 무척 부럽습니다.

질문드리고 싶은 것은, 유람들은 오전과 오후 각각 3시간씩 일하고 1년에 두 달은 휴무라고 들었습니다. 하지만 농부는 이런 근무조건과는 맞지 않을 것 같습니다."

풍요농부가 호사인을 바라보며 미소 지으며 답한다. "맞습니다. 곡물을 재배하는 일은 여유 있는 시기도 있지만, 파종부터 가꾸고 수확하는 시기에는

로봇을 이용한 농업.

매우 바쁩니다. 하지만 이곳의 농업은 모든 일정을 컴퓨터에 미리 입력해 두면 로봇들이 자동으로 농사일을 수행합니다. 농부는 컴퓨터 앞에 앉아 감시할 필요도 거의 없지요."

"모든 것이 완벽하군요…."

호사인은 감탄의 마음으로 풍요농부를 바라본다.

풍요농부는 구김 없는 환한 미소로 말한다. "저는 농부라는 직업에 큰 만족을 느끼고 있습니다. 작물이 자라고 열매를 맺어 수확에 이르기까지 매 순간이 새롭고 신기하지요."

호사인이 다시 묻는다. "그렇군요. 풍요농부께서는 얼마나 넓은 면적에서 식량을 생산하고 계신가요?"

"2만 제곱미터, 약 6천만 평입니다."

"수확량은 어느 정도 되나요?"

"면 단위 유람들의 쌀을 전량 공급할 수 있을 정도입니다."

"잘 알았습니다. 감사합니다."

대화가 끝나자 장관이 말했다.

"이번에는 수산물을 양식하는 바닷가로 가보겠습니다."

어느새 화면에는 바닷가 양식장이 펼쳐졌다.

수심이 얕은 바닷가에 수천 개의 양식장이 질서 있게 늘어서 있었고, 바닷물은 맑고 깨끗해 오염이 전혀 없어 바다 밑까지 훤히 들여다보였다.

이곳에서도 양식 어부는 시원하게 바다가 내다보이는 아름다운 정자에 앉아 컴퓨터를 클릭하고 있었다.

로봇 일꾼들은 배를 타고 각각 역할을 수행 중이었다.

먹이를 주는 파트, 성장한 물고기를 잡는 파트, 양식장 이상 유무를 감시하는 파트로 나뉘어 있었다.

한 어부는 500개의 양식장을 관리하고 있으며, 길게 늘어선 여러 정자가 눈에 띄는 것으로 보아 양식장의 규모가 상당히 크다는 것을 알 수 있었다.

양식장에서 고기를 수거하는 배는 가까운 항구로 이동해 차량에 고기를 하차시키고, 다시 바다로 나가 고기잡이를 반복한다는 설명이 화면에 뜬다.

고기를 실은 차량은 식제조공장으로 향한다고도 덧붙여진다.

"양식장에서 나오는 물고기의 배설물은 어떻게 처리하나요?"

호사인의 질문에 장관은 그를 바라보며 말했다.

"예리한 관찰력입니다. 유리 행성의 유람들은 환경 관리를 매우 모범적으로 하고 있습니다. 저렇게 넓은 양식장에서 배설물을 그대로 바다에 방류한다면 오염이 심각하겠지요. 그래서 하루에 두 번씩 청소 전용 배가 나가 양식장의 배설물을 정리합니다. 그래서 양식장은 언제나 깨끗하게 유지되지요."

화면은 양식장 주변을 비추며 실제로 오염이 전혀 없는 모습을 보여준다.

"여기 바다에도 밀물과 썰물이 있나요?"

호사인이 다시 묻자 장관은 화면을 정자 쪽으로 돌리며 말했다.

"양식 어부에게 직접 들어보는 게 좋겠습니다."

정자에서는 황홀할 정도로 아름다운 여 유람 어부가 환한 미소로 인사한다.

"호사인 님, 장관님, 수로 아 님, 반갑습니다. 저는 해정 양식 어부입니다. 여기에도 밀물과 썰물이 있습니다. 지구에서는 달의 인력으로 바닷물이 순환해 밀물과 썰물이 생기듯, 우리 유리 행성에도 달의 역할을 하는 삼각위성이 있어 바닷물이 흐르고 정화되며 순환합니다. 만약 삼각위성의 인력 작용이 없다면 바닷물은 흐르지 않고 정화되지 않아서 바다 생명체는 존재할 수 없게 됩니다."

"삼각위성이라면, 세 개의 위성이 삼각형을 이루고 있다는 뜻인가요?"

호사인이 묻자 해정 양식 어부는 매력적인 미소를 지으며 답했다.

"지구의 달은 지구 부피의 80분의 1 크기이고, 지구로부터 약 38만 km 떨어진 곳에서 시속 1,800km로 한 달에 한 번 공전하죠. 이때 달의 인력으로 바닷물에 작용해 밀물과 썰물이 생기고요.

우리 유리 행성의 삼각위성도 세 개의 위성이 삼각형을 이루며 달과 비슷한

로봇을 이용한 농업.

거리에서 같은 속도로 공전하고 있습니다. 각 위성의 크기는 달의 5분의 2 정도이고, 인력 또한 거의 같기 때문에 지구와 비슷한 밀물과 썰물 작용이 일어납니다."

지구에서 온 자신보다 지구에 대해 더 잘 아는 해정 양식 어부에게 호사인은 깊은 경의를 표한다.

이런 호사인의 마음을 읽은 수로 아가 말했다.

"유리 행성의 유람은 일반 학교를 졸업하고 직장을 선택하더라도, 직장을 다니며 많은 시간을 활용해 첨단과학 교양서적을 읽기 때문에, 신선들과 대화해도 막힘이 없답니다."

이어 농수산부 장관이 덧붙였다.

"지구에서는 고등교육을 받기 위해 경제적 조건이 필요하지만, 이곳에선 모두가 원하는 만큼 교육을 받을 수 있습니다.

지구에서는 첨단과학이 발달했어도 그 혜택은 일부만 누리지만, 유리 행성에선 모든 유람에게 그 혜택이 골고루 돌아갑니다. 직업 환경 역시 힘들거나 스트레스 받는 일이 없으며, 모든 유람이 자기 일을 즐기며 행복하게, 마치 취미처럼 여깁니다."

호사인은 생각했다.

'지구에서 종교인들이 부르짖는 사후세계의 천국이나 극락이, 이곳 유리 행성에선 현실이 되었구나.'

그는 깊이 고개를 끄덕이며 부러워한다.

화면은 수심이 얕고 크고 작은 섬들이 점점이 흩어진 황홀한 바다 양식장의 전경을 보여주고, 서서히 꺼진다.

"점심시간이 되었습니다. 오후에는 축산 현장과 산림의 나무들이 어떻게 관리되는지 시청하게 될 것입니다." 장관이 이렇게 말하며 일어나 식당으로 안내한다.

일행이 식당에 들어서자, 이미 200여 명의 직원들이 긴 식탁에 둘러앉아 큰 박수로 환호하고 있었다. 직책으로는 최고의 수장들이지만, 외모나 복장은 소박해, 티 나게 달라 보이지 않았다.

장관이 먼저 식탁에 앉으며 말했다. "호사인, 수로 아, 저렇게 반갑게 맞아주는 직원들에게 한 바퀴 돌며 인사해 주는 것이 좋겠네요."

수로 아와 호사인은 환하게 웃으며 환영하는 직원들 사이를 나란히 걸어간다. 직원들은 오른손을 흔들며 왼손을 내밀고, 호사인과 수로 아는 왼손을 흔들며 오른손으로 직원들의 왼손에 가볍게 닿으며 인사한다. "반갑습니다. 사랑합니다."

직원들도 저마다 화답한다. "환영합니다." "아름다워요." "행복하세요." "지구 행성에 가 보고 싶어요." 다양한 멘트들이 쏟아지며 따뜻하게 맞이한다.

환영 인사를 마치고 자리로 돌아오니, 장관이 그 자리에서 웃으며 기다리고 있었다. 점심 메뉴는 다르지 않다. 꿀밥과 우유, 특식으로 고기 통조림이 전부지만 모두 건강해 보였다. 호사인과 수로 아는 장관과 마주 앉는다.

장관이 웃으며 말했다. "지금까지 우리 농수산부 직원들이 이렇게까지 환영한 손님은 없었습니다. 두 분은 최고의 스타가 되셨어요."

수로 아가 웃으며 덧붙인다. "호사인 덕분에 저도 덩달아 스타가 되었군요."

장관도 화답한다. "하지만 수로 아 지구과학위원장님은 이미 널리 알려진 인기스타지요."

장관은 우유를 한 모금 마시고, 꿀밥을 잘라 먹으며 말을 이었다. "우리 농수산부에서 가장 힘들고 중요한 과제는 인구 조절 문제이고, 그 다음이 음식물 쓰레기를 제로로 만드는 일이었습니다. 예를 들어 호사인 님의 나라, 대한민국 서울에서는 하루에도 수백 톤의 음식물 쓰레기가 쏟아지는데, 이게 바로 지구 환경을 오염시키는 큰 주범이지요. 그래서 유리 행성에선 식생활 개선의 필요성을 절감했고, 각 가정에서 음식 조리를 전면 금지했습니다.

또한 어떤 일회용 물품도 사용할 수 없게 했고, 모든 음식을 식제조공장에서만 만들게 하여 음식물 쓰레기가 발생하지 않는 시스템을 구축했습니다. 지금은 음식물 쓰레기가 전혀 나오지 않습니다."

호사인이 고개를 끄덕이며 묻는다. "식제조공장은 '면' 행정에 하나씩 있다고 들었는데, 2만 5천 명의 식사를 배송하려면 많은 인력이 필요하겠군요?"

"물론입니다. 하지만 이 일은 로봇 배송일꾼들이 차질 없이 처리합니다."

'정말 완벽한 세상이구나.' 호사인은 감탄하며 꿀밥을 잘라 먹기 시작했다.

오찬을 마친 세 사람은 밖으로 나와 화창한 햇살을 받으며 잔디광장을 거닐고, 꽃밭 쪽으로 향했다. 잔디밭 너머 야산에는 호사인의 눈에 익은 꽃들이 피어 있어 시선을 끌었다. 그는 꽃잎에 유난히 집중하며 속으로 생각한다. '이 꽃, 무궁화와 닮았지 않은가?'

호사인은 장관을 바라보며 묻는다. "저 꽃이 무슨 꽃이지요?"

장관이 수로 아를 바라보며 웃는다. "수로 아에게 물어보세요."

수로 아는 해맑은 웃음으로 되묻는다. "호사인이 알고 있는 꽃 아닌가요?"

호사인은 의아한 표정으로 수로 아를 바라보며 말한다. "제 나라의 상징인 무궁화꽃과 많이 닮았습니다."

"맞아요. 내가 지구 행성의 호사인 나라를 방문했을 때 이 꽃을 발견했지요. 너무 아름다워서 우리 유리 행성에도 비슷한 꽃이 있을까 찾아보았는데, 우연히 야산에서 발견하게 되어 품종을 개량해 보급했습니다." 호사인은 수로 아를 바라보며 크게 감동한다.

그때 장관이 시계를 보며 일어선다. 오후 근무시간을 알리는 종소리가 크게 울린다.

일행은 사무실로 돌아와 자리에 앉는다. 장관은 리모컨으로 여러 번 클릭하더니, 원하는 화면을 띄운다. "여기 축산장은 유리 행성에서 열 번째로 큰 축산장으로, 최신 시설이 잘 갖춰진 곳입니다."

화면이 축산장을 위에서 아래로 빠르게 비추자, 그 규모가 어마어마하여 상상을 초월했다. 30도 경사의 비탈에 소들이 풀을 뜯고 있었고, 등과 골이 있어 소들이 골을 따라 다니며 등 위의 풀을 뜯어 먹고 있었다. 골에는 물이 흘러 분뇨를 씻어내리는 장치가 되어 있었고, 등의 중앙에는 물 분수가 설치되어, 필요할 때 물을 뿌려 풀이 잘 자라도록 하고 있었다.

이러한 등골은 위에서부터 아래로 끝없이 이어져 있어, 수백만 마리의 소들이 풀을 뜯으며 아래로 내려가고 있었고, 아래쪽의 소들은 훨씬 크게 자라 있었다. 하지만 결국 이 소들 역시 도살의 운명을 피하긴 어려울 터. 화면에 비친 소들의 모습이 왠지 모르게 불쌍하게 느껴졌다.

각 등골은 약 100미터 길이로 수백 칸으로 이루어져 있었고, 이 등골들이 좌우로 연결된 채 끝없이 이어지고 있었다. 위쪽 등골은 얕아 어린 송아지들이 풀을 뜯기 적당했으며, 아래로 갈수록 소들이 성장함에 따라 골의 깊이도 알맞게 깊어지고 있었다. 화면이 축산장 정자를 비추자, 컴퓨터를 클릭하던 축산장 주인이 하던 일을 멈추고 화면을 바라보며 인사했다.

"안녕하세요? 지구 행성에서 오신 귀한 손님, 농수산부 장관님, 그리고 유리 행성에서 가장 아름다운 수로 아 지구과학위원장님, 반갑습니다. 저는 돈우 축산장입니다. 무엇이든지 질문해 주세요."

자신감 넘치는 힘찬 목소리였다. 호사인이 먼저 입을 연다.

"정말 대단한 축산장입니다. 지구 행성에도 축산업을 하는 사람들이 많지만, 대부분은 비육을 위해 아주 좁은 공간에서 소들을 운동도 못 하게 기르고 있습니다. 여기는 자연 방목에 가깝군요."

"맞습니다. 송아지에서 비육우로 자라기까지 약 1년 6개월이 걸립니다. 소들은 아침부터 골을 따라 내려가며 8시간 동안 풀을 뜯고, 저녁에는 넓은 축사에서 밤을 보내며 마음껏 운동도 합니다. 다음 날 아침이 되면 다시 풀을 뜯기 위해 골을 따라 내려가죠."

"그런데 혹시 질병이 발생하는 경우도 있지 않나요?"

"그럼요. 하지만 이곳에서는 화면으로 축산 상황을 모니터링하고, 축사장막을 관리하는 로봇들이 이상 징후를 감지하면 즉시 가축 의사에게 보고해 빠르게 치료하게 되어있습니다."

로봇을 이용한 농업.

"만약 큰비가 온다면, 분뇨가 강물을 오염시킬 우려는 없습니까?"

"좋은 질문입니다. 유리 행성의 유람들은 환경을 보호하는 데 큰 사명을 가지고 있습니다. 비 오는 날 분뇨가 강으로 흘러가 환경을 오염시키는 일은 상상조차 할 수 없지요. 게다가 비가 등골 위에 그대로 쏟아지면, 고랑의 물이 홍수가 되어 등골이 무너지고 축산장이 폐허가 될 수 있습니다. 하지만 화면을 보시지요."

모두가 화면을 바라보니, 100미터 너비의 등골 위로 양쪽에서 얇은 비닐이 올라와, 중앙에서 접합되어 완전한 하우스 형태를 이루고 있었다. 빗물은 하우스 양쪽의 수로로 흘러 분뇨와 완전히 분리되도록 설계되어 있었다.

"보시는 것처럼 큰비가 와도 비닐이 자동으로 올라와 등골을 덮고, 빗물은 양쪽 수로로 흘러가기 때문에, 분뇨와 섞이지 않습니다. 완벽한 분리배수가 이루어져 강물을 오염시키는 일은 없습니다."

호사인은 축산장의 모든 시설이 단 하나의 허점도 없이 정밀하게 설계되어 있다는 점에 놀라움을 금치 못했다. 이윽고 화면은 돼지 축산장을 비추었다. 축산장이 설명한다.

"우리 축산에서는 소가 중심입니다. 돼지 축산은 규모가 작고, 비용이 많이 들어 비경제적입니다. 하지만 식제조공장에서 필요로 할 경우에 한해 제한적으로 사육합니다."

화면은 돼지 축산장을 자세히 보여주었다. 정사각형 모양의 넓은 축사 수십 개가 붙어 있었고, 각각의 울타리 안에 백여 마리의 돼지가 사육되고 있었다. 사료대는 바닥에서 일정 높이로 설치되어 돼지가 주둥이를 들어야 사료를 먹을 수 있어 위생적으로 설계되어 있었고, 바닥은 단단한 재질로 되어 있어 하루 두 번 물을 흘려 분뇨를 씻어냈다. 돼지 축사 역시 비가 올 경우 자동으로 비닐이 펼쳐져 하우스 형태로 변하고, 빗물은 수로로 보내져 분뇨와 분리되도록 되어 있다는 자막이 화면 하단에 나타났다.

다음은 화면이 닭 사육장을 비추기 시작한다.

높지 않은 광활한 야산에서 닭들이 풀과 벌레, 사료를 적당히 먹으며 방목되고 있었다.

닭들이 사육장을 벗어나지 않도록, 골프장처럼 낮은 비닐과 철조망, 울타리가 위쪽까지 설치되어 있었다.

여기에도 닭 사료대를 높게 설치해 닭들이 쪼아 먹을 수 있게 하였으며, 닭들은 자연 그대로 자라서 깃털이 윤기 나고 매우 건강해 보였다.

나는 축사장 주인을 향해 물었다.

"비가 올 경우, 이 넓은 닭 사육장의 분뇨는 어떻게 처리합니까?"

"지붕을 덮은 비닐 철조망을 자세히 보시면, 공기는 통하지만 비는 스며들지 않도록 특수 제작된 비닐 철조망입니다.

그리고 밤이 되면 곳곳에 설치된 분수에서 물이 충분히 뿌려져 바닥의 분뇨를 깨끗이 씻어냅니다.

이렇게 모인 분뇨는 10단계 분뇨 처리 시설을 거쳐 1급수로 정화된 뒤 강으로 흘러가므로, 강이 오염되는 일은 전혀 없습니다."

이때 농수산부 장관이 축사장 주인을 바라보며 물었다.

"현재 운영 중 어려운 점이나 개선할 사항은 없습니까?"

"네, 장관님. 있습니다. 개선안을 보고서로 정리하여 올리겠습니다."

"알겠습니다. 수고하셨습니다."

다시 화면은 깊은 산속을 비춘다. 그런데 산속에서는 무언가 열심히 작업이 이루어지고 있었다. 호사인은 궁금하여 장관에게 묻는다.

"저 깊은 산속에서 무슨 작업을 하나요?"

장관이 웃으며 답한다.

"유리 행성의 깊고 높은 산의 숲들까지도 모두 관리합니다. 나무들이 아름다운 숲을 이룰 수 있도록 잡풀과 가시나무를 제거하고, 나무에 달린 죽은 가지도 치우며, 바닥에 쌓인 낙엽도 정리하여 나무들이 잘 자라도록 도와주지요."

"이 많은 작업을 하려면 엄청난 인력이 필요하지 않을까요?"

호사인의 질문에 화면은 높은 산꼭대기의 정자를 비추고, 도인 같은 유람이 인사한다.

"안녕하세요? 농수산부 장관님, 수로 아 님, 지구 행성에서 오신 호사인 님. 나는 산지기 신령입니다."

장관이 말한다.

"산지기 신령, 수고 많습니다. 호사인께서는 모든 것이 새롭고 신기하다고 합니다. 궁금한 부분이 많을 테니 답변 부탁드려요."

"물론입니다. 친절히 답하겠습니다."

수로 아도 거든다. "산지기 신령은 멋진 분이군요. 이렇게 깊은 산꼭대기에서 근무하는 건 힘들고 외롭지 않나요?"

"그렇지 않아요. 바빠서 시간 가는 줄도 모른답니다."

"다행이군요."

호사인이 질문한다. "유리 행성은 산이 평야의 3분의 2에 해당합니다. 또 산에는 야산부터 협곡까지 험한 지형이 다양하게 분포되어 있습니다. 나무들도 지역에 따라 빽빽이 자라고 있는데, 이렇게 방대한 산을 모두 관리한다는 건 불가능해 보이는데 어떠합니까?"

산지기 신령이 여유롭게 웃으며 답한다.

"지구 행성과 유리 행성의 산과 평야의 분포는 비슷합니다. 그러나 지구에서는 산림 보호를 거의 하지 않고, 오히려 산소의 보고인 열대우림까지 개발이라는 명목으로 파괴하지요. 화석연료도 무제한으로 사용하면서 지구의 환경은 생존이 어려운 방향으로 치닫고 있습니다. 유리 행성은 과학 문명이 자연환경을 파괴할 수 있다는 사실을 미리 인식했고, 초대 통왕 동방의왕께서 자연환경 관리법을 매우 중요하게 입법하셨습니다. 수로 아 지구과학위원장께서도 지구를 여러 차례 방문한 바 있어, 지구의 환경문제가 얼마나 심각한지 알고 계시겠지요. 문명 발달 이전부터 환경 보호를 강조한 동방의왕의 혜안은 지금도 찬사를 받고 있습니다."

호사인은 산지기 신령의 해박함에 감탄하며 바라본다.

"그럼 질문에 대한 직접적인 답을 드리겠습니다. 나, 산지기 신령은 이 정자에서 500여 개의 지능 로봇을 이용해 화면에 보이는 넓은 지역을 관리하고 있습니다. 로봇에게 일감을 입력하면 24시간 자동으로 작업을 수행합니다. 로봇은 깊고 험한 비탈길도 문제없이 다니며, 죽은 가지를 치고 엉겅퀴를 제거하고 낙엽을 수거하여 일정한 장소에 모읍니다. 이 낙엽은 적재함 차량에 실려 압축되고, 어떤 화공약품을 사용하느냐에 따라 퇴비나 가축 사료로 가공됩니다. 차량은 적재함을 내려놓고 빈 적재함으로 교체한 후 계속 작업을 이어갑니다.

작업은 세 대의 로봇이 한 조로 구성되어 두 대가 낙엽을 모으면, 한 대가 수거해 압축하는 방식으로 진행되며, 한 지역은 3년 주기로 작업하므로 500대의 로봇으로도 광범위한 지역을 충분히 관리할 수 있습니다."

산지기 신령의 설명을 들은 호사인은 '한 명의 유람이 엄청난 일을 하고 있구나' 하고 감탄과 부러움을 느낀다.

수로 아가 분위기를 바꾸며 질문한다.

"깊은 산속에는 사납고 큰 맹수들이 많을 텐데, 로봇과 마찰은 없습니까?"

"과거에는 있었지만, 지금은 거의 없습니다. 아무리 날카로운 이빨을 가진 맹수라도 로봇을 상처 내긴 어렵습니다. 로봇의 펀치력이 워낙 강해 맹수도 일격에 쓰러집니다."

장관이 대화를 마무리짓는다. "산지기 신령, 수고 많으셨습니다."

시청을 마친 후 장관은 말한다. "농수산부의 핵심은 식량 생산, 어업, 축산, 산림 관리입니다. 이는 모든 아람들의 생존에 필수적인 의식주 중 '식'을 책임지는 부서입니다. 만약 식량 부족 사태가 생기면 그 책임은 저에게 있습니다."

장관이 호사인과 수로 아를 바라보자, 호사인이 기다렸다는 듯 질문한다. "농업, 수산업, 축산업 등은 자연환경이 뒷받침되어야 가능한데, 가령 가뭄, 태

로봇을 이용한 농업.

풍, 홍수 같은 자연 이변이 발생하면 생산에 차질이 생기지 않나요?"

"좋은 질문입니다. 지구에서는 몇 년 동안 비가 오지 않으면 사막화가 진행되지만, 유리 행성은 전 국토에 인공지하수로가 구축되어 있어 몇 년간 비가 오지 않아도 수로에서 물을 끌어 분수대로 뿌려주기 때문에 걱정이 없습니다. 울창한 산림 덕분에 태풍의 피해도 없고, 나무들이 빗물을 흡수해 홍수 피해도 없습니다. 또 항상 1년 분량의 식량을 비축하고 있어 어떠한 상황에도 대비할 수 있습니다."

"그렇다면 유리 행성의 인공지하수로 공사는 굉장히 방대한 사업이었겠군요…."

"무려 300년에 걸친 대토목공사였습니다."

"정말 대단하군요… 지구도 능력은 있는데…."

호사인은 아쉬운 듯 중얼거린다.

수로 아가 시계를 확인하며 말한다. "호사인, 오늘 일정은 끝났습니다."

"그렇군요. 하루가 너무 짧게 느껴지네요. 정말 귀중하고 소중한 탐방이었습니다."

호사인은 농수산부 장관에게 정중히 인사한다.

돌아오는 차 안에서 수로 아가 호사인을 바라보며 말했다. "오늘은 어제보다 더 대견해요. 호사인은 유리 행성 유람이 점점 되어가는 기분이 드는군요."

"칭찬해주어서 고마워요. 하지만 아직도 벙벙하답니다."

어느덧 어둠이 깔리고 차는 집 앞에 멈춘다.

10장

유리 왕국을 탄생시킨, 고전 영화 감상

제7일 - 1부 별 장군의 탄생

　비가 주룩주룩 내린다. 호사인과 수로 아는 창문을 열고 비를 맞고 있는 숲과 자연을 바라본다. 숲이 비를 맞으며 어린아이처럼 좋아하고 있구나! 호사인이 두 손을 내밀어 손에 빗물을 받아본다. 깨끗하고 수정같이 맑다. 한 모금 입안에 넣는다. 빗물이 향기가 난다. 그 향기가 천상을 나르며 황홀한 꿈속을 거닐게 한다. 숲을 내 몸과 같이 가꾸어 관리해주니 더 많은 것으로 유람에 보답하는구나!
　호사인이 수로 아를 바라보며 묻는다. "저 숲들도 산천 관리직이 관리를 하나요?"
　"물론입니다. 유람의 관리가 안 된 숲은 없답니다." 수로 아가 답한다.
　호사인은 지구 행성을 돌아본다. 고국뿐 아니라 세계 일주를 하였다. 빈부의 차이, 공장에서 뿜어내는 검은 연기, 자연을 파괴하며 건설된 건축물, 한쪽은 창고를 지어 부를 산더미처럼 쌓아놓고, 대부분은 먹지 못해 뼈만 앙상하게 남은 어린아이, 얼마나 마음이 쓰라리던가. 차이는 무엇이며 무엇이 문제인가? 눈을 감으며 생각한다.
　"오늘은 모든 공무가 쉬는 날입니다. 오전은 집에서 영화를 감상하고 오후에는 집 주위를 산책할 것입니다." 수로 아가 창문을 닫고 커튼을 닫으며 위에 말아진 천을 내리며 불빛을 차단하니 영화관의 환경이 조성된다. 소파를 반대편 벽으로 이동하고 가운데 탁자에 스마트 폰에서 영화 앱을 받아 올려놓고 앱을 터치하니 창 쪽에 영상이 나타난다. 극장의 스크린처럼 부족함이 없이 선명하다. '별 장군의 탄생'이란 제목이 웅장하게 등장하더니, 예고 요점이 펼쳐지며 출연진의 연기가 나타난다. 현실의 모습과 차이가 없는 선명한 화면이 전개된다.

제1막: 〈거지 소년〉

큰 대문 앞에 10세쯤 되어 보이는 손질되지 않은 머리와 갈기갈기 찢어진 옷을 걸친 소년은 누가 보아도 거지임이 틀림없다. 하지만 눈이 유난히 예리하고 총명하며 얼굴 피부가 검지만 윤기가 흐르는 것으로 보아 보통의 소년은 아닌 것 같다.

거지 소년이 당당하게 대문을 두드리며 "여보세요. 여보세요." 소리치니 한참 후에 중후한 부인의 소리가 "누구세요?" 하며 대문을 연다. 열어 보니 거지 소년이 틀림없다.

부인은 "거지 주제에" 하고 짜증을 내며 다시 대문을 콱 닫아 버린다. 하지만 부인은 당당한 눈빛이 유난히 밝은 거지임을 떠올리며 고개를 갸웃하다가 다시 문을 열고 거지 소년을 바라본다. 그런데도 소년은 당당하게 부인을 올려다본다.

"용건이 무엇이냐?"

"보면 모르오? 거지는 배가 고프지 않으면 남의 대문을 두드리지 않습니다."

갈수록 교만해 보이는 거지 소년에게서 이상하게도 밉다기보다는 호기심이 발동한다.

"부자로 사는 유람은 절대 공짜로 보시하지 않는다."

"나 또한 절대로 공짜로 구걸하지 않습니다."

"그럼 은혜는 갚는단 말이냐?"

"그건 모릅니다. 우리 사부께서 남에게 신세를 지지 말라 하셨습니다."

볼수록 신기한 거지 소년을 마루에 들여앉히고, 부인은 정성스레 진수성찬을 차려 준다. 소년은 마치 삼일을 굶은 사람처럼 순식간에 음식을 먹어치우고 물을 들이킨다.

그때, 대문에서 우장창 쾅쾅 소리가 나며 "문을 열어라!" 하는 사납고 큰 소리가 울린다. 부인은 깜짝 놀라 거지 소년을 의심의 눈초리로 바라본다. 하지만 소년은 태연하다.

"놀라지 마세요." 하고는 눈빛 하나 흐트러짐이 없다.

부인이 떨며 안절부절못하는 사이, 소년은 태연하게 대문을 열고 말한다.

"어디서 온 산적 놈들이냐."

문 앞엔 체구가 크고 등에 큰 칼을 멘 세 명의 장정이 서 있다. 보기만 해도 기가 질릴 만큼 위압적이다. 부인은 정신이 아득해진다. 하지만 거지 소년의 지나치게 당당한 태도에 눈을 떼지 못한다.

가운데 선 자는 두목 같고, 왼편 부하가 비웃으며 말한다.

"배가 불룩한 걸 보니 밥 얻어먹고 밥값을 하려는 모양인데, 네 목숨은 하나다. 용기가 가상하니 목숨만은 살려주마. 비켜라."

거지 소년은 소중히 여기는 반들반들한 막대를 손에 쥐고, 담담하게 말한다.

"너희는 이 집 안에 발도 들이지 못할 것이다."

오른편 부하가 장검을 뽑아 단칼에 덮쳐오려 하자, 가운데 두목이 손을 들어 멈추게 한다. 그리고 소년을 유심히 바라본다.

"네 이름이 무엇이냐?"

소년은 잠시 생각하다가 말한다.

"나는 별 장군이다."

그리고 고개를 다시 저으며 말한다.

"아니다. 나는 이 집을 지키는 진돗개다."

두목이 기이하게 생각하며 말한다. "우리의 앞길을 막은 자 중에서 살아남은 자는 없다."

"하지만 당신들도 이 집엔 한 발짝도 들이지 못할 것이다."

부인은 조용히 숨을 죽이고, 혹시라도 기적이 일어나기를 바란다.

두목이 외친다.

"얕보지 말고 쳐라!"

두 명의 부하가 양쪽에서 동시에 장칼을 휘두르며 덮친다. 부인은 비명을 지르며 쓰러지려 한다. 하지만 거지 소년의 동작은 너무도 빨라, 적들의 칼은 옷깃 하나 건드리지 못하고, 그의 막대기에 머리의 급소를 맞은 두 부하는 그대로 쓰러진다.

두목은 긴장하며 자세를 다잡는다. 그러다 갑자기 큰 소리로 웃는다.

"하하하! 네 검법의 스승은 누구냐?"

"그걸 너 같은 산적에게 말해줄 이유는 없다."

두목은 결심한다. 한 방에 제압하지 않으면 안 된다는 각오로 소년을 노린다. 거지 소년은 미동 없이 두목의 눈동자를 똑바로 응시한다. 오히려 긴장한 건 두목 쪽이다.

'아깝지만 어쩔 수 없다. 살인 검법으로 제거해야 한다.'

두목은 번개 같은 동작으로 소년의 목을 내리친다. 하지만 장검은 허공을 친다. 소년은 몸을 가볍게 틀어 피하더니, 막대로 두목의 손목을 내리쳐 장검을 날려버리고, 이어 복부의 급소를 가격한다. 두목은 대굴대굴 구르며 쓰러진다.

한참 후, 산적 두목과 부하들이 일어나 두 손을 비비며 소년에게 목숨을 구걸한다. 악인은 언제나 강자 앞에서 비굴하다. 거지 소년은 조용히 말한다.

"너희 산적들아, 당장 숨통을 끊고 싶지만 한 번은 용서가 필요하니, 다시 온다면 죽을 각오로 와라. 어서 꺼져라."

산적들은 연신 고개를 숙이며 도망친다. 놀란 이는 바로 부인이다. 하늘에서 내려온 은인처럼 거지 소년을 바라보며 조심스레 다가선다. 따뜻한 마음으로 그를 붙잡고 싶다. 하지만 소년은 말한다.

"밥값은 했습니다."

그리고는 바람처럼 사라진다.

부인은 허망하게 그 자리에 서 있다.

"기다려! 열흘 치는커녕, 십 년 밥값은 했다."

하지만 소년은 이미 보이지 않는다.

2막: 〈별 장군 인자왕을 구한다.〉

7년이 지난 후, 남방왕국과 동방왕국의 경계에 위치한 험준한 사망 고개에 한 나그네가 힘겹게 올라선다. 수수하지만 자비로운 얼굴에 지성까지 느껴지는 이 나그네는 흐르는 땀방울을 손등으로 닦으며, 맞은편에서 불어오는 시원한 바람에 마음까지 상쾌해진다.

그때 어디선가 "멈추어라! 오늘은 기분 좋은 날이다." 하는 우렁찬 소리가 울려 퍼지고, 산비탈에서 50여 명의 도적이 모습을 드러내 나그네를 에워싼다. 그들 모두 험상궂은 인상에, 피가 묻은 너절한 옷차림이다.

하지만 나그네는 동요하지 않고, 마치 수장처럼 차분하게 도적들을 바라본다. 그중 유난히 크고 사나운 얼굴을 한 자가 앞으로 나서며 큰 소리로 외친다.

"등에 진 봇짐을 내려놓고 갈 길을 가라."

나그네는 잔잔한 목소리로 대답한다.

"이 봇짐엔 내 생명책이 들어 있다. 너희에게는 아무 소용 없을 것이다."

그러자 두목이 험한 소리로 말한다.

"우리는 사망 고개를 지키는 파수꾼이다. 앞에서 오든 뒤에서 오든, 나그네의 봇짐은 내려놓고 지나가야 목숨이 보장되지."

이에 나그네가 당당하게 호통친다.

"이놈들! 천하에 할 일이 없어 악당이 되었느냐? 가난한 자와 선한 자의 피를 빨아먹는 흡혈귀 같은 도적 떼들이여, 저리 물러나지 못할까!"

나그네의 쩌렁쩌렁 울리는 호령에 도적들은 겁에 질린 듯 한 발짝 물러선다. 그러자 두목이 다시 앞으로 나서며 묻는다.

"도대체 어느 스승에게 검법을 배웠느냐?"

"검법은 악당에게나 필요한 것이지. 문인은 의롭고 자비로운 마음으로 지혜와 진리를 탐구하는 것이다."

도적들은 나그네가 검법을 모른다고 확신하자 안도하며, 궁상맞은 비웃음을 터뜨린다.

"저놈을 봇짐까지 홀랑 벗기고, 옷도 다 벗겨 속옷 차림으로 보내되, 목숨만은 해치지 마라."

명령과 함께 도적 열댓 명이 우르르 달려들어 나그네의 양손을 붙잡는다. 나그네는 다시 한번 크게 호령하지만, 도적들은 들은 척도 하지 않는다. 봇짐을 빼앗고 고개를 조이며 행동을 강행한다.

거지 청년 불청객

'의인은 하늘이 돕는가?' 그때 산을 가르는 듯한 날카롭고도 우렁찬 목소리가 울려 퍼진다. "멈추어라!"

모든 이가 그쪽을 바라본다. 그리고 이어진 외침.

"그분은 인자왕이시다! 어서 물러나라."

도적들과 나그네가 소리의 주인을 바라보니, 그 모습은 영락없는 애송이 거지 청년이다. 체구는 왜소하고 강한 구석이라곤 없어 보인다. 눈빛은 날카로웠지만, 전투력은 상상도 되지 않는다. 나그네는 순간 이 인물이 범상치 않음을 직감하지만, 도적들은 그를 비웃는다. 두목이 말했다.

"거지 청년아, 죽을 날도 아닌데 벌써 목숨을 내놓을 셈이냐? 네 기백은 가상하다. 항복하면 우리 왕 두목에게 소개해 주지."

거지 청년은 한마디로 응수한다. "악인에게는 훈계가 필요 없지."

그리고 그 말과 동시에, 나그네를 둘러싼 도적들을 순식간에 쓰러뜨려 버린다. 그의 동작은 빛과 같아, 도적들은 자신들이 어떻게 당했는지도 알아채지 못한다. 도적 두목이 그제야 긴장하며 떠는 사이, 거지 청년은 태연하게 다가온다. 그의 손에 들린 막대는 번개처럼 움직여, 두목의 멱살을 잡고 공중으로 던진다. 두목은 빙글빙글 돌며 멀리 나가떨어진다. 도적 무리와는 상대가 되지 않는 싸움이었다. 거지 청년이 명검이라면, 도적들은 장난감 검에 불과하다. 이 모든 광경을 본 나그네는 속으로는 크게 놀라면서도, 겉으로는 여전히 담담한 표정을 유지한다.

인자왕의 추대를 받은 나그네

거지 소년이 나그네 앞으로 다가와 "인자 왕이여, 인사드립니다." 하고 넙죽 절을 올린다. 나그네는 당황한 듯 두 손을 내저으며 말한다.
"나는 그저 나그네일 뿐이오. 생명을 구해주어 고맙소. 다음에 인연이 닿는다면 이 은혜를 잊지 않겠소."
그리고는 급히 발길을 돌리려 한다. 거지 소년이 다급하게 말한다.
"저는 사부님의 명을 받아 움직이는 사람입니다. 사부님께서 분명히 말씀하셨습니다. '지금 당장 사망 고개로 달려가 인자 왕을 구하라'고요."
나그네는 발걸음을 멈추고 뒤돌아 거지 소년을 바라본다. 그 눈빛엔 호기심이 담겨 있다.
"그대 사부의 존함은 어떻게 되지요?"
"모릅니다."
"사부의 존함도 모른다니, 그게 무슨 말이오?"
나그네는 어이없는 듯 고개를 기울인다.
"예. 저는 세 살 무렵부터 거지가 되었습니다. 어디서 태어났는지, 가족이 누구인지도 알지 못합니다. 배가 고프면 어느 집이든 대문을 두드려 밥을 얻어먹었고, 어느 날은 큰 나무 아래서 잠들었는데, 꿈속에 머리카락이 하얀 도인이 나타나 말씀하셨습니다. '너는 별 장군이 되어 세상을 의롭게 할 운명이다. 하지만 그러려면 힘이 있어야 한다. 세상에는 신의 검법, 곧 100의 검법이 있다. 이 검법을 익히면 세상을 지킬 수 있다. 내가 너에게 이 100의 검법을 전수해 주겠다. 기초부터 100 검법까지 모두 가르쳐 줄 테니, 밥을 얻어먹거나 잠잘 시간 외에는 검법 수련에 힘쓰거라.'

그 꿈을 꾸고 난 뒤로, 저는 사부님의 명을 받아 세 살부터 열일곱 살까지 쉬지 않고 수련을 계속해 왔습니다.

그런데 오늘 잠시 피곤하여 바위 위에 기대 졸고 있었는데, 다시 사부께서 나타나 '너는 100의 검법을 모두 이수하였다. 지금 당장 사망 고개로 가서 인자 왕을 구하라'고 하셔서, 곧장 달려온 것입니다."

별 장군 100의 검법을 시험하다.

나그네가 놀란 듯 별 장군을 예리하게 바라본다.

"그 100의 검법이라는 것이 세상에 알려진 검법이오?"

"그건 저도 모릅니다. 다만 사부께서는 100의 검법이 10만 대군도 물리칠 수 있다고 하셨습니다."

나그네가 잠시 생각에 잠기더니 입을 연다.

"내가 별 장군의 검법을 시험해 보고 싶은데, 괜찮겠소?"

"예, 무엇이든 명령만 하십시오."

"지금 저 높은 산 위로 나는 기러기 중 한 마리를 잡아 오시오."

"예."

별 장군은 말이 끝나기 무섭게 번개처럼 솟구쳐 오르더니, 'V'자 대형을 이루며 날아가는 갈매기 무리 중 한 마리를 낚아채 나그네 앞에 바친다.

이를 지켜보던 도적들도, 나그네도 일제히 놀라 감탄한다.

"이럴 수가…!"

하지만 도적들은 오히려 오금이 저린 듯 몸을 움츠린다.

나그네는 감탄과 함께 말을 잇는다.

"별 장군, 실로 대단하오. 하지만 나는 아무런 힘이 될 만한 조직도, 군대도 없소. 인자왕이 되어 세상을 다스릴 만한 바탕이 전혀 없는 사람입니다."

그러자 별 장군은 그의 말을 무시하듯, 나그네를 향해 묻는다.

"인자왕이시여, 저 도적들을 어떻게 처리하시겠습니까?"

나그네는 손을 내저으며 말한다.

"별 장군이 알아서 처리하시오. 나와는 상관 없는 일이오."

별 장군은 도적들 앞으로 성큼성큼 걸어간다.

도적들은 이미 부들부들 떨며 목숨을 구걸하듯 엎드린다.

그는 두목 앞에 이르러 멱살을 움켜쥐고 일으켜 세운다.

얼굴이 핏기 하나 없이 하얗게 질린 두목이 애원하듯 외친다.

"살… 살려주십시오."

"내 말 잘 들으면 살려주지."

두목의 눈빛에 희망이 번진다.

"무슨 명령이든 따르겠습니다!"

"너희 조직 규모는 얼마나 되느냐?"

"네, 저희 조직은 600명 정도이고, 우리 위에는 무서운 왕 두목이 있습니다. 저처럼 열두 명의 두목이 각지에 흩어져 있습니다."

"그 외에 다른 도적 조직에 대해 아는 바는 없느냐?"

"왕 두목의 말에 따르면, 우리와 같은 규모의 조직이 유리 행성 전체에 열 곳 가량 있다고 하였습니다."

"좋다. 가자. 왕 두목을 만나야겠다. 너희를 모두 군사로 삼겠다. 지금부터 너희는 인자왕을 섬겨야 할 것이다."

도적들은 마치 지옥에서 천당으로 옮겨진 듯, 환호하며 기뻐한다.

그러나 나그네, 인자왕은 어리둥절한 표정으로 멍하니 그 자리에 서 있을 뿐이다.

별 장군은 다시 인자왕 앞으로 나와 정중히 부복하며 말한다.

"걱정하지 마십시오. 5만의 군사를 양성하겠습니다. 그 군사 조직만으로 유리 행성을 평정할 수 있습니다. 다만 문인으로 이루어진 행정 관리 조직은 인자왕께서 스스로 양성하셔야 합니다."

3막: 〈인자왕의 등용식〉

정오의 화창한 날씨가 땀방울을 맺게 하나, 북풍의 시원한 바람이 그 땀을 식혀 준다. 북쪽의 높은 산맥은 동쪽과 서쪽으로 뻗어 궁전을 감싸고, 남쪽으로 확 트인 평야는 풍요로운 곡창지대로 펼쳐져 있다.

넓은 뜰에는 5만의 정예군사가 진열해 있고, 그 앞에는 200명의 문인 행정 관료 조직이 정렬해 있다. 높은 무대 중앙에는 황금의자에 인자왕이 위엄 있게 앉아 있으며, 우측에는 우상 관리가, 좌측에는 좌상 관리가 자리하고, 뒤쪽에는 별 장군이 인자왕을 호위하듯 불꽃 같은 눈빛으로 전방을 주시하고 있다. 외곽에는 수많은 유람들이 불야성을 이루고 축제의 장을 채우고 있다.

"이제 인자왕의 등용 축사가 있겠습니다." 어딘가에서 안내의 음성이 울려 퍼진다.

인자왕이 두루마리를 펼치고 축사를 시작한다.

"오늘의 인자 왕국의 창조는 전적으로 별 장군의 공이라 하겠습니다. 나그네 시절, 저는 공평하고 자비로운 세상을 늘 꿈꾸어 왔습니다. 그러나 그 꿈은 별 장군의 손을 거쳐 현실이 되었고, 지금도 이것이 꿈인지 생시인지 헷갈릴 정도입니다."

함성 같은 박수가 쏟아진다.

"유람은 언제부터인가 문명사회를 이루기 시작했습니다. 그러나 동물들 또한 나름의 질서를 갖춘 사회를 이루고 있습니다. 유람의 문명이 동물보다 높다고 단정할 수 없는 이유는, 동물은 같은 종 안에서 서열은 있되, 약자를 함부로 해치지 않으며, 먹이를 독점하거나 쌓아 두어 동료를 굶기지 않기 때문입니다.

반대로 유람의 문명사를 돌아봅시다. 수많은 왕국이 존재했지만, 왕은 신이 되고, 관료는 부유하며, 민중은 대부분 가난 속에 살아야 했습니다. 나, 인자왕은 이제 그 관례를 끊고자 합니다. 모든 유람이 공정하고, 공평하며, 굶주림 없는 세상을 만드는 것이 저의 다짐입니다."

박수가 한참 동안 이어지고, 인자왕이 뒤이어 이야기한다.

"1. 지역 곳곳에 지역 행정부를 설치하여 안보와 복지, 식량 생산 증산을 돕고, 가난을 벗어나게 하겠습니다.

2. 지혜로운 인재를 고루 관료직에 등용하여, 효율적이고 부정 없는 행정을 구현하겠습니다.

3. 강력한 군사력을 바탕으로 산적과 도적 무리를 철저히 소탕하여, 유람의 가정과 재산이 다시는 약탈당하고 파괴되는 일이 없도록 하겠습니다."

우렁찬 환호가 계속해서 터져 나온다. 인자왕은 두루마리를 접고, 수많은 유람들을 향해 공손히 고개를 숙여 인사한다. 다시 안내의 음성이 들린다.

"오늘은 유리 행성의 인자 왕국이 탄생한 축제의 날입니다. 이 뜻깊은 날을 기념하여 푸짐한 음식을 준비하였습니다. 모두가 마음껏 먹고 마시며, 춤추고 노래하며 오늘의 기쁨을 함께 나누시기를 바랍니다."

4막: 〈태평한 성대 이룩한 인자 왕국〉

20년 후. 호수처럼 넓은 연못가를 인자왕과 별 장군이 나란히 거닐고 있다. 늘어진 버드나무 가지들이 연못길을 덮어주어 따가운 햇빛을 막아주고, 산들바람이 불어와 시원한 기운이 온몸을 감싸니 마음까지 상쾌해진다.

"별 장군."

"예, 인자왕님."

"사망 고개의 추억이 떠오릅니다. 그때는 산적과 도적이 난무하여 세상이 혼돈에 빠졌었지요."

"인자왕님의 공덕이지요. 세상 유람들의 마음을 살펴보면 인자왕님의 칭송이 자자합니다. 산적은 사라지고, 도적도 없고, 가난과 굶주림도 사라졌으니 유람들의 얼굴마다 환한 웃음꽃이 만발했습니다."

인자왕이 먼 산과 파란 하늘을 바라보며 조용히 묻는다.

"세상이 그렇게 변했단 말이오?"

"예, 인자왕님의 덕이지요."

"별 장군의 공이고요."

두 사람은 피보다 뜨겁고 진한 마음으로 서로를 바라보며 깊은 정을 나눈다.

"별 장군, 그때 100의 검법을 전수하셨다는 꿈속의 스승은 그 후로 만나보셨습니까?"

별 장군은 아쉬운 듯 고개를 천천히 젓는다.

"몹시 그리워했지만, 그 후로는 꿈속에서도 나타나지 않았습니다."

"저런." 인자왕은 혀를 차며 별 장군을 바라본다. "거지 시절에 또 다른 일화는 없습니까?"

"있지요." 하며 별 장군은 옛이야기를 들려준다. 부잣집에서 산적을 물리쳐 준 대가로 10년 동안 밥을 얻어먹고, 정숙한 부인에게 신세를 졌던 그 시절의 이야기를 소상히 전한다.

인자왕은 흥미롭게 들으며 묻는다.

"그렇다면, 그동안 그 부인을 초대해 대접하며 감사의 인사를 전했습니까?"

"그러지 못했습니다."

인자왕은 잠시 침묵하다가 씁쓸한 얼굴로 말한다.

"은혜를 알고 감사하는 것이 유람의 도리인데, 별 장군께서 그 도리를 저버린 것은 아닙니까?"

별 장군은 멀리 산을 바라보며 아쉬운 표정을 짓는다.

"유람의 도리를 모를 리 있겠습니까. 저의 스승께서는 검법을 가르치기 전, 매일 한 시간씩 인문학을 가르치셨습니다. 예의와 역사, 과학, 정치, 경제를 고루 교양으로 익혔습니다."

"그렇다면 더욱 궁금하군요."

별 장군은 할 말을 찾는 듯 망설이다가 입을 연다.

"당시 그 부인은 제가 거지 생활을 청산하고 자기 집에 머물며 살기를 원하셨습니다. 그리고 딸 이야기를 자주 하셨지요. 직접 보지는 못했지만, 말하는 걸 보면 무척 자랑스러워했고, 아름다운 분일 것이라 짐작했습니다. 하지만 스승님께서는 저에게 엄하게 말씀하셨습니다. 너는 오직 검법과만 결혼해야 한다고요."

인자왕은 애처로운 눈빛으로 별 장군을 바라보며 다정히 끌어안고, 등을 가만히 두드려 준다. 눈시울이 붉어진 별 장군과 인자왕은 말없이 한참을 걷는다. 그저 걸을 뿐인데 마음은 잔잔하게 가라앉고, 어느덧 둘은 평화로움 속에 잠긴다.

별 장군의 후계자 고견

정적을 깨고 인자왕이 말을 꺼냈다.

"별 장군, 지난 20년 동안 국사를 온 힘을 다해 돌보다 보니, 몸과 마음에 노쇠의 기운이 스며드는 것을 느끼오. 이제 후계자를 세워야 할 시점인데, 장군의 고견을 듣고 싶소."

별 장군은 잠시 생각을 가다듬은 뒤 조심스럽게 말했다.

"지혜와 식견을 갖춘 슬기로운 장 관료 20인을 뽑아, 이들 사이에서 상대 투표를 통해 다수의 표를 얻은 이를 후계 왕으로 세우는 것이 좋을 듯합니다."

뜻밖의 답에 인자왕은 놀랐지만, 곧 별 장군의 생각에 깊이 공감했다.

사실 장자인 만자는 인품이 훌륭하고 학문이 깊어, 대부분의 관료들 사이에서는 그가 자연스레 후계 왕이 될 것이라 여겨지는 상황이었다. 인자왕은 은근히 별 장군이 만자를 지지해, 그의 왕위를 더욱 굳건히 해주기를 바랐던 터였다. 그러나 전혀 다른 답이 돌아온 것이다.

인자왕은 다시 물었다.

"장군의 속마음을 듣고 싶소."

별 장군은 이미 준비되어 있었다는 듯 담담히 말했다.

"만자가 왕이 된다면, 이름이 '만왕'이 될 것입니다. 선왕의 호는 '인자왕'이신데, 그 아들이 '만왕'이 된다면 이름이 서로 어울리지 않습니다."

인자왕이 성급하게 반문했다.

"단지 그 이유입니까?"

"아닙니다. 더 중요한 이유가 있습니다."

인자왕의 얼굴에 불쾌한 기색이 떠올랐다.

"그 이유를 들어보겠소."

그러나 별 장군은 조금도 흔들림 없이 조용한 어조로 이어갔다.

"왕은 지혜롭고, 지식과 지략이 뛰어나며, 어질고 자비로워야 합니다. 오늘의 태평성대는 인자왕께서 그 모든 덕목을 갖추셨기에 가능한 일이었습니다. 하지만 왕의 자식들이 그런 덕목을 갖추는 것은 쉽지 않습니다."

잠시 말을 멈췄던 별 장군은 비유를 덧붙였다.

"왕의 자식들은 마치 우리 속에 갇혀 먹이를 받아 자란 사자와 같습니다. 사자이긴 하나, 광야의 왕이 될 수는 없습니다. 지혜란 유람들과 어울려 부딪히며 얻어지는 것이고, 학문 또한 절실한 갈망에서 비롯되어야 진짜 지식이 됩니다. 그러나 왕자들은 그런 조건을 갖추기 어렵습니다."

그는 마지막으로 결론을 지었다.

"세습이 반복되면 언젠가는 왕이 관료들을 제어하지 못하게 되고, 국가는 혼란에 빠져 산적과 도적이 다시 창궐할 것입니다. 결국 왕권은 무너지게 되지요."

인자왕은 깊은 충격에 빠졌다.

그는 스스로 학문을 닦으며 지혜를 기른 사람이라 별 장군의 통찰을 예기치 못했으나, 지금 이 순간 별 장군의 말에서 깊은 진리를 깨달은 것이다. 군신의 관계가 아니라면 절이라도 해야 할 마음이었다.

인자왕은 진심을 담아 말했다. "장군의 말씀이 진리요. 후계 왕에 대한 문제는 장군의 뜻에 따라 관료 장들을 모아 논의하여 결정하겠소."

별 장군은 고개 숙여 감사를 표하며 말했다. "인자왕의 업적은 영원히 빛날 것입니다."

인자왕이 새로운 차원으로 별 장군을 바라보며 산천을 바라보며 화답한다. "오늘은 유난히도 자연이 아름답소. 별 장군과 이렇게 나란히 걷고 있으니, 마치 세상이 이 순간을 시샘하는 듯하오." 별 장군도 미소로 답했지만, 눈빛은 오히려 겸연쩍은 듯하고 미안함이 배어 있었다.

동성의 아들 신동, 후에 동방의왕

한참을 걷던 중, 별 장군이 조심스럽게 침묵을 깨며 물었다.

"'동성' 교육장 관료를 알고 계시지요?"

"그 어진 신선을 어찌 모르겠소. 그 교육장은 유능하고 성품도 훌륭한 인재요. 무슨 문제가 있소?"

"문제라기보다… 그분에게 동방이라는 세 살 된 아들이 있는데, 벌써 책을 손에서 놓지 않고, 무엇이든 물으면 막힘없이 답한다고 합니다."

"그래요? 그러한 아이가 있다면 경사로다. 짐이 한 번 불러 직접 시험해 보고 싶구려."

관료들의 후계자 선정

10일 후, 궁정 앞 광장에는 200여 명의 요직 관료 장이 모두 모여 있었다. 높은 무대 위에는 인자왕이 정좌하고, 좌측에는 좌상 관료가, 우측에는 우상 관료가 나란히 자리를 지키고 있었다.

인자왕은 좌중을 천천히 둘러본 뒤, 엄중한 표정으로 말을 꺼냈다.

"짐이 노쇠하였으니, 후계를 정해야 하겠소."

이어 별 장군의 제안을 소개하며, 후계왕을 선출하기 위한 새로운 법률 제정에 대해 요직 관료 장들의 승인을 구하고자 했다.

그러자 좌상 관료가 앞으로 나아와 왕 앞에 서며 아뢰었다.

"전하, 그와 같은 방식으로 후계왕을 정하는 법률은 받아들일 수 없습니다. 인자 왕국에는 이미 의젓하고 인품이 뛰어난 세자, 만자께서 계십니다. 후임 왕은 마땅히 세자 만자께서 되어야 합니다."

이 말에 모든 관료 장들이 일제히 고개를 끄덕이며 한목소리로 외쳤다.

"그렇습니다. 후계왕은 세자 만자, 곧 만왕께서 적통이십니다."

민망해진 인자왕은 다시금 별 장군의 뜻을 떠올리며 세습의 폐해를 설명하고, 20인의 관료 장이 상대 투표로 후계왕을 선출하자는 제도를 설득하려 했으나, 관료 장들의 의견은 단호하였다. 결국 별 장군의 제안은 점점 멀어져 가고 있었다.

성검의 탄생

5년 후, 인자왕이 서거하고 장자인 만자가 즉위하여 '만왕'이 되니라. 만왕은 재위 초기부터 국정의 안정을 위해 별 장군의 보좌를 간절히 청하였으나, 별 장군은 인자왕의 유지를 가슴에 새기며 조용히 궁정을 떠났다. 깊고 높은 산 속으로 들어가 홀로 거처하며, 다섯 명의 제자(정평, 태약, 주성진, 도시진, 신기루)를 길러냈다.

그들에게 15년 동안 100의 검법을 전수하니, 마침내 이들이 오성(五星)검이 되어 세상에 이름을 떨치게 된다. 그리고 다시 20년이 흐른 뒤, 이 오성검이 동방의 왕을 도와 유리 왕국의 기틀을 세우니, 그 위업은 온 행성에 퍼져 찬탄을 받았다.

영화의 화면이 서서히 암전되며 멈추고, 조용한 전시실의 조명이 다시 켜진다. 수로 아가 옆자리에 앉은 호사인을 바라보며 소감을 묻는다. 정확히 말하면 2040년 전의 역사다.

고대의 뛰어난 철학자

"지구 행성 각국의 교육을 보면, 고대 시인과 철학자들의 시와 사상을 연구하며 교훈을 얻는 경우가 많습니다. 오히려 지금보다 더 뛰어난 지식을 지녔던 것이 아닌가 하는 의문이 들기도 합니다. 방금 영화 속 대사에서 나타난 지적 수준도 지금보다 결코 낮지 않다는 생각이 드는데, 이에 대한 수로 아의 고견을 듣고 싶네요."

수로 아가 웃으며 대답한다.

"호사인의 나라엔 불교가 번성했지요. 불교 사찰에는 반드시 스님과 제자가 있습니다. 스님이 제자를 길러내지 않으면, 그 불법(佛法)은 오래 이어지기 어렵지요. 그런데 그 교육법이 참으로 특이합니다. 제자가 궁금한 점을 물으면, 스승은 곧장 답을 알려주지 않고 '화두'를 주어 스스로 깨닫게 하지요. 제자는 그 화두 하나를 들고 며칠, 혹은 몇 달을 곰곰이 생각하고 연구하고 묵상하며 답을 찾아내어야 합니다. 그렇게 스스로 답을 찾는 과정 속에서 깊은 배움이 이루어지는 것이지요.

고대의 철학자나 지식인들도 이와 같았다고 볼 수 있어요. 자연의 이치를 따르고, 선대의 지혜를 경청하며, 자신만의 사유와 묵상을 통해 철학과 지식을 깊게 탐구했지요. 반면 지금의 교육은 체계적이긴 하지만, 다듬어진 교과서를 따라가기에만 바쁘고, 비워 둔 두뇌로 오랜 사유를 할 여유를 갖지 못합니다. 그래서 오히려 고대의 지성인들이 더 깊은 철학과 통찰을 가졌던 것은 아닐까요?"

호사인이 감동에 젖어 고개를 끄덕이는데, 그때 토 티가 쟁반에 청주와 안주를 곁들여 가져온다. "오늘은 특별 간식입니다." 수로 아는 청주를 따라 건네며 말한다.

"청주는 도수가 약해서, 마시면 기분이 상쾌해져요."

잔을 높이 들어 건배하고, 둘은 잔을 기울인다. 맑고 은은한 청주의 향이 입 안을 맴돌고, 마음도 가볍게 풀린다. 그 상쾌한 여운 속에서 화면이 전환되고, 선과 악의 격렬한 결투 장면이 눈 앞에 펼쳐진다.

2부 선과 악의 대 결투 - 제1막: 〈태악의 흉괴〉

햇빛이 밤새 맺힌 이슬을 녹이니, 산천에는 아지랑이가 아롱거린다. 깎아지른 절벽 아래 넓은 공터 주변에는 수많은 유람이 모여 있고, 그 얼굴에는 슬픔과 긴장이 엇갈려 있다. 절벽 앞, 오른편에는 바위 위에 화려한 금 마차가 놓여 있고, 그 안에는 깡마른 태악신이 앉아 있다. 그의 눈빛은 날카롭고 표독스럽게 번뜩이며, 손에는 광검을 들고 만지작거린다. 입가에는 음울한 웃음이 떠오른다.

"정평, 주성진, 도시진, 신기루… 너희 오늘이 바로 제삿날이다. 이 광검이 너희 놈들의 심장을 녹여버릴 것이다."

태악신은 중얼거리듯 말하며, 검을 쓰다듬는다.

절벽 왼편에는 계단식 무대가 설치되어 있다. 높은 계단 중앙, 위엄 있는 자리에 남방 대왕이 앉아 있고, 양옆에는 심복들이 자리하고 있다. 그 오른편에는 북방 왕이, 왼편에는 서방 왕이 앉아 있다. 그러나 추상같던 왕들의 눈빛에는 힘이 빠져 있고, 얼굴에는 알 수 없는 불안감마저 서려 있다. 아래에 자리한 심복들 또한 무거운 침묵 속에 묻혀 있다.

100의 의인이 십자가 틀에 묶여 있다.

절벽 앞쪽에서 상당한 거리를 두어 장작더미가 층층이 쌓여 있고, 그 위에 놓인 100개의 십자가 틀에는 100인의 의인들이 포승줄에 묶여 있다. 그 주위는 500명의 태약 무리가 철통같은 무장으로 수비하고 있으며, 외곽의 유람들 속에도 경비병들이 눈을 부릅뜨고 삼엄하게 경계하고 있다.

태약의 심복이자 태약 무리의 대표인 대악장이 앞으로 나서더니, 큰 소리로 흰옷 입은 100인의 죄명들을 하나하나 외친다. 화형장 주변에는 40명이 횃불을 들고 장작더미에 불을 붙일 준비를 하고 있다.

가마 안에 앉아 있는 태약은 하늘을 바라보며 중얼거린다. "나타날 때가 되었는데…."

그는 4성검을 유인하기 위해 100인의 죄수 명단을 공개하고, 화형 날짜와 시간을 천하에 알렸다. 그러나 지금 이 순간까지도 4성검은 모습을 드러내지 않고 있다. 태약은 속으로 불안감을 느낀다. '혹시 유인책이 실패한 것은 아닐까?'

사실 태약은 이들을 정말로 화형시킬 생각은 없었다. 목적은 4성검을 끌어내는 데 있었기 때문이다. 하지만 4성검이 끝내 나타나지 않자, 준비가 이미 철저히 진행된 상황에서 화형을 취소할 명분도, 방법도 없다.

100의 의인 화형

　불안하고 초조한 마음으로 한참을 지체하다 더는 기다릴 수 없게 된 태약은, 천지를 뒤흔드는 괴성을 지르며 "화형!" 하고 명한다. 그와 동시에 40명의 인부들이 장작더미를 둥글게 둘러싸고 일제히 불을 붙인다. 불길은 장작더미 아래서부터 번지기 시작해 점점 기세를 더해가며 치솟는다. 짙은 연기와 타오르는 화염이 흰옷 입은 100인의 의인들을 감싸고, 그들은 하나둘 질식하기 시작한다. 곳곳에서 신음과 고통의 비명이 터져 나오고, 이 소리는 곧 세상을 뒤덮는다. 수많은 유람들의 통곡이 이어지며, 하늘을 찌를 듯한 울부짖음이 사방에 울려 퍼진다.
　가마 속에서 이 광경을 지켜보던 태약은 속으로 불안감을 억누르지 못한다. 만약 4성검이 끝내 나타나지 않는다면, 자신의 모든 계획은 무너진다. 4성검만 없으며 세상은 자기의 소유가 된다. 그 어떤 길고 나는 유람도 호랑이 앞에 토끼나 다름없다. 그는 광검을 만지작거리며 마성의 공을 생각한다. "불쌍한 놈. 과거를 알게 되면 기절초풍하겠지. 하지만 그놈은 쓸만한 놈이야. 너무 영특해." 중얼거리며 하늘을 바라본다.

3성검의 출현

　동쪽 하늘 멀리서 검은 구름이 달려온다. "이상하구나, 구름이 빛처럼 날아오다니…" 순간이 마치 찰나처럼 느껴진다. 검은 구름은 이내 태풍으로 바뀌며, 거대한 호수를 뒤엎는 듯한 폭우를 쏟아낸다. 불길은 삽시간에 흔적도 없이 사라지고, 장작더미를 태우던 불티 하나 남지 않는다. 모두가 자연이 일으킨 기적 앞에 환호하는 그때, 구름과 비는 마치 도망치듯 사라지고, 그 자리에 50여 명의 천사가 하늘을 가르는 울림과 함께 내려앉는다. 그들은 태약 무리의 철통같은 경비병들을 공중으로 날려버리며 일제히 착지한다.

그 순간, 파란 하늘을 가르며 우렁찬 음성이 터진다. "태약! 너는 스승의 유언을 잊었느냐?"

땅과 하늘을 울리는 목소리에 태약이 맞서 외친다. "정평도 알겠지만, 내 가슴 깊은 곳에 맺힌 한은 아직 풀리지 않았다. 이 세상에 나와, 이 세상을 지배하게 되었기에 그 한이 조금은 사라졌지. 하지만 나는 단 한 번도 악을 행하지 않았다."

이때 오른편 하늘에서 도시진 성검이 등장하고, 그 양옆으로 후성과 소냐가 함께 날아와 착지한다. 동시에 왼편에서는 주성진 성검이 20여 명의 제자들과 함께 나타난다.

세상이 놀라고, 태약의 무리도 놀란다. 일대일로도 수개월을 겨루는 성검의 결투. 10만 대군도 성검 하나를 감당하지 못한다. 그런데 지금, 전설의 4성검이 한자리에 모였다. 그중 3성검은 태약을 제거하기 위해 이곳에 집결한 것이다.

모인 유람들은 긴장 속에 숨을 죽이며 속삭인다. 하지만 태약은 가마 속에서 오히려 기쁨을 감추지 못한 듯 음험하게 웃으며, 검을 매만지고 기운을 모은다.

그때, 정평의 음성이 장엄하게 울린다. "태약, 너는 의인 중의 의인을 100 유람이나 모아놓고 화형을 집행하고 있다. 이래도 너는 악을 행하지 않는다고 말할 수 있느냐?"

태약은 괴성을 내지르며 응수한다. "으하하하! 정평아, 잘 들으라. 나 태약은 세상에 나와 유람의 삶을 부유하게 만들었다. 5년의 기근에 허덕이던 남방국을 구했고, 채무에 짓눌린 서방국을 살렸으며, 약소국 북방국을 남방국의 침략에서 구해냈다. 가난과 굶주림에 시달리던 동방국을 풍요롭게 만들었지. 그럼에도 저 100인의 죄인들은 유언비어를 날조해 세상을 어지럽혔다. 그들은 이 질서를 방해한 자들이다!"

100의 의인 중 해성의 폭탄

이때, 100인의 의인 중 한 명인 해성이 외침과 함께 분노를 폭발시킨다. "이놈 태약! 너는 세상의 악인 중 악인이로다! 500명의 유람을 불러 모아 체계적인 조직과 서열을 만들고, 검법을 훈련시켜 그들을 마치 의인인 양 위장하고, '나를 따르라! 그러면 너희에게 세상의 부와 권세, 아름다운 유람을 안겨주리라! 하지만 내 명을 거역하는 자는 죽음을 면치 못하리라!' 하고 맹세를 받았지. 그리하여 너는 충성스러운 심복들을 길러내어, 4대 왕국을 장악하고, 겉으로는 경제를 성장시킨 듯 보였지만 결국 너의 심복들만 부유하게 만들고 대다수의 유람은 더욱 가난하게 몰아넣었으며, 마지막에는 화폐의 발행권까지 쥐어 세상을 삼키려 하였도다. 이런 짓을 저지르고도 너 자신이 악인이 아니라고 할 수 있느냐!"

해성의 말이 끝나기 무섭게, 태약의 눈이 번득이고, 손끝에서 날아간 비수가 해성의 심장을 향해 날아든다. 그러나 그 순간, 도시진 성검이 마치 이미 예상한 듯 반응하여 번개처럼 검을 휘둘러 태약의 비수를 공중에서 튕겨낸다.

정평성검과 태약성검의 불꽃대결

"태약, 정평의 검을 받으라. 너는 더는 용서할 수 없다." 정평은 외치며 하늘로 튀어 오른다. 태약은 조소하듯 중얼거린다. "기회는 주었으나 때는 늦었다. 잠시 후엔 너의 심장이 멎을 것이다, 불쌍한 놈." 그리고 역시 하늘로 솟구쳐

오르며, 두 성검의 결투가 시작된다.

  왜 악당들은 성검이라는 이름만 들어도 벌벌 떠는가? 그 이유는 100의 검법 때문이다. 이 검법을 완수한 5성검의 실력은 상상을 초월한다. 시력은 일반 유람의 만 배, 청각도 만 배, 후각 역시 만 배, 움직임은 빛처럼 빠르다. 하늘을 자유자재로 날며, 뼈는 무쇠처럼 단단하고, 10만 대군도 성검 하나를 당해내지 못한다. 그 이유는, 성검은 유람의 360개 급소를 꿰뚫고 있으며, 번개같은 속도로 정확히 급소를 타격하여 제압하기 때문이다. 그 무서운 성검의 대결은 검법사뿐만 아니라 모든 유람에게도 다시없을 절호의 구경거리다. 노소 강약을 불문하고 모든 이들이 눈을 크게 뜨고 주시하지만, 두 사람의 동작은 너무 빨라 보이지도 않는다. 마찰의 불꽃이 튀고, 뇌성과 같은 검의 충돌음에 나무가 뒤흔들리며, 새들과 짐승도 놀라 달아난다.

  정평은 태약이 쥔 광검의 위력을 잘 알고 있기에 사력을 다해 빠르게 제거하려 하나, 태약 또한 동급의 성검이다. 그는 사력을 다하지 않고도 광검이라는 무기에 대한 자신감으로 여유 있게 대응하고 있다. 시간이 흐르며 정평의 움직임이 다소 느려지는 찰나, 태약의 광검이 정평의 심장을 정확히 꿰뚫는다. 정평이 쓰러지는 그 순간 마치 악이 선을 이긴 듯한 침묵이 흐른다. 곧이어 하늘을 가르는 통곡이 울리고, 하늘조차 분노한 듯 어두운 먹구름이 세상을 덮는다.

도시진 그물 검법으로 태약과 대결

  태약에 의해 정평이 쓰러지자 태약 무리는 크게 환호하며 함성을 지르고 의인의 무리는 절망과 좌절로 몸을 떨었다. 그러나 이 절망의 분위기를 반전하듯, 도시진 성검이 무섭게 하늘을 치고 오르며 새로운 검법을 펼친다. 그는 자신만의 전유 검법인 그물 검법을 선보이며, 태약을 향해 강하게 덮쳐간다.

그물 검법은 상대의 움직임을 완전히 봉쇄하며, 방향을 바꾸려 해도 어디든 거미줄처럼 검이 따라붙는다. 태약은 당황하며 빠져나오지 못하고, 필사적으로 수비에 몰두한다. 이마에는 땀이 맺히고, 숨소리는 거칠어진다. 도시진의 맹공에 하늘은 다시 맑아지고, 시원한 바람이 불어오며 그를 응원하듯 분위기가 바뀐다. 태약은 아래로 계속 밀리며 사경에 이르고, 구름 사이로 쏟아지는 빛은 더욱 눈부시게 반짝인다.

그러나 성검의 대결은 결코 쉽게 끝나지 않는다. 땅에 발을 붙인 태약이 잠시 숨을 고르더니, 기력을 회복하며 다시 반격의 힘을 발산한다. 그물 검법의 겹겹의 포위가 조금씩 풀리기 시작하고, 대결은 다시 원점으로 돌아간다. 긴 전투로 인해 기력이 빠진 도시진의 허점을 태약은 놓치지 않는다. 광검이 휘둘려지며 도시진의 심장을 정확히 찌르고, 그는 정평의 뒤를 따라 쓰러진다.

주성진의 벌초 검법

또다시 분노의 함성이 터지며, "태약, 주성진의 벌초 검법을 받아라!"는 외침과 함께 주성진이 빛처럼 하늘로 치솟는다. 그의 움직임은 태약의 혼을 빼놓기 시작한다. 벌초 검법이란, 잔디가 잘 자란 큰 무덤의 풀을 순식간에 베어버리는 듯한 정교하고 섬세한 기술로, 허점이 없고 실수조차 허용하지 않는 완벽한 검법이다. 이 검법에 휘말린 자는 누구도 빠져나오지 못한다. 이미 두 성검을 상대하며 체력이 고갈된 태약은 위태로운 상태였고, 누가 봐도 이번 결투는 주성진의 승리로 기울어 보였다. 일부 유람들 사이에서는 성급한 환호성이 터져 나오기 시작했다. 가장 당황한 쪽은 태약의 무리였다. 그들에게 태약은 신과 같은 존재였으며, 그가 패배하면 그들은 죽음을 면할 수 없다.

이때 태약의 심복인 부두목 대악장이 기발한 아이디어를 떠올린다. 그는 주성진의 등 뒤로 다섯 개의 비수를 날리고, 주성진이 이를 피하는 순간을 틈타 태약이 광검을 그의 심장에 꽂는 데 성공한다. 주성진마저 쓰러지고 만 것이다.

태약은 헐떡이며 숨을 몰아쉰다. "이제 세상은 나의 것이 되었다. 태약의 무리여, 세상이 곧 너희 것이다!"라 외치자, 그의 무리들은 괴성을 지르며 날뛰기 시작한다. 춤을 추며 절규하듯 환호하는 모습은 어둠 그 자체가 기쁨에 미쳐 날뛰는 형상이었다. 태약 역시 벅찬 승리의 기쁨을 누리며, 은근히 신기루 성검을 떠올린다. 그러나 이미 광검의 위력을 믿고 있는 그는 신기루쯤은 어렵지 않게 상대할 수 있으리라 여긴다. 그렇게 생각하며, 태약은 마음속 마지막 목적인 부모의 원수를 갚는 일을 되새긴다. 태약의 눈가에 뜨거운 눈물이 주르르 흐른다.

제2막: 〈신기루의 감마검에 태약의 양팔이 잘린다.〉

"태약, 신기루의 감마검을 받아라."

승리에 도취되어 있던 태약은 그 소리에 깜짝 놀란다. 그는 자신의 1무리 장 마성으로부터 감마검의 위력을 익히 들어 알고 있었다. 감마검은 광검보다 무려 만 배 강한 위력을 지녔으며, 광검이 심장을 타들게 하는 수준이라면 감마검은 심장에 구멍을 펑 뚫어버리는 파괴력을 가졌다. 과거 마성이 감마검 제작을 제안했지만, 제작에 시간이 오래 걸릴 뿐 아니라 지상 천 미터 이상의 고도에서만 검 충전이 가능하다는 점 때문에 현실성이 떨어진다고 판단, 광검으로 대신했던 것이다. 그런데 지금 신기루가 그 감마검을 손에 넣었다는 사실이 도저히 믿기지 않는다.

태약의 조직은 군대식 상명하복 체계로 철저하게 운영되어 왔다. 총 500명의 유람을 다섯 개의 무리로 나누고, 각 무리마다 100명의 유람을 둔 뒤, 각

100명에는 다섯 명의 무리 장을 두어 관리했다. 무리 장은 다시 50부장을 두어 50명씩 관리하게 하고, 그 아래로 10부장이 열 명 단위의 유람을 통제하는 체계였다. 그중 1무리 장 마성은 문무를 겸비한 천재로 태약의 행정을 맡아 과학과 경제를 이끄는 수장이었고, 2무리 장은 남방왕을, 3무리 장은 서방왕을, 4무리 장은 북방왕을, 5무리 장은 동방국을 각각 관리해왔다. 마성이 광검을 완성하여 바쳤을 때, 태약은 감격하여 자신의 애첩을 보상으로 내어주며 결혼을 허락했을 정도였다. 당시 태약은 광검 하나만으로도 4성검을 충분히 제압할 수 있다는 자신감에 가득 차 있었고, 실제로 세 명의 성검을 쓰러뜨리며 그 자신감을 입증해 보였다. 그러나 이제 신기루가 들고 나타난 감마검의 존재는 태약의 안에서 세상이 무너지는 듯한 불안감을 자아낸다. 하지만 이미 피할 수 없는 결투, 사생결단의 순간이 다가오고 있다.

세상이 뒤흔들릴 정도의 외침이 이어진다. "신기루, 너는 나와 같은 성검의 동료로 원한도 없는데 왜 나를 해치려 하는가?"

그러자 신기루는 거칠게 비웃으며 냉정하게 되받는다. "비열한 자식. 스승의 유언을 잊었단 말이냐? 스승께서는 우리에게 '너희 중 누군가 세상에 나아가 악을 행하거든, 나머지가 합세하여 그를 제거하라'고 분명히 유언하셨다. 너는 그 말을 듣지 못했단 말이냐?"

태약은 꺼져가는 목소리로 마지막 변명을 한다. "나는 악을 행하지 않았다."

그러자 신기루가 벼락처럼 쏘아붙인다. "닥쳐라. 죄 없는 100명의 의인을 산 채로 화형시켜놓고도 그것이 악이 아니란 말이냐?"

태약의 최후

할 수 없다. 피할 수 없다. 운명이다. 태약은 중얼거리며 기를 모아 외친다. "신기루 나와라. 당당히 결투하자." 장검을 가볍게 휘두르는 순간, 휘두른 오른팔이 무 자르듯 떨어져 나간다. 세상의 악이 무너지는 시작이다. 태약은 괴성을 지르며 날뛰고, "신기루 나오라. 왼손이 살아 있다!" 외친다. 왼손으로 장검을 다시 들어 휘두르지만, 왼팔도 부 자르듯 뚝 떨어져 나간다. 두 다리와 입만 살아 있다. 세상이 긴장에 휩싸인다. 모두가 숨을 죽이며 바라본다.

마침내, 지옥의 음성 같은 괴성을 고래고래 지른 뒤, 그는 몸을 날려 절벽 위 암벽에 머리를 박는다. 머리가 암벽에 꽂혀 두 다리가 허공에서 마지막 춤을 춘다.

4성검의 승리

하늘에는 구름 한 점 없다. 500의 태약 무리와 심복들은 얼굴이 사색이 되어 부들부들 떨고 있다. 천지가 진동하며 환호하는 모습이 들린다. 100의 의인과 유람의 무리, 감격의 함성이 세상을 흔든다. 어두움이 빛을 이기지 못하고 어두움이 점령당하는 순간이다. 산천초목이 춤을 추며 노래한다.

제3막: 〈정평 도시진 주성진 성검의 회생〉

다시 한 번 큰 기적이 일어난다. 광검에 심장을 맞아 쓰러졌던 정평, 도시진, 주성진 성검이 아무 일도 없었던 것처럼 일어나 신기루 성검을 맞이한다. 의인들과 유람들은 믿기지 않아 눈을 비비며 사실인지 확인하고, 감격에 겨워 환호하며 춤을 춘다.

정평과 신기루 성검은 뜨거운 감정으로 포옹하고, 도시진과 주성진도 반갑게 악수한다. 정평 성검은 빠르게 상황을 판단하며 명을 내린다. "도시진과 후성, 소냐는 의인들의 결박을 풀고, 동방의왕을 극진히 예우하여 상석에 앉게 하라. 100인의 의인에게도 의자를 마련하여 편히 앉게 해 드리게. 주성진과 신기루는 나와 함께 500여 태약 무리를 속결하되, 그중 1무리 장 마성은 반드시 생포해야 하네."

'행동 개시!'의 구령과 함께 작전이 시작된다. 죽기를 각오하고 발악하던 대악장은 정평 성검과 20합을 겨루다가 양팔이 잘려 나가고, 주성진 성검은 벌초 검법으로 마성을 생포하여 결박하여 도시진 성검에게 인수 인계한다.

해성이 주문을 외우자 500여 태약 무리의 가면과 가발, 의복과 신발이 벗겨지며 원래의 흉칙한 모습으로 돌아간다. 이 광경을 목격한 남녀노소, 귀천을 막론한 유람들은 모두 놀라 떨며 외친다. "세상에, 이럴 수가! 가장 악한 악인들이 의인으로 변장해 세상을 지배하려 하다니! 해성과 같은 지혜로운 이가 아니었다면 우리 모두 그들의 권력에 속아 넘어갈 뻔했구나!"

태약 무리의 제거는 길지 않은 시간 안에 마무리되었고, 그들에게 부역했던 자들은 무릎을 꿇고 항복하니, 목숨은 해하지 않는다.

동방의왕을 유리왕으로 추대

100의 의인들이 벅찬 감격으로 4성검을 둘러싸고 환호하며, 큰 의자에 앉기를 사양하는 동방의왕을 정중히 앉게 하고, 4성검이 공손하게 예를 갖춘다. 이때 정평 성검이 나서서 말한다. "유리 행성의 유람을 위하여 동방의왕을 유리왕으로 추대합니다."

마치 미리 준비라도 된 듯, 나머지 성검들도 정평의 말에 동의하며, 동방의왕에게 수락해 주기를 요청한다. 하지만 동방의왕은 겸손히 사양하며 말한다. "나 동방의왕은 작은 동방국조차 다스리지 못하고 굶주림에 빠지게 했소. 어찌 유리 행성 전체를 아우르는 유리 왕국을 다스릴 능력이 있겠소."

정평이 다시 나선다. "지금의 악을 물리칠 수 있었던 것도 결국은 동방의왕 덕분입니다. 동방의왕께서 감마검과 방광 탄띠를 설계해 주지 않았다면, 4성검은 존재할 수 없었고, 이 전투도 승리할 수 없었습니다. 비록 동방국이 한때 가난에 빠졌을지라도, 그 시기는 왕께서 세상의 모든 지식을 습득하느라 국정을 잠시 방관하셨기 때문입니다. 이제 유리왕이 되셔서 독서 시간을 반으로 줄이시고 국사에 전념하시면 됩니다."

동방의왕은 한참을 깊은 명상에 잠기며 시간을 보낸다. 그러다 갑자기 해성이 앞으로 나와 열정적으로 말한다. "그릇이 만들어지면, 그릇에 맞게 물건이 채워져야 그 그릇이 빛납니다. 의왕의 지혜와 지식은 바다보다 넓고 깊으며, 하늘보다 높다는 소문이 자자합니다. 그런 지혜와 지식을 세상을 위해 내놓지 않고, 무덤까지 가지고 가실 생각이십니까?"

동방의왕이 눈을 반짝 뜨며 해성을 바라보고, 이윽고 조용히 고개를 끄덕인다. 4성검과 100인의 의인 모두 일제히 고개를 숙여 예를 갖춘다.

제4막: ⟨마성의 어머니 만남⟩

초대 유리왕 자리를 수락하자마자 "마성을 데려오시오." 하고 유리왕은 말한다. 손발이 묶인 채 분노와 노기를 감추지 못한 마성이 유리왕 앞에 선다. 유리왕이 조용히 말한다.

"마성, 너의 죄를 묻지 않고 목숨을 살려 주었거늘, 지금 네 눈엔 분노가 가득하구나. 그 이유가 무엇인가?"

"나의 신은 죽었고 동료들도 모두 사라졌습니다. 이제 혼자 살아 있는 것이 무슨 의미가 있겠습니까. 아직 부모의 원수도 갚지 못했는데 말입니다."

해성이 유리왕의 귀에 무언가를 속삭이고, 유리왕은 놀라며 고개를 끄덕인다.

"마성, 너의 부모 원수는 이미 갚아졌다."

"놀리지 마십시오. 제가 그렇게 어리석은 줄 아십니까."

"너의 어머니는 살아 계시다. 지금 만나게 될 것이다."

소냐가 한 부인을 데리고 마성 앞으로 온다. 마성은 눈을 크게 뜨고 부인을 바라본다. 태약신을 모시던 인물이며, 결혼을 도와주기도 했던 그 사람이다. 마성은 당황한 채 고개를 흔든다.

"이건 고도의 연출이군요. 믿을 수 없습니다."

부인이 조용히 다가와 애타는 목소리로 부른다. "마성아."

결혼식 날, 부인은 이미 아들을 알아보았다.

"내가 너의 어미다."

"증거를 보여주십시오. 어떻게 믿으란 말입니까."

"네가 타국에서 학업을 마치고 귀국하기 한 달 전, 태약의 무리가 우리 집을 습격하여 가족을 몰살시켰다. 마지막으로 나를 죽이려던 순간, 태약이 그만두었고 이후 나를 인질로 데려가 살게 했다. 너의 결혼식 때, 네 목 뒤의 점을 보고 너라는 걸 알았다. 밝힐 수는 없었지만, 널 다시 만날 날만 기다리며 살아왔다."

충격에 마성은 어머니를 껴안고 오열한다.

"마성아." 다시 들리는 그 목소리에 마성은 떨리는 목소리로 "어머니…."하고 품에 안긴다.

환희와 감격의 상봉이었다. 주변에서 박수 소리가 터져 나온다. 그러나 그 순간, 마성은 배 쪽에 이상한 끈적임을 느낀다. 눈을 내리니, 어머니의 심장에 비수가 깊숙이 박혀 있었다.

"어머니!" 마성은 울부짖으며 어머니를 붙잡는다. 그때 마성의 아내, 쥬리아가 달려와 그를 껴안는다.

"마성, 진정해요. 당신의 아이가 제 배 속에 있어요. 어머니의 유언이 분명히 남겨졌을 거예요."

쥬리아는 조심스럽게 편안한 모습으로 누워있는 어머니의 주머니를 뒤져 유언장을 찾아낸다. 마성은 눈물을 삼키며 유언장을 읽는다.

"마성아, 우리 가문의 원수는 갚아졌다. 내가 이 길을 택하지 않으면 가문에 면목이 없어 너를 다시 볼 수 없었다. 하지만 너의 잘못은 전혀 없다. 유리왕께 충성하며 덕을 쌓고 공을 세우는 것이 가문의 진정한 회복이다."

마성은 통곡을 억누르며 정신을 가다듬고 유리왕 앞에 부복한다.

"마성아, 어머니의 장례를 정중히 준비하라."

마성은 고개를 숙이고 물러난다.

제4막: 〈남방왕·북방왕·서방왕의 심판〉

"4성검은 저 강단에 앉아 있는 남방 왕, 북방 왕, 서방 왕과 그 심복들을 결박하여 앞으로 세우시오." 추상같은 명령이 떨어진다. 모두가 놀란다. 동방의 왕은 평소 정사를 멀리하고 책만 읽던 왕이었다. 먹고 자는 시간을 제외하면 늘 손에 책을 들고 살아왔다. 그 존재는 있으나 마나한 왕으로 여겨졌지만, 지금은 전혀 다른 모습으로 정사에 나서고 있다.

4성검은 예를 갖추어 제자들을 동원해 순식간에 그들을 결박하여 왕 앞에 세운다. 총 백여 명이 줄지어 선다.

"저들의 의자를 가져와 내 앞에 줄 세우고, 100인의 의인 유람을 그 자리에 앉게 하시오." 자리가 정돈되고 유리왕은 단호하게 결박된 왕들과 심복들을 바라보며 묻는다.

"왜 너희들이 결박되어 이 자리에 서게 되었는지 아는가?"

그들은 어제까지만 해도 각국의 통치자였다. 비록 실권은 태약의 무리 장에게 넘겨주었지만 명분상 왕의 권위를 유지하고 있었고, 이번 자리에 참석한 이유도 총리 무리 장의 청원 때문이었다. 100인의 의인을 화형장에 넘기는 데 이의조차 없이 동조하였던 그들이었으나, 상황은 급변했다. 4성검과 의인들이 승리를 거두고, 동방의왕이 초대 유리왕으로 추대되어 권력을 쥐게 된 것이다. 지금 그들은 새로운 왕 앞에 결박당한 죄인의 신세로 전락했다. 권력자일수록 더 큰 권력 앞에서는 쉽게 고개를 숙인다. 지금의 왕들과 심복들도 마찬가지다. 4성검의 위력을 직접 눈으로 본 이들은 반항할 엄두도 내지 못한다. 유리왕이 판결을 내린다.

"왕과 심복들은 유람을 보살피고 바른 정사를 펼쳐야 함에도 태약 무리의 꾐에 빠져 악에 협조하였다. 그 결과 유람은 가난해지고, 악인들은 부유해졌다. 세상을 악에 넘긴 그 죄, 태약 무리와 다르지 않으므로 너희에게 화형을 처하노라."

순간 세상이 고요해지고, 왕들과 심복들의 얼굴이 창백해지며 통곡이 흘러나온다. 어제까지만 해도 모든 권력을 손에 쥐고 있었던 이들이다. 죽음은 상상조차 하지 않았다. 100인의 의인이 불길에 휩싸일 때도 아무런 감정 없이 지켜보던 자들이었다. 그러나 이제 화형의 대상이 되자 생명의 소중함을 뼛속 깊이 깨닫는다. 살고 싶다. 무릎을 꿇고 천 번이라도 용서를 구하고 싶다. 숨소리마저 가라앉은 채 시간이 흐른다. 100인의 의인들도, 주위의 유람들도 말없이 주시한다. 통곡의 소리는 점점 커진다. 오직 해성만이 속으로 미소를 짓는다. 그는 유리왕의 속마음을 알고 있었다.

해성이 앞으로 나와 고개를 숙인 뒤 말한다. "유리왕이시여. 왕의 국사는 후대에 기록되어 유람의 평가를 받게 됩니다. 왕들과 심복들이 태약의 농간에 넘어간 과오는 있으나, 그것은 간교한 악의 힘에 의한 것입니다. 또한 이들은 여전히 유람 중 40%의 지지를 받고 있습니다. 유리왕은 공정하고 자비로운 군주로 기억되어야 하옵니다. 그러므로 이들에게 권력을 박탈하시고, 평범한 유람으로 가족과 함께 살아갈 기회를 주시는 것이 타당하다고 사료됩니다."

유리왕도 해성의 눈빛을 바라보며 미소 짓는다. 왕들과 심복들에게 이렇게 단호한 모습을 보이지 않으면, 저들은 언제나 걸림돌이 될 수밖에 없다. 그리고 인자한 모습으로 선언한다. "그대들을 화형에 처하려 하였으나, 해성의 간청을 받아들여 각자의 권력은 내려놓고, 각 궁에서 10킬로미터 이상 떨어진 곳으로 이주하여 평유람으로 살아가도록 하라."

왕들과 심복들은 깊은 한숨을 내쉬며 얼굴에 생기를 되찾는다. 지옥에서 천국으로 구조된 듯한 표정으로, 해성에게 고마운 눈빛을 보낸다.

제5막: 〈미녀들의 반란〉

네 명의 여 유람이 숨을 헐떡이며 유리왕 앞에 달려와 선다. 뜻밖의 방문에 4성검도 자세를 고쳐 앉으며 긴장한다. 유리왕은 따뜻한 시선으로 그들을 바라보며 묻는다. "그대들은 어디서 왔으며, 누구인지 말해주겠는가?"

네 유람은 미리 말을 맞춘 듯 차분하게 대답한다. "예, 저희는 각기 다복한 가정에서 태어나 부모님의 사랑을 받으며 평범하고 행복한 삶을 살아왔습니다. 그러나 어느 날 밤, 대악장의 무리가 들이닥쳐 깊이 잠든 저희를 납치해 태약에게 바쳐졌고, 그 이후로 우리는 그 조직의 지배 아래 강제로 살게 되었습니다. 이제 그 모든 악의 무리가 사라진 지금, 저희는 오랜 소원을 이루고자 유리왕 앞에 섰습니다."

유리왕과 100인의 유람은 충격을 받은 듯 고개를 젓고, 태약 무리의 악행에 분노와 연민을 동시에 표한다. 유리왕은 조심스럽게 묻는다. "그대들의 아픔을 들으니 마음이 아프오. 내가 그대들을 친히 고향으로, 가족의 품으로 돌려보내도록 하겠소. 혹시 그 외에 바라는 바가 있소?"

석양빛에 물든 하늘, 흰 뭉게구름이 반짝이는 가운데, 네 명의 유람은 고개를 가로젓고 이내 나직이 말한다. "우리는 돌아갈 수 없습니다. 가정도, 그 시절도 이제 존재하지 않습니다. 그리고… 저희에게는 진심으로 바라는 소원이 하나 있습니다."

유리왕이 놀란 듯 묻는다. "소원이라니… 무엇을 바라는 것이오?"

그들은 차분히 말한다. "저희를 4성검과 혼인시켜 주세요. 저희 동료인 쥬리아는 마성과 부부가 되어 새로운 삶을 시작했습니다. 저희도 새로운 삶을 함께할 수 있기를 바랍니다."

일순간 주위에서 웃음이 터져 나오고, 유리왕도 잠시 어색한 표정을 짓는다. 애정 문제는 어디까지나 개인의 자유에 속한다는 것을 알기에, 왕으로서 판단을 유보하며 조심스레 답한다. "그 문제는 내가 섣불리 판단할 수 없는 일이오. 그 선택은 각 성검의 뜻에 달려있습니다."

그러자 네 유람이 목소리를 높인다. "저희는 단지 감정만으로 이야기하는 것이 아닙니다. 저희는 부모의 품을 잃었고, 태약의 조직에서 희생된 이들입니다. 태약 또한 성검 출신이었고, 그 조직의 힘은 결국 성검들 사이의 균형에서 비롯된 것입니다. 우리는 정당하게 요구합니다. 성검이 세상을 지키는 이라면, 그에 따르는 책임도 함께 져야 합니다."

말을 마친 그들은 조용히 돌아서서 4성검 앞으로 다가간다. 눈빛에는 흔들림이 없고, 오랜 고통과 용기의 흔적이 어려 있다. 검만을 벗 삼아 살아온 4성검은 갑작스러운 감정의 파도에 당황하며 고개를 들지 못하고 있다.

4미녀 4성검의 부부가 된다.

해성은 "하하하, 하하하!" 크고 유쾌한 웃음소리로 분위기를 사로잡으며 능청스럽게 말한다. "유리왕이시여, 뭐 그렇게 어렵게 생각하십니까? 왕명으로 결혼을 허락하시면 되지 않습니까."

유리왕도 능청스럽게 맞장구를 치며 말한다. "그렇다면 해성, 그대가 중매를 맡아 중간 역할을 해주시게."

해성은 더욱 신이 나서 호탕하게 웃으며 4성검 앞으로 다가간다. "4성검, 주저할 것 없습니다! 꽃보다 아름다운 여인을 아내로 삼아 함께 살아갈 수 있는데, 무얼 망설이십니까? 사부님, 별 장군의 스승은 '너는 검법하고 결혼하라'고 명하셨지만, '여 유람과 결혼하지 말라'고 하신 적은 없습니다. 4성검은 영원한 유리 왕국을 위해 유리왕을 도와야 하며, 그것은 별 장군이 인자왕을 도와 세상을 통일한 것처럼 중요한 사명입니다. 그리고 그러기 위해선 따뜻한 가정이 반드시 필요합니다."

해성은 성검들의 동의도 구하지 않은 채 작은 가방에서 두루마리 종이를 꺼내 네 장으로 자르고, 각 종이에 4성검의 이름을 하나씩 적어 둘둘 말아 여 유람들에게 나눠준다. "이 종이에 적힌 성검의 이름이 바로 그대들의 남편이 될 것입니다." 그리고 다시 종이를 받아 펼쳐, 적힌 이름대로 여 유람들을 각 성검 옆에 세우니, 순식간에 부부가 성사된다.

해성의 발 빠른 중매 덕분에, 마치 번개 불에 콩 볶듯 이루어진 이 결혼은 훗날까지도 금실 좋기로 소문났다. 늙어서도 성검들은 아내를 등에 업고 다녔다 전해진다.

화면에 막이 내리며, 영화는 끝난다.

지혜 유리왕의 완벽한 제도가 2,000년 발전을 도모했다.

호사인을 바라보며 영화에 대한 평을 묻는다. 호사인은 눈을 감고 한참을 명상하다가 수로 아의 시선을 의식하고 입을 연다.

"2,000년의 유리 왕국의 역사는 튼튼한 기초 위에 세워져서 영원히 지속적으로 발전했고, 앞으로도 계속 번영하리라는 생각이 듭니다. 특히 왕권 세습을 버리고 지혜와 지식의 습득 순으로 왕을 선출하며, 20세까지 전 유람에게 교육을 제공하고, 행정 관료직은 실력에 따라 임명되고 있다는 점이 인상 깊습니다."

수로 아도 고개를 끄덕이며 호사인의 식견에 동의한다.

"지구 행성의 문명은 2,000년 전에는 유리 행성보다 앞섰습니다. 하지만 오랜 왕권 세습은 무지하고 무능한 왕을 낳았고, 그런 왕 밑에서 무능한 관료들이 득세하며 부패가 만연해졌지요. 그 결과 국민은 점차 우민화되었고, 결국 지속적인 발전을 이뤄낼 수 없었던 것입니다."

숲속의 데이트

거대한 아름 나무들이 하늘을 덮고 있다. 마치 가로수처럼 30m 간격으로 일직선으로 서 있으며, 폭 20m의 넓은 도로를 호사인과 수로 아가 나란히 거닐고 있다. 그 외 지역은 적당한 간격을 유지하며 숲을 이루고 있다.

숲에서는 은은한 향기가 나고, 시원한 바람이 잔잔히 불어 상쾌한 기분이 일어나야 하지만, 어딘지 모르게 불안하다. 나무들이 하늘을 가려 어둡기까지 하고, 사방을 둘러보아도 인적이 없어 만약 괴한이나 맹수가 나타난다면 어쩌나 하는 불안감이 스친다.

호사인은 곁에 있는 수로 아를 바라본다. 수로 아는 호사인의 표정을 읽은 듯, 오히려 환하게 웃으며 장난기 어린 눈빛으로 호사인을 바라본다.

분위기를 돋우려는 듯 수로 아가 말한다.

"유리 행성에는 유람이 아무리 험한 곳을 가도 괴한은 없고, 맹수들도 많지만 절대 유람을 공격하지 않는답니다."

호사인은 의아한 듯 묻는다.

"사나운 맹수들이 왜 유람을 공격하지 않나요?"

수로 아는 대답한다.

"1,000년 전에는 맹수로 인한 피해가 많았어요. 그래서 처음에는 무차별적인 소탕 작전도 벌였지만 피해는 줄지 않았죠. 그러다 방식이 바뀌었어요. 유람을 해친 맹수만 골라, 맹수들이 보는 앞에서 잔인하게 응징했죠. 이후 맹수들의 피해는 급격히 줄었고 지금은 아예 사라졌어요."

호사인은 다시 묻는다.

"논리는 이해되는데, 피해 맹수를 어떻게 특정하며, 설령 특정한다 해도 무리 속에 있을 텐데 어떻게 정확히 그 개체만을 제거할 수 있나요?"

수로 아는 웃으며 말한다.

"유리 행성에는 24시간 감시 위성이 있어요. 피해 지역의 기록을 통해 가해 맹수를 특정하고, 3명의 성검이 조를 이루어 무리 속에서 그 맹수만 골라 제거하죠. 이 과정을 통해 맹수의 유전자에는 '유람을 해치면 안 된다'는 학습이 각인되었고, 뇌 구조도 그에 맞게 바뀌었다고 보시면 돼요."

호사인은 감탄하며 중얼거린다.

"꿈같은 이야기네요. 지금까지 성검이 실제로 존재했단 말인가요?"

수로 아는 담담하게 대답한다.

"한국의 태권도나 합기도, 유도처럼 유리 왕국에서는 100의 검법을 익힌 성검이 꾸준히 육성돼 국가가 필요로 할 때 공헌하고 있어요."

이제야 호사인의 얼굴에 감동이 번진다. 마음이 밝아진 호사인은 콧노래를 흥얼대며 학생이 선생님께 질문하듯 묻는다.

"유리 왕국은 다르지만, 지구 행성은 200여 개의 크고 작고 강하고 약한 나라들이 있어서 약소국들은 늘 억울한 일을 당하지요. 그런데 어떤 성인의 말씀에 '국민이 지혜가 없으면 나라가 망한다'고 하던데요. 이해가 될 듯 말 듯, 명쾌하게 와닿지는 않습니다."

지혜는 역사에서 나온다.

수로 아는 호사인을 바라보며 말했다.
"지혜란, 한 가지를 알면 백 가지를 깨닫는다는 뜻이 있습니다. 유리 행성의 유람은 역사를 아주 중요하게 배웁니다. 역사는 2,000년 전과 이후로 나누어 가르치며, 유리 행성이 유리별과 함께 태어나 생명이 시작되고 문명이 진화해 온 과정을 자세히 학습합니다. 그리고 유리 왕국의 탄생부터 지금까지의 역사도 따로 분류하여 공부하지요.

이 과정을 통해 유람은 2,000년 전의 역사에서 교훈을 얻고, 지금의 아름다운 낙원을 이룬 것입니다. 어느 국가든 인문학과 역사를 철저히 가르치면, 기초가 튼튼해져 강대한 국가로 발전할 수 있습니다. 역사는 지혜의 핵심이라 볼 수 있지요."

호사인이 되묻는다.
"역사가 지혜라니요? 왜 그렇죠?"
수로 아가 조용히 설명을 이었다.
"유리 왕국이 탄생할 수 있었던 배경은 선과 악의 싸움에서 선이 승리했기 때문입니다. 만약 악이 이겼다면, 태약의 무리가 유람을 지배했겠지요. 그런데 그들의 가장 강력한 무기는 바로 '속임'이었습니다. 유람을 속이지 않고서는, 소수가 절대다수를 지배할 수 없으니까요.

소수가 지배하더라도 그것이 공정하다면 문제가 없습니다. 하지만 그들은 똑같이 일해도 100배의 보상을 받아갑니다. 이것은 공정하지 않지요. 그런데도 악인들은 자신들이 공정하다고 말해야 합니다. 그렇지 않으면 유람의 분노가 폭동으로 이어지기 때문입니다.

2,000년 전의 왕정들도 마찬가지였습니다. 왕의 무능과 관료들의 탐욕으로 인해 가난과 굶주림이 생겼지만, 그들은 거짓으로 모든 것을 포장했습니다. 그래서 지금 유리 왕국은 '거짓'을 가장 무겁게 처벌합니다. 왜냐하면, 거짓이

부정과 부패의 씨앗이란 것을 역사에서 배웠기 때문입니다."

호사인은 크게 고개를 끄덕이며 말한다.

"지구 행성에서도 강대국일수록 거짓말, 부패, 위증을 엄정하게 법으로 다스리지요. 반면에 독재국이나 후진국일수록 권력자와 부유층은 거짓으로 민중을 속이고, 그들이 저지른 죄도 법의 제재를 피합니다. 법이 존재하지만, 민중을 억누르는 도구로 전락하고 말지요."

수로 아는 호사인을 바라보며 마지막으로 덧붙인다.

"지구 행성은 왕의 세습, 권력의 세습, 기득권의 세습 때문에 나라가 오래 지속되지 못하고 흥망을 반복하며 발전이 정체됩니다. 하지만 유리 왕국은 어떠한 세습도 없어요. 그래서 발전이 꾸준히 이어지고, 누구나 부유하게 살 수 있는 사회가 된 것입니다."

초원의 사회

숲속을 벗어나니 광활한 초원이 눈에 들어온다. 초식동물들의 낙원처럼 수많은 초식동물이 풀을 뜯으며 한가롭게 뛰놀고 있었다. 그때 어디서 날아왔는지 비행차가 호사인과 수로 아 앞에 살며시 내려온다. 호사인은 놀라운 눈빛으로 수로 아를 바라보나 수로 아는 알고 있는 듯 여유로운 모습을 보인다. 수로 아가 비행차에 오르니 호사인도 비행차에 오른다.

수로 아는 호사인의 궁금증을 알고 있듯이 "비행차는 집에 있지만, 어디든 부르면 달려옵니다." 하며 스마트 앱을 보여준다. 비행차는 다시 부화하여 초원을 나르며 초식동물의 세계를 관광한다.

호사인과 수로 아는 평화로운 초식동물들을 유심히 관찰한다. 그들은 먹을 것을 위해 수고하지 않고, 입을 의상에 수고하지 않으며, 사는 집을 짓기 위해 수고하지 않지만 먹을 것이 풍부하다. 의상인 털은 복스럽고 탐스럽고, 다양하게 아름답다. 평화롭다. 부유하다. 부족함이 없다. 자연을 거슬리지 않고 적응하며 사는 초식동물을 자연이 축복해 준 것이다. 동물들은 자연을 정화하고 지키고 보전하며 유리 행성의 생명을 진화시킨다. 유리 행성은 살아 있는 진정한 생명체다.

호사인은 끝없는 초원의 동물을 바라보며 깊은 명상에 잠긴다. 인류의 문명이 동물보다 나은 것이 과연 무엇인가? 만물의 영장이라 불리는 인류는 초일류 문명을 발전시켜 왔다. 그러나 지구를 바라보라. 환경은 파괴되고 공정하지 않으며, 분쟁과 전쟁이 끊이지 않는다. 가난과 기근, 재앙이 반복되고, 나무는 사라져 사막화가 진행되고 있다. 재앙이 다가오고 있는 것이다. 지구를 보호할 새로운 대안이 나오지 않으면 안 된다.

어느새 집에 도착해 수로 아와 호사인은 비행차에서 내린다.

11장

점화의 경제

제8일

　한 나라의 경제 제도의 현상은 그 나라의 빈부를 결정한다. 지구 행성의 200여 국가는 경제 시스템이 어떻게 효율적으로 관리되는가에 따라 빈국과 부국으로 나뉠 수 있다고 보아야 한다. 그러므로 호사인은 유리 행성 경제가 어떻게 운영되는가에 지대한 관심을 가지고 있다.

　호사인과 수로 아는 깨끗한 아침 햇살을 받으며 창가에 마주 앉는다. 경제부청 방문 전에 유리 왕국의 행정조직에 대해 수로 아가 호사인에게 설명한다. 사방을 둘러보면 아름다운 나무들이 제각기 운치를 만들어내며, 나무마다 곤충과 벌레, 새들이 어울려 먹이사슬의 조화를 이루고 있다.

　"유리 행성의 두뇌라고 할 수 있는 유리왕 궁과 양쪽의 10개 장관 부가 있고, 그 아래에는 10개 장관 부를 보좌하는 10개의 '청'이 존재하여 이곳까지가 행정 두뇌집단입니다. 그리고 유리 행성 전 지역에는 총 2억 5천 유람의 행정을 관할하는 10개의 지방 '주' 행정부가 있습니다." 수로 아는 화면을 조작해 각지에 멀리 떨어진 10개 지방 주 행정부를 일일이 보여준다.

　"각 지방 '주' 행정부는 다시 2,500만 유람을 관할하는 10개의 '단' 행정부로 나뉘고, '단'은 250만 유람의 '도' 행정부로, '도'는 25만 유람의 '군' 행정부로, '군'은 2만 5천 유람의 '면' 행정부로, 그리고 마지막으로 '면'은 2,500 유람의 10개 '고을' 행정을 담당합니다. 가장 말단의 '면' 행정부까지도 왕궁의 10개 장관 부 행정 체계가 그대로 연결되어 모든 행정업무가 일사천리로 진행됩니다."

　호사인은 감탄하며 말한다. "참으로 잘 개편된 행정구역이구나."

　이윽고 호사인과 수로 아는 차에 탑승하고, 일부러 비행차로 모형을 바꾸어 원거리를 하늘로 날아오르기 시작한다. 눈부신 햇살을 가르며 들판을 지나고, 동강의 아름다운 계곡을 넘어 산등성이를 넘으며, 강 하류를 지나 바닷가를 향해 난다. 한없이 펼쳐진 개펄 위에 서서히 바닷물이 올라오고 있다. 바닷물은 티 없이 맑아 바닥까지 투명하며, 오염이란 찾아볼 수가 없다.

호사인은 생각한다. 유리 행성은 지구 행성과 비교하면 참으로 행복한 행성이구나. 자연도 아름답지만, 그 자연을 가꾸는 유람들이 더 아름답다. 그는 수로 아를 바라보며 다시 자연을 바라본다. 수로 아도, 자연도 모두 아름답다. 아름다움은 행복을 선물한다. 호사인은 한없이 행복하다. 그러면서도 빈틈없는 제도와 질서를 떠올리며 명상에 잠긴다.

비행차는 하늘을 약 2시간 30분 비행한 끝에, 한 지점에 살며시 내려앉는다. 그 옆에는 넓은 전광 약도가 있어 이곳 건물들의 구조를 쉽게 확인할 수 있게 해놓았다.

수로 아는 설명한다. "유리 왕궁의 북쪽에는 '신선 의회'가 있고, 양옆에는 10개 장관 부가, 아래에는 넓은 면적에 10개 부의 업무를 담당할 10개 청이 자리하고 있습니다. 이들 청은 다시 지방 '주' 행정부와 연결되어 지시와 민원 전달이 상하로 유기적으로 이루어지고 있지요."

호사인의 눈 앞에 펼쳐진 길쭉한 타원형의 2층 건물 앞쪽에는 '경제부 청'이라는 간판이 길게 붙어 있다. 1층의 현관문이 자동으로 열리고, 호사인과 수로 아가 안으로 들어선다. 복도 중앙을 지나자 바로 앞에 경제부 청의 청장실이 자리하고 있다.

더벅머리 청장

'경 티'가 청장실의 문을 노크하니, "들어오세요." 하며 문이 열린다.

"호사인과 수로 아입니다."

경 티가 소개하니, 의자에서 업무를 보던 잘생긴 더벅머리 청장이 보던 서류를 덮고 벌떡 일어나 빠르게 걸어 호사인 앞에 멈추어 환영 인사를 건넨다. "지구 행성에서 오신 귀한 손님께서 경제청사를 방문해 주어서 정말 반갑습니다. 수로 아 님도 환영합니다."

호사인이 화답한다. "활달한 청장님의 환대에 감사합니다."

"응접실로 가지요." 하며 청장이 앞장서 2층으로 올라간다. 수많은 책이 진열되어 있고, 창가에 아담한 응접실이 자리하고, 마치 손님을 기다리고 있는 듯 고급의자가 놓여 있다.

청장이 자리를 권하며, 탁자를 사이에 두고 앉는다. 청장이 경 티를 불러 차를 시킨다.

유리 행성의 경제

청장이 호사인을 바라보며 입을 연다. "약 3시간 동안 유리 행성의 경제 상황을 설명하며 질문을 받아, 될 수 있으면 모든 경제를 이해하도록 하겠습니다. 여기의 경제구조가 지구 행성과 완전히 다른 점은 지구에서는 통화 즉 돈이 경제를 움직이지만, 여기는 점화가 경제를 주도한다는 점입니다. 그러니까 여기서는 유람이 태어나면, 2만 점화의 점화 앱이 지급됩니다. 그리고 그 2만 점화는 20세가 될 때까지 생활비 및 교육비로 사용됩니다. 여기서는 공짜도 없고, 모두 일을 해야 살 수 있습니다."

호사인이 의아해하자 청장이 설명을 덧붙인다. "지구 행성에서는 부모를 잘 만나 부모가 부유하고, 권세가 있으면, 직업을 갖지 않아도 평생 잘 살 수 있지만, 유리 왕국은 그렇지 못합니다. 즉 유리왕의 자제나 신선의 자녀라도 일반 유람과 똑같습니다. 태어나면 2만 점화 앱이 지급되며, 그 점화를 이용하여 먹고, 교육을 받습니다. 그리고 20세가 지나면, 직장을 다니거나, 상급학교 공부를 해야, 80세까지 12만 점화를 받습니다. 그리하여 2만 점화를 차감하고, 21세부터 80세까지 6만 점화를 사용하고, 나머지 4만 점화는 81세 이후 노후에 사용됩니다. 이는 누구에게나 공평하게 주어지는 제도입니다. 그리고 이 점화는 누구나 풍요롭게, 충분히 쓸 수 있는 점화이기 때문에, 누구나 차별이 없으며, 경제의 어려움이란, 지구 행성에서처럼 있을 수 없답니다."

"그렇다면 모든 직업의 직무에는 중요한 직무가 있고, 쉬운 직무가 있고, 힘든 직무가 있고, 가벼운 직무가 있기 마련인데 유리왕이나, 지방 '면' 행정직 업무나, 똑같이 점화가 부여된다면, 업무의 능률이 떨어지지 않을까요."

"절대 그렇지 않습니다. 업무의 중대성은 크게 차이가 있지만, 지방 '면' 행정직은 60년의 직업 생활을 하지만, 신선의 근무는 20년에 지나지 않으며, 40년의 공부도 점화를 받아가며, 공부하기 때문에 자만할 수 없답니다. 또한 유리왕 21대부터는 21세부터 직업을 가지고 일해도, 시간 여유가 있어 다방면의 취미생활과 교양서적을 많이 독파하므로, 교양 지식이 풍부합니다.

여기서는 책임감과 사명감이 투철하며, 혹시라도 자기의 업무를 유기하거나, 나태하면, 법이 엄하여 절대 용납이 안 됩니다. 아래 직급자가 근무를 유기한다 해서 상사가 직접 화를 내거나 큰 소리로 꾸중하는 일은 없습니다. 부드럽게 "어떠한 부분을 직무 유기하였습니다. 감사를 받을 것입니다." 하고 끝납니다. 그리고 감사를 받아, 소홀한 부분이 있으면 엄한 처벌을 받습니다. 지구 행성 나라의 경우, 죄를 범해도, 변호사를 선임하여 죄를 가볍게 할 수 있지만, 여기는 절대 그렇지 않습니다. 죄를 지은 만큼 정확히 벌을 받습니다. 여기서는 죄를 그만큼 무서워합니다. 그리고 거짓말, 직무 유기, 나태, 직무 소홀, 업무지시 위반, 등은 중한 처벌을 받게 됩니다."

유리 행성의 복지 개발과 건설

"지구 행성에서는 자본가들이 자본을 이용해 재화를 생산하여 시장의 유통을 통해 각 소비자에게 판매합니다. 그러면서 기술도 꾸준히 개발되어 고급상품이 만들어집니다. 그리고 경제 발전에 도움을 줍니다. 그런데 유리 행성에서는 어떻게 경제 발전이 이루어지지요?"

"유리 행성에는 지구 행성과 같이 유통이란 시장구조는 없습니다. 유리 행성의 유람은 모든 필요한 재화를 유리 왕국 각 경제부에서 직접 보급해 줍니다. 즉 먹는 것, 입는 것, 자는 보금자리를 유리 왕국에서 일괄적으로 보급하면서 균일하게 점화를 받습니다. 그리고 신선이란 최고의 학제가 해마다 100명씩 배출됩니다. 그리고 2,000명의 신선이 있습니다. 신선들은 60세까지 공부를 하여, 동방의왕의 지식을 갖게 됩니다. 그런데 이들 중 60~70세까지 1,000여 명의 신선들이 유리 행성 각지를 돌며, 도로가 필요한 것, 강의 다리가 필요한 것, 새롭게 고을이 필요한 것, 개발이 필요한 것, 각 지방 정부의 민원 불편 등의 청사진을 신선 의회에 올리면, 신선 의회에서 심사하여, 개발이 이루어집니다. 가령 전기생산공장을 설립해야 하면, 신선이 필요한 곳에 설계하여 신선 의회에서 신선 의회 승인이 되면, 건설부로 이첩하면 건설부에서 설계하여 필요한 모든 물자를 경제부에 요청하면 경제부에서 점화를 합산하고, 전기 생산 공장을 승인하여 건설하게 됩니다."

"전기생산공장을 건설하려면 첨단 부품부터 수만 가지의 부품들이 필요할 것인데, 그러한 부품들을 어디서 어떻게 조달이 이루어지나요?"

"당연한 질문입니다. 유리 행성에는 거대한 첨단과학 연구단지가 있습니다. 여기서 연구된 첨단과학을 이용하는 첨단신소재 부품 생산단지가 있습니다. 여기서는 무엇이든지 주문하며 첨단신소재 부품을 만들어냅니다. 그리고 첨단기술이 필요 없는 부품이나 생필품은 각 지방행정부의 크고 작은 생산단지가 있어서, 물자나 부품 조달에 전혀 어려움이 없습니다. 그리고 첨단과학단지에서 개발된 새로운 기술은 항상 지방행정부 생산단지에도 바로 접목된답니다. 그러므로 꾸준히 발전이 이루어진 것입니다."

호사인은 생각한다. '정말 실리적이구나. 첨단과학연구단지의 과학 연구가 바로 실생활에 적용되다니 놀랍다.'

청장이 보충하여 설명한다. "남극이나, 북극, 열대지방 모두 유람이 살기 힘든 환경이지만, 환경관리가 필요하면 그곳에 유람들이 살 수 있도록 고을을 만들어 유리 행성의 환경을 관리하고 있습니다."

그리고선 청장이 덧붙인다. "유리 행성의 모든 유람의 수입은 모두가 일정합니다. 그 수입은 모두가 호화스러운 생활을 하기 충분한 점화이며, 부족하지도, 남지도 않습니다. 유리 행성 유람의 직장 근무일 수는 일주일에 4일 오전 3시간 오후 3시간 근무이고, 1년에 2개월은 휴가를 즐기고 있습니다. 호사인의 입장에서는 '이렇게 일하고도 어떻게 풍요로운 생활을 할 수 있나? 신기하다.' 하고 당연히 생각할 수 있지요. 하지만 25억 유람의 풍요로운 생활을 위해, 50억의 로봇이 열심히 생산 활동을 하고 있으며, 모든 유람은 로봇을 관리하고 있다고 보면 됩니다."

유람의 생활 소비 비용

"유람의 점화비용은 하루에 얼마나 들지요?"

청장이 답한다. "하루의 비용은 보통은 2 점화가 사용되며, 여행을 한다면 3 점화가 사용됩니다. 1 점화를 10으로 나누어, 영 1에서 영 9까지며, 영 10을 1 점화로 보면 되고, 하루 주식이 영 6이 되고, 집 관리 영 2, 도우미 영 2, 전기 수도 냉 온방 영 2, 의복이 영 2, 예술회관 이용 영 2, 등 이 밖의 소소한 여가에 비용이 들어갑니다."

"시간이 많아 관광산업이 발달하고, 많은 관광을 즐기는 유람들이 관광지의 호화로운 관광 상품들이 많을 텐데, 유혹이 되어 과중한 물품을 구매하여 추가로 점화비용이 사용되는 예는 없나요?"

"물론 있을 것입니다. 하지만 점화 앱은 점화이용 한도를 알리어 하루의 쓸 수 있는 점화 한도를 알려주므로 추가점화비용 사용은 일어나지 않습니다. 하지만 충분히 보고 즐기고 마시고 사는 데에 필요한 점화는 충분하며, 여론조사에 의하면 부족은 느껴지지 않습니다."

영 1, 점화 보험과 임금과 물가가 일정하다.

"유람들이 사고를 당하거나, 중대한 난치병이 들어, 별도의 점화비용이 들 수도 있을 때는 어떻게 비용을 조달하나요?"

수로 아가 답을 한다. "여기서도 하루에 모든 유람이 영 1 점화씩 보험으로 예치를 하여, 사고를 당하거나, 중병이 들어도, 추가 점화비용이 들지 않고, 모두 해결이 가능합니다."

"혹시 임금점화가 오르거나 내리거나, 할 수 있지 않습니까?" 수로 아가 대신하여, "여기서는 물가가 오르거나, 내리거나, 하지 않습니다. 반면에 임금점화도, 오르거나, 내리지 않습니다. 그러므로 아무리 점화를 많이 발행하여 개발하여도, 문화가 화려하게 발전해도 유람의 삶에 부작용이 전혀 없습니다. 가령 수조 점화를 늘려 대수로를 건설해도 점화가 유동되지 않습니다.

모든 것은 과학이 발달한 만큼 변하고 새롭게 개선되면서 점점 풍요로워진 답니다. 지금처럼 오전 3시간, 오후 3시간, 주4일 근무하고, 1년에 2달의 휴가를 즐길 수 있는 것은 옛날에는 상상할 수 없는 근무조건입니다. 그것은 로봇이 우리의 힘든 일을 담당하기에 가능한 것이고, 로봇이 우리의 힘든 일을 할 수 있게 한 것은 과학의 큰 성과이고, 이러한 성과를 유리 행성에서는 모든 유람이 고루 분배되어 공유하기 때문에, 모두가 아름답고, 부유하고, 풍요로운 세상을 살아갈 수 있는 것입니다. 하지만 지구 행성에서도 급속한 과학의 발달로 인하여 풍요로운 부가 많이 창출되지만, 그 부가 소수의 일부가 큰 창고를 만들어 창고에 쌓아 두기 때문에 대부분이 가난을 당하고 있다고 보아야 합니다." 하고 답한다.

형벌을 받을 때, 계속 공부해도 점화가 지급

"만약에 어떤 유람이 30년의 중죄를 지어, 형벌을 받는 경우, 그동안의 공백으로 점화를 벌지 못하면, 형벌이 끝나면, 점화 지급이 어떻게 되나요?"

"중요한 질문입니다. 여기서는 20세가 넘으면 계속 공부를 하여도 점화가 지급되고, 형벌을 받는 동안도 점화는 지급됩니다. 하지만 형벌을 받는 동안도, 필요한 비용이 본인이 부담합니다. 그러므로 형벌이 끝나도 경제적 어려움이 전혀 없고, 또한 차별도 전혀 없습니다."

"25억의 모든 유람에 대한 점화 관리까지 이루어지나요?"

"물론입니다. 이것도 과학 발달의 힘이지요. 온라인으로 통제할 수 있기 때문입니다. 모든 일은 컴퓨터에서 자동으로 조정합니다. 유람들은 모든 프로그램을 만들어 입력하기만 하면 됩니다."

청장의 마지막 설명에 수로 아가 "청장님, 벌써 일과시간이 끝나갑니다." 하고 말했다.

청장이 힐끗 시계를 보더니 아쉬운 표정을 하며 일어서고, 동시에 호사인과 수로 아도 일어선다.

호사인이 인사한다. "새로운 경제 관념에 놀라운 사실을 배우며, 너무 유익한 시간이었습니다. 감사합니다."

호사인의 인사에 청장이 악수를 청하자, 이에 호사인도 "청장님은 멋지신 분 같습니다." 하고 답례한다.

청장의 배웅을 받으며, 호사인과 수로 아는 비행차에 올라 바람처럼 사라진다.

호사인은 생각한다. 유람은 국가 주도의 경제다. 지구 행성은 시장 자유경제 체제다. 물론 지구 행성도 사회주의나 공산주의 체제가 경쟁하였다. 그러나 자유경제 체제에 밀려 무너지고 있는 현실이다. 대표적으로 한때 공산주의를 주도하던 러시아는 과학이 급속도로 발달하였다. 하지만 러시아 국민은 부유하지 않다. 왜일까? 과학이 첨단 무기 생산에 치중하느라 서민 경제에 부응하지 못했다. 즉 과학이 경제와 접목하지 못했다. 하지만 유람은 과학이 경제에 접목되어 모두가 풍요로워졌다. 이러한 터를 놓은 유람은 동방의왕과 4성검이다. 유람도 동방의왕과 4성검이 없었다면 혼돈의 역사가 계속되었을 것이다.

12장

유람의 주택을 건설부에서

제9일

　인류는 의식주가 해결되면 만사가 해결된다. 인류는 그중 주거를 손수 마련해야 한다. 하지만 수만 형태의 주거는 주거에 따라 그 사람의 부와 권력의 척도가 된다. 그래서 인류는 고급의 주거 공간을 갖는 것은 곧 그 사람의 신분을 가리는 잣대가 된다. 부유한 사람들과 권력자들의 초호화 주택, 보통 사람들이 사는 평범한 주택, 가난한 사람들이 사는 허름한 주택, 그리고 이같은 주택도 없는 노숙인 등 다양한 이들이 서로 다른 주거 공간에 거주하며 살고 있다.

　그렇다면 이 아름다운 유리 왕국의 유람들은 주거를 어떻게 마련하며 어떠한 주택에 살고 있을까? 호사인은 호기심이 충만해진다.

　주 처장은 두꺼운 업무 서류를 검토하고 사인하느라 정신이 없다. 갈색 머리에 윤기 있는 맑은 피부, 곤색 바지에 노란 점퍼가 어울려 젊음의 활력이 넘친다. 서류 검토를 마친 주 처장은 기지개를 켜며 기력을 찾는다. 그러다 노크 소리에 말한다. "들어오세요. 문은 열려 있습니다."

　수로 아가 들어서며 화답한다. "주 처장님, 수로 아입니다. 처장님은 점점 젊어지시네요."

　주 처장은 수로 아의 방문을 환한 미소로 환영한다.

　"더 귀한 호사인을 소개합니다." 처장은 호사인과 눈을 마주하며 "일주일간의 유리 행성 생활에 만족하십니까?" 하고 물었다.

　"정신을 잃을 지경입니다. 하지만 많이 배우고 있습니다." 하고 호사인은 답한다. 이어서 다음과 같이 말한다.

　"오늘의 유리 왕국의 문명은 2,000년 전 선과 악의 전쟁에서 선의 승리에서 이룩한 결과입니다. 당시 초대 유리왕인 동방의왕의 지혜와 지식이 완벽한 '제도'의 터를 놓으시고 꾸준히 발전시킨 덕입니다. 우선 자리를 옮기지요."

　귀빈실은 약간 넓으며, 밖을 향하여 넓은 창문이 하나 있고, 안쪽으로 화분이 5개씩 2줄로 나란히 놓여, 저마다 화려하고 아름다운 꽃을 피워 향기를 뿜어내고 있었다. 가운데는 타원형의 탁자가 놓여 있고, 탁자 둘레에 고풍의 의자가 4개 놓여 있다. 창문에서 오른쪽의 벽 앞에 높은 의자가 놓여 있고, 맞은편에는 나노 멀티미디어 벽이 설치되어 있었다.

주 처장은 수로 아와 호사인에게 가운데 원탁의 의자에 자리를 권하며 마주 앉는다. 탁자의 한쪽에 10개의 벨이 두 줄로 가지런히 놓여 있다. 그중 벨 하나를 누르니 작은 소리가 들리며 소리가 들린다. "우주라 과장입니다." 처장이 이에 답한다. "우주라 과장, 주 처장실로 오세요. 호사인 님과 수로 아가 오셨습니다." 그러자 "네, 알겠습니다." 하고 끊긴다.

주 처장이 주 티를 불러 차를 주문하고, 호사인을 바라보며 입을 연다. "유리왕 행정에서 여기까지는 정반대입니다. 그래서 12시간을 날아오셨지만, 여전히 여기는 오전이랍니다."

호사인이 고개를 끄덕이며 답한다. "그러잖아도 내 시계가 이상하게 멈추어 있다는 느낌을 받았습니다. 이제야 이해했습니다."

수로 아가 끼어들어 설명한다 "유리 행성의 자전 속도는 적도 기준 시속 1,600km입니다. 즉, 비행차로 자전 방향과는 반대 방향으로 시속 1,600km의 속도로 날아왔지만, 우리는 유리별 아래서 그대로 서있는 꼴이 되고, 유리 행성이 자전하고 있었지요."

"맞습니다. 그래서 호사인의 시계는 오는 동안 계속 9시만 가리키고 있었던 거지요. 유리별 아래서 그대로 멈추어 있었으니까요." 하며 서로를 바라보며, 호탕하게 웃는다.

이때 세련되고 아름다운 여성인 우주라 과장이 들어온다.

주 처장이 "어서 와요. 여기 호사인, 수로 아에게 인사하세요." 하고 말하자, "와!" 하고 우주라 과장이 뛸 듯이 기뻐한다. "행운입니다. 지구 행성에서 오신 호사인 님을 만날 수 있는 영광을 가질 수 있어서요. 저는 우주라 주거 과장입니다." 하며 크게 환호한다.

호사인이 "우주라 과장님, 반갑습니다." 하고 답한다.

잠시 적막이 흐른 뒤, 우주라 과장이 입을 연다.

"호사인과 수로 아는 오늘 방문의 목적이 '주' 행정부 주거 건설부인 것으로 알고 있습니다. 유리왕의 중앙 행정10부는 지방 '면' 행정부까지 그대로 이어져, 행정업무의 통합체를 이루고 있습니다. 그러므로 호사인의 오늘 방문은 유람이 살아가는 데에 있어 필수 조건인 의식주 가운데 주에 해당하는 유람들의 주거 공간이 어떻게 건설되고, 관리되는가 하는 것에 관심이 있으시리라 짐작합니다. 제9지방 '주' 행정부는 2억 5천만 명 유람의 살림을 책임지고 있는 정부입니다. 그러므로 주 처장님께서 먼저 '주' 지방 정부 소개를 먼저 하시고, 이어서 주거건설부의 건축 관리 건설 등에 대해 설명드리는 것이 적절하리라고 생각됩니다."

생명 호수의 전경

주 처장이 고개를 끄덕인 뒤에 "좋습니다. 그럼 뒷편 의자에 앉아서 스크린을 통해 보여드리며 설명하도록 하지요." 하고 안내한다. 이에 모두 일어나 뒤의 의자에 오른쪽에서부터 주 처장, 우주라 과장, 호사인, 수로 아 순으로 앉는다. 화면이 등장하면서, 주 처장의 설명이 시작되었다.

"어제 호사인과 수로 아가 중앙행정부의 경제부 청을 방문하였습니다. 그런데 오늘은 제9지방 '주' 행정부를 방문하였습니다. 위치상으로는 생명 호수 북쪽에 있으며, 유리 행성의 육지의 분포와 문명은 생명 호수에 대한 설명 없이는 불가능합니다. 생명 호수는 북위 30도에 위치에 있으며, 12만km의 고지에, 30만 평의 광활한 호수이며, 수천 군데에서 뜨거운 물이 쏟아져 나오며, 생명 호수 둘레에는 수천 개의 산봉우리들이 둘러싸고 있어서 장관을 이루고 있습니다. 생명 호수 안쪽은 따뜻하여 나무들이 무성히 자라서 수많은 생명체가 서식하고 있으며, 호수 밖은 너무 추워 항상 눈발이 휘날리며, 얼음으로 덮여 있습니다. 생명 호수는 동서남북 각각에 야트막한 곳이 있는데, 이곳으로 물이 흘러서 4대 강을 만들어내서 모든 생명을 잉태케 합니다. 또한 생명 호수를 둘러싼 네 개의 높은 산은 밖으로 네 개의 거대한 산맥을 만들어 육지를 갈라놓습니다. 아래로 내려올수록 수많은 곁가지의 산맥을 만들어내고, 그만큼 깊은 계곡도 만들어내면서 자연의 놀라운 형상을 만들어냅니다."

스크린 화면은 분주히 움직이며 생명 호수와 거대한 높은 산맥의 줄기들을 위에서 아래로 천천히 비추며, 수많은 환상적인 경관들을 만들어내고 있었다.

제9지방 '주' 행정부

화면에서는 계속 풍광이 펼쳐진다. 산맥과 산맥 사이가 넓어지면서, 그 사이에서 반달 모양의 산맥이 형성되어 광활한 대지를 감싸고 있는 형태를 만들어내고 있었다.

반달 모양의 산맥 양옆으로 물줄기가 형성되어, 아래로 내려올수록 큰 강을 만들어내고, 강 하류에서 두 강이 합류하여, 북 강이라는 거대한 강을 이루고 있었다.

주 차장의 설명이 이어진다. "반달 모양의 산맥 아래 광활한 대지에는 제9지방 '주' 행정부가 있으며, 2억 5천의 유람이 살고 있다고 보면 됩니다." 화면이 제9지방 '주' 행정부의 위치를 자세히 보여주며, 아름다운 전경도 함께 보여준다.

"우리 '주' 행정부는 유일하게 신선 학교가 있어, 매년 100명씩 신선이 배출되고 있습니다. 선사 학교는 모든 '주' 행정부에 있으며, 매년 1만 명씩 배출되고 있습니다. '주' 행정부에서는 수많은 관광지와 생필품 생산공장들이 다 열거할 수 없을 정도로 많습니다. 나의 설명은 이것으로 마치고, 우주라 주거 건설과장에게 순서를 넘기겠습니다." 주 차장이 우주라 과장에게 마이크를 넘기자 우주라 과장이 이어서 말한다.

"주택건설부에서는 25억 유람의 주거를 건설해주고, 관리하고 있습니다. 호사인의 고향인 지구 행성에서는 모든 주거를 본인들이 해결해야 하지요. 그래서 부유한 사람은 고급주택에서 호화롭게 살지만, 가난한 사람들은 아주 허름한 집에서 삽니다. 그러한 집도 없어 노숙자로 사는 사람들도 많습니다. 모든 생명이 살아가는 데에 있어 평안하게 휴식을 취할 수 있는 공간을 보금자리라고 하지요. 호사인의 나라에서도 사람이 살아가는데 필수적인 보금자리를 유리 행성에서는 주택건설부에서 건설하고, 관리하는 업무 일체를 매일 점화 영 2를 받고 하고 있습니다. 호사인께서 유람의 가가호호를 방문할 기회가 있으면, 유람의 주거들이 얼마나 멋지고 아름다운지 확인하고 놀라게 될 거라 생각합니다." 우주라 과장은 당당하고, 자신 있는 목소리로 설명한 뒤, 스크린 화면으로 여러 주거 공간들을 보여준다.

화면 속의 주거 공간들은 30평 정도 넓이에 가재도구들이 잘 정돈되어 있으며, 아담한 거실과 3개의 방, 그리고 욕실과 화장실이 구비되어 있다. 안락하며, 아름답고, 화려한 공간들이 우주라 과장의 설명을 증명하고 있었다.

화면은 이제 정원을 보여주기 시작한다. 주택을 에워싼 뜰은 넓지는 않지만, 앞쪽 공간에 운동 기구와 꽃밭, 그리고 연못이 조화롭게 꾸며져 그곳에서 사는 유람에게 정서적 안정을 주기에 충분했다. 우주라 과장은 호사인을 바라보며 질문을 기다린다. 이에 호사인은 궁금한 점을 묻기 위해 입을 연다.

"지구 행성에서 고급 주택의 경우에는, 조경 관리나 주택 관리에 비용이 아주 많이 듭니다. 화면에 등장한 주택의 경우에도 관리에 많은 비용이 들 거 같은데요?"

"맞습니다. 유람의 주택들을 유람이 직접 관리한다며, 많은 비용과 시간이 소모되겠지요. 하지만 여기서는 가정마다 도우미 티가 있어 집안 정리와 청소를 하며, 정원 관리 역시 전문 로봇이 공동으로 관리하여 유람은 집 일에 전혀 신경 쓸 일이 없습니다."

우주라 과장의 답변에 호사인이 부러움을 담아 말한다. "유람 모두에게 주거 관리 서비스를 제공해 주다니 정말 좋네요."

화면은 다시 열대와 온대, 한대 각 지역 고을들의 주택을 보여준다. 기후에 따라 다양한 주택이 있다는 것이 드러난다. 고을들은 하나같이 중앙에 커다란 문화회관이 자리하며, 2500 유람이 사는 고을 1,000호의 주택이 지형에 따라 다양하게 분포되어 있다. 어디나 주택의 옥상은 1m 이상의 흙이 덮여 있어서 거기에 나무가 자라고 있으며, 정원은 잘 가꾸어져 하늘에서는 고을의 흔적을 찾을 수 없다.

호사인이 묻는다. "주택 옥상뿐 아니라 모든 건축물 옥상에 나무를 심어 녹음을 만드는 특별한 이유가 있나요?" 우주라 과장이 바로 답한다. "아주 중요한 질문입니다. 문화가 땅을 점령하면 안 되지요. 땅은 식물의 영역입니다. 만약 유람의 문화가 땅을 점령하면 커다란 기후 변화가 생깁니다. 가령 지구 행성의 사막화는 지구의 인류가 만든 재앙입니다. 식물은 꾸준히 늘어나는 행성의 물 분자를 탄소동화 작용으로 분해해 물을 적절한 양으로 조절합니다. 식물의 영역을 줄이면, 물 분자의 분해 양이 줄어 바닷물이 넘치게 되어 결국 육지가 침식을 당합니다."

호사인은 깜짝 놀란다. '지구 행성의 콘크리트 도시화는 식물의 영역을 얼마나 줄이는 것인가! 나무를 함부로 벌목하며 우림지역을 개간하니 사막이 늘어나고 바닷물이 불어나 육지의 낮은 지역이 침식되고 있는 거였구나!' 호사인은 녹화 사업의 중요성을 깨닫게 된다.

10억의 주택 각 지방 '면' 행정부 관리

다시 호사인이 묻는다. "25억의 유람이 살 수 있는 주택의 수는 몇 호나 되지요?" "2.5인 1주택으로 보면 됩니다." 우주라 과장의 답변을 들으며 호사인은 생각한다. '10억 채에 달하는 주택을 건설하고 관리 운영한다고?' 호사인은 고개를 흔들며 속으로 부정한다.

우주라 과장은 이어서 설명한다. "고을의 모든 주거는 지방 '면' 행정부에서 관리되지요. 각 '면' 행정부에는 10개 고을의 주택을 관리하는데, 1개의 고을을 500개의 로봇이 공동관리한답니다." 호사인은 이해한 듯 고개를 끄덕인다. 우주라 과장이 이어서 설명한다.

"주택건설부에서는 주거 건설뿐 아니라, 모든 토목공사 및 도로와 교량 건설공사도 하고 있습니다. 가령 항구의 기반공사 관리, 지하수로 공사, 지하 운송철도공사, 지하 전선 공사 등 모든 기반시설공사를 진행하고 있습니다."

호사인이 잠시 생각하다 입을 연다. "'면' 행정부는 말단 행정부인데, 거기서 모든 업무가 이루어지는군요."

"맞습니다. 그러므로 '면' 행정부는 유리왕 행정부와 규모가 같습니다. 각 '면' 행정부에는 약 10만 개의 로봇이 힘든 일을 모두 하고 있지요. 그 관리를 '면' 행정부에서 하는 것입니다."

"'면' 행정부는 유리 왕국의 손과 발의 역할을 하고 있군요?"

"맞습니다."

문답은 계속 이어진다. "고을이 새로 만들어지거나 기존 고을에서 살기가 싫증나서 이주하고자 하는 유람들이 있을 것 같은데요?" "좋은 질문이군요. 유리의 문명은 유리 행성을 가꾸면서 관리하는 것을 우선합니다. 그러므로 각각의 고을은 그 지역의 자연 관리를 담당하고 있습니다. 그래서 필요에 따라 새로운 고을이 만들어집니다. 가령 더운 지방이나 남극이나 북극지방, 아니면 생명 호수를 관리하는 고을이 필요하여 새로운 고을이 만들어집니다. 그리고 이주는 자유로우나 원하는 곳으로의 이주는 그곳 고을의 주거 공간에 여유가 생겨야 가능합니다. 고을에서 살아가는 유람들은 텃새 유람과 철새 유람으로 분류할 수 있습니다. 텃새 유람은 한 고을에서 거의 평생을 살아가지만, 철새 유람은 자주 고을을 이동하면서 살아갑니다."

남극과 북극에 얼음 지하 고을

우주라 과장의 설명이 계속된다. "가장 특이한 고을은 남극과 북극의 지하에 있는 얼음고을입니다. 거대한 얼음 동산 지하에 고을이 건설되어 있으며, 고을에 얼음 동산보다 높은 타워전망대가 있어, 여기 오르면 한눈에 남극이나 북극의 전경을 볼 수 있습니다. 이곳에서는 자연현상에서 드러낼 수 있는 모든 현상이 신비한 자연의 무대 위에서 펼쳐집니다. 태풍으로 일어나는 눈발의 회오리, 비스듬히 비추는 빛이 대기와 산화되어 일어나는 신비한 빛들의 무대, 구름이 빠르게 위아래 옆으로 이동하며 일으키는 기교 등 여러 모습들을 즐길 수 있어 유람들은 지하 고을에 살지만, 전혀 불편을 느끼지 않으며, 즐거움을 느낀답니다. 또한 많은 관광객이 찾아와, 고을은 항상 북적인답니다."

호사인은 부러워한다. 지구 행성에서는 남극과 북극은 아무나 갈 수 없는 곳으로 특별한 사람들만이 가서 연구 활동을 하는 곳으로 알고 있는데, 여기서는 남극과 북극에 고을이 있어서 아무나 갈 수 있다는 설명에 감명을 받는다.

호사인의 마음을 헤아리는 듯 수로 아가 나서며, "호사인 탐방 일정에 남극이나 북극 중 한 곳을 추가할 수 있습니다. 호사인이 한 곳을 선택하면 됩니다." 호사인이 아주 기뻐하며 말한다. "남극이 좋겠군요." 수로 아가 호사인을 바라보며 물었다. "남극을 선택한 이유가 있나요?"

"아무래도 남극은 육지와 멀리 떨어져 있기에 훨씬 매력적일 거 같아요."

수로 아와 우주라 과장이 고개를 끄덕인다. 호사인이 문득 떠오른 궁금증에 질문을 한다. "두 분은 몇 학제이신지요?" 우주라 과장은 호사인의 질문에 웃으며 답한다. "주 처장은 선사학제이시고 저는 상 8학제입니다." 호사인이 생각해보다 놀란다. '8학제면 44살까지 공부만 했다는 거잖아?'

호사인은 이어서 질문한다. "처음부터 이런 문화가 있지 않았지요? 2,000년 전에는 이러한 고을 문화가 없었을 것 같은데요."

"네, 맞습니다. 초대 유리왕은 취임 공약에서 의식주 해결을 약속하였지요. 하지만 지금처럼 의식주 개선이 이루어지기까지는 많은 시간이 걸렸습니다. 지금의 의식주 개선은 과학 발달의 공이 커요. 즉 로봇이 우리의 일을 해주기 때문에 가능한 거지요. 또한 지금의 고을 문화는 단번에 이루어진 것이 아니라, 처음 한두 곳을 지정하여 모범 사례를 만들어 점점 확장해 나가면서 전 유리 왕국에 이르기까지 1,500년의 세월이 걸렸답니다. 그 후 계속 주택을 개량하면서 디자인을 연구해 내부를 꾸미고 정원을 가꾸었지요."

"이 모든 주택과 고을 개선 사업을 처음부터 지금까지 주택건설부에서 하였나요?"

"처음에는 주거부에서 하다가, 이후 주택건설부로 변경되었지만, 업무는 일관되게 진행되었어요."

"인구가 25억으로 유지되니까, 새로운 고을이 생기면 기존 고을이 사라질 수 있지 않나요?"

"어느 고을이든 유람의 2/3가 이주하기를 원하면 고을이 사라집니다. 또한 자연보호 관리에 필요한 곳이라면 고을 유지에 많은 공을 들입니다."

호사인은 깊은 감명을 받으며, 지구 행성을 생각한다. 그때 수로 아가 말한다. "주 처장과 우주라 과장은 이제 근무해야 할 시간입니다."

"바쁜 근무 시간을 내어 주택건설 관리를 친절히 설명해 주셔서 감사합니다." 호사인은 예를 갖추어 주 처장과 우주라 과장에게 인사하고 수로 아와 함께 비행차에 오른다.

유리 행성 유람의 주거를 일괄 건설부에서 영2 점화로 아름다운 주거를 건설하고 관리해 준다는 것에 호사인은 놀란다. 여기에는 과학 기술이 적용된 로봇이 있기에 가능하겠구나 생각하며, 과학이 유람의 생활을 아름다운 낙원으로 만들어준다는 깨달음을 얻는다.

൦# 13장
유람 의상 공급 관리

제10일

의복이 날개라는 말이 있다. 인류는 옷 입기에 따라 사람이 달라진다. 아무리 예쁘고 잘생긴 사람도 옷이 남루하고 허름하면 모양새가 나지 않는다. 동물들과 새들과 나무와 풀들은 인류처럼 수고하여 옷을 입지 않는다. 자연 그대로가 곧 옷이지만, 그래도 아름답다. 인류의 조상들은 언제부터 자연 상태를 버리고 옷을 만들어 입기 시작했나! 아마 문명과 문화가 시작되면서, 하체를 가리기 시작했을 것이다. 인류의 발전은 일을 만들기 시작했다.

유리 행성 유람들은 어떻게 의상을 만들어 입는 것인지 궁금해진다. 지구 행성 인류는 옷을 직접 만들어 입거나 사 입는다. 다시 말해 본인이 해결해야 한다. 하지만 유리 행성 유람들의 의상은 너무 세련되고 아름답다. 이에 대한 의문을 해결하기 위해서 오늘은 의상부를 방문한다.

노란 단풍이 온 천지를 화려하게 물들인 한 곳에 호사인과 수로 아가 탄 비행차가 살며시 잔디 공간에 내려앉는다.

호사인은 수로 아와 함께 비행차에 내려 주위의 수려한 경관을 살핀다.

북쪽에는 높은 산이 우뚝 서, 양옆으로 산맥이 내려오면서 지형을 감싸고, 앞쪽은 환하게 트여 안온한 전경을 만들어내고 있었다. 마치 대한민국의 가을을 연상케 하는 풍경은 황홀하고, 신비하여, 한없이 눈을 매료시키고 있었다. 부드럽게 부는 바람에 붉은 단풍들이 우르르 떨어지며, 대지가 붉은 단풍으로 물들고, 다람쥐는 신이 나서 상수리 열매와 도토리 열매를 부지런히 거두어 겨울을 준비하고 있으며, 토착 새와 동물들도 나름 겨울 준비를 부지런히 하는 듯 보였다. 식물과 동물들이 공존하며, 생존의 상생을 하는 자연의 만물들을 바라보자 생명의 신비함을 느끼게 된다.

아름다운 의상과장의 환대

첫눈에 보아도 우아하고, 아름다운 여인이 바쁘게 하던 일을 접으며, 일어나 빠르게 앞으로 나와 말한다. "어머나! 지구 행성에서 오신 호사인의 방문을 받다니, 참으로 영광입니다." 이어서 힘차게 악수를 하며 반긴다.

"너무 아름다운 의상과장님, 이렇게 환대해 주셔서 큰 영광입니다."

"감사합니다. 수로 아 님은 여전히 미인이십니다." "의상과장님이야말로 너무 아름다운 분이랍니다." 덩달아 웃음의 꽃을 피운다.

"자, 이리 오세요." 의상과장이 앞장서 접대실로 안내한다. 창가에 아담하게 꾸며진, 응접실은 청아함이 드러나 보인다. 고급탁자에 4개의 의자가 양면에 놓여 있고, 의상과장이 자리를 권하고, 로봇에게 지시를 내린다. "면 티, 내가 준비한 차를 가지고 오도록 하여라."

이에 면 티가 "예, 곧 올리겠습니다." 하며 나간다.

의상과장이 호사인을 바라보며 묻는다. "지금까지 겪어 본 유리 행성 유람들의 문화를 어떻게 생각하시는지 궁금합니다."

이에 호사인은 한참을 생각하고 답한다. "정말 놀랍습니다. 그중 가장 놀란 것은 태초와 같이 전혀 오염이 없는 환경입니다. 두 번째는 근심이나 걱정, 두려움이 없는 환상처럼 아름다운 유람입니다. 세 번째는 개성 있고, 우아한 디자인의 의상입니다. 그리고 모든 것이 기적 같은 현상입니다. 물론 지구 행성과 비교가 되기 때문입니다."

의상과장이 자부심을 느끼는 듯 환하게 웃는다. "우리 '면' 의상과는 10개 고을 2만 5천 유람의 의상을 책임지고 있습니다. 그리고 어떻게 하면 더 아름다운 의상을 만들까. 10여 명의 유람이 디자인을 연구한답니다. 물론 디자인과는 의상부 장관 아래 각 행정부 지역에 따라, 계절의 기후가 변하기 때문에 디자인과는 있지만, 개성 있고 새로운, 아름다운 의상을 만들어 유람에 입히는 것은 '면' 의상과의 사명이고 책임입니다."

호사인은 생각한다. 지구의 각 나라에서 만들어내는 아름다운 의상은 돈을 벌기 위한 목적이지만, 여기는 책임과 사명으로 만들어진다는 데에서 큰 차이를 느낀다.

　이때, 면티가 차를 가지고 들어와 찻잔을 각 탁자 앞에 놓는다.

　"이 차는 내가 의상디자인 구상을 할 때 마시는 특별한 차입니다." 의상과장이 말하고 먼저 차를 음미한다. 이에 호사인과 수로 아는 차를 한 모금 마시고, 독특한 차 맛에 감탄사를 연발한다.

　차로 마음을 안정시킨 뒤, 의상과장은 입을 열어 설명을 시작한다.

　"유리 행성에는 총 10만의 '면' 행정부가 있습니다. 각각의 '면' 행정부는 각 2만 5천의 유람들의 의상을 만들어 보급합니다. 의상들은 지역 특색에 따라 천차만별의 디자인 차이가 존재합니다. 이는 각 지역의 기후와 특성 때문입니다. 옷감의 직물은 4가지로 구분되나, 색상은 너무나 다양합니다. 4가지는 직물의 보온 차이로 4계절을 상징합니다. 각 '면' 행정부에서는 기후와 특성에 맞게 직물을 보급받아, 지역 유람들의 개성에 맞게, 디자인 연구를 하여 옷들을 생산합니다."

　"어떤 옷을 디자인하여 만들어진 후 그 디자인 옷이 모두에게 아름답게 보여, 히트 옷이 되어 한 가지 옷만 보급되는 일도 있나요?"

　"물론입니다. 하지만 참으로 다양한 디자인의 옷이 존재합니다. 유아복, 유치원복, 학생복, 직장복, 남녀 성인복, 노인복 등 수많은 종류의 의상이 만들어집니다."

　"그렇다면 2만 5천의 유람들이 저마다 개성 있는 옷이 필요할 것인데, 어떠한 방법으로 이루어지나요?"

문화회관 옷 전시장

"각 고을 문화회관에 옷 전시장이 있지요. 새로운 디자인의 옷이 문화회관 전시장에 전시되면, 유람이 전시장의 옷을 구경하고, 자기가 맘에 맞는 옷을 주문하면, 5일 이내에 전시장 옆의 주문 옷 전시장에 전송되어, 유람들이 받게 됩니다."

"유람들의 체격이 제각각인데, 주문으로 몸에 맞는 옷을 만들 수 있나요?"

"옷을 주문할 때는 전시장에 체격의 체형을 잴 수 있는 인공 지능 컴퓨터 기계가 있습니다. 주문자가 기계 안에 서면 주문자의 체형과 치수가 입력되어, 그 체격에 맞게 옷이 디자인되어 만들어집니다. 그러므로 한 치의 오차도 없답니다."

호사인이 눈을 크게 하여 호기심을 나타내며 의상과장을 바라본다. "단, 모든 유람은 집에서 입는 평상복과 잠옷과 여행복, 직업복 등 네 벌 이상의 옷은 가질 수 없습니다. 그리고 옷을 주문하여, 새 옷을 받을 때는 반드시 입던 옷을 반환해야 합니다. 여행복을 주문하여 받으면 여행복을 반환하고, 잠옷을 주문하여 받으면 잠옷을 반환하고, 직업복을 주문하여 받으면 직업복을 반환해야 합니다."

호사인, 고개를 갸우뚱하자 수로 아가 대신하여 설명한다. "지구 행성 환경에서는 이해가 안 되겠지요. 하지만 여기는 환경 쓰레기가 나오지 않게, 재사용하도록 모든 생활이 규범화되어 있습니다. 호사인의 나라에서는 한 사람마다 수십 벌의 옷이 장롱에 있으며 그 옷들이 나중에는 쓰레기로 폐기되어, 자연환경을 엄청나게 오염시키고 있지요."

의상과장이 잠시 생각을 정리하고 답한다. "유리 행성에서는 자연환경을 보호하기 위해서, 어떤 쓰레기도 나오지 않도록, 규범을 하고 있습니다. 그리고 여기서는 어떤 헌 옷도, 어떤 쓰레기도 배출되지 않습니다."

먼지와 때가 타지 않아 세탁이 필요 없음

호사인이 다시 의문을 제기한다. "만약에 옷을 세탁해야 하는 경우 한 벌만 있다면 곤란하지 않을까요?"

의상과장이 대답한다. "여기의 여러 옷감의 재질은 신소재 직물로써, 먼지와 때가 타지 않습니다. 그리고 색상이 변하지 않으며 냄새도 배지 않습니다. 그러므로 세탁이 필요 없습니다. 새 옷이라 하지만 디자인만 다를 뿐입니다."

호사인이 다시 고개를 갸우뚱하며 묻는다. "유람들의 몸에서는 땀과 냄새가 나옵니다. 그 냄새가 옷에 스미지 않을까요?"

의상과장이 웃으며, "때와 먼지가 타지 않는데, 땀과 냄새가 스밀까요?" 하고 역으로 질문을 던진다. 호사인은 고개를 끄덕이며, "그렇군요!" 하며 인정한다.

"하지만 헌 옷은 직물 공장의 용광로로 들어가, 다시 새로운 신소재 직물로 나옵니다." 하는 의상과장의 설명에, 호사인은 놀라워할 뿐이다.

"우리나라 대한민국에서는 옷이 곧 신분을 나타냅니다. 그 사람이 입는 옷에 따라, 그 사람의 신분을 알 수 있습니다. 가령 왕이 입는 옷은 신하가 따라 입을 수 없습니다. 또한 성직자, 예술인 등은 그들만의 특수한 디자인의 옷을 만들어 입습니다. 다시 말해 신분에 따라, 다양하고 개성 있는 천차만별 모양의 옷을 입고 있습니다. 그에 비해 여기의 의상은 단조로운 느낌이 드는군요."

의상과장이 답변한다. "그렇지 않습니다. 관광복도, 디자인과 색상이 지역에 따라 수천 가지이며, 잠옷과 직업복도 마찬가지입니다. 한 고을의 관광복이 수백 가지이며, 잠옷과 직업복도 마찬가지입니다."

"그렇군요." 하며 고개를 크게 끄덕인다. 수로 아가 말한다. "관광지에도 수많은 의상백화점이 있습니다. 그곳에는 참으로 다양한 관광복이 전시되어 있으며, 많은 유람이 관광지에서 마음에 드는 관광복을 사 입습니다. 하지만 아무리 마음에 들어도 한도가 있습니다. 한 번 사면, 3개월이 지나야 다른 디자인으로 살 수 있습니다."

"예술인이나 연예인 등 특수 의상이 필요한 유람이 있을 거 같은데요."

"물론 있습니다. 그러한 경우는 '군' 의상과의 특수 디자인에 주문하면 됩니다."

"추가 비용은 어떻게 되지요?"

"추가 비용은 없습니다. 통 왕이나 신선과 선사들도 직업복이 모두 다릅니다. 하지만 신분의 서열을 나타내지는 않습니다."

의상과장의 답변에, 호사인은 '모든 것이 완벽하구나!' 하고 생각한다. 의상과장이 호사인을 바라보며 질문을 기다린다. 호사인이 생각을 정리하는 동안 잠시간 침묵이 흐른다. 수로 아가 먼저 입을 연다. "벌써 점심시간이 다 되었군요."

'면' 의상과 점심 문화

"의상과 직원들은 늘 새로운 디자인을 창작하기 위하여 연구에 몰두합니다. 그래서 사물에 관심을 두면서 명상하지요. 그래도 역시 점심시간만은 즐겁고 행복해 합니다. 모든 생명체는 먹어야 사니까요. 그래서 먹는 시간이 즐겁지요." 의상과장의 안내를 받으며 많은 의상과 직원들과 환한 미소로 인사하니 마음이 절로 황홀해진다.

메뉴는 역시나 단조롭다. 꿀밥과 음료다. 하지만 먹으면, 전혀 배가 고프지 않다. 그러면서 유람들은 얼굴이 천사처럼 밝고 환하다.

천차만별의 의상이지만 너무나 잘 어울린다. 의상이 유람들을 한층 더 보이게 한다. 먹을 것을 걱정하지 않는다. 주거를 걱정하지 않는다. 입을 것을 걱정하지 않는다. 점화가 충분히 지급되어 마음대로 여행을 즐길 수 있다. 경쟁이 없으며 서로 미워하지 않으며 사랑이 넘치고 가득하다. 지구 행성도 이러한 문화로 바뀌면 천국이 될 수 있다. 호사인은 점심을 먹으면서 이러한 생각을 해 본다.

오후에 다시 의상과장과 호사인과 수로 아가 접견실에 마주 앉는다.

의상과장이 벽면의 화면을 열며, "유리 행성 유람들의 다양한 의상과 디자인을 구경해 보지요." 하면서 클릭을 시작한다. "유리 행성은 다양한 기후가 존재합니다. 우선 열대와 온대와 한대 기후가 있으며, 습도의 차이에 따라 의상의 옷감 질이 달라지며 디자인도 달라집니다. 먼저 열대 지방의 의상과 디자인을 살펴보지요."

화면은 열대 지역의 문화회관과 관광지를 클릭하며 다양한 유람들의 의상을 보인다. 호사인도 의상에는 관심이 많은지라 유람의 체격에 맞는 의상이 잘 어울리는지 유심히 관찰한다. 지구 행성의 열대인은 대개 피부가 검고 빈곤한 편이다. 하지만 유리 행성의 열대 유람은 피부가 희고 윤기가 나며 반짝인다. 거기에 색상과 체격에 맞게 디자인된 의상은 유람을 더욱 아름답고 멋있게 보인다. 다양한 색과 디자인은 열대 유람을 빛내고 있었다.

"다음은 온대 유람의 의상을 보지요. 대개의 온대지역은 사계절이 있지요. 그래서 의상이 계절에 따라 다양합니다." 온대지역의 문화회관, 고을, 관광지를 클릭하며 다양한 유람의 의상들을 보인다. 유람들도 아름답지만, 의상은 더욱 황홀하다. 호사인은 의복이 날개라는 말을 많이 들었다. 지구 행성에서는 의복이 곧 신분을 나타낸다. 고급옷감에 고급디자인으로 만들어진 고가의 옷은 부자들의 전용 옷이다. 사람이 달라 보인다. 하지만 유리 행성 유람들은 모두가 고급옷감과 고급디자인의 옷을 입는다. 그래서 모두가 공주나 왕자처럼 아름답다.

"다음은 한대 지역 유람의 의상을 살펴보지요." 남극과 북극의, 눈보라가 휘날리는 관광지역을 클릭한다. 한대 지역 유람들의 의상은 둔탁하지 않고 평범하다. 단, 모자가 얼굴을 가리는 데에서 보온을 하고 있음을 알 수 있었다. 그리고 유람들의 의상이 정말 아름답다.

호사인이 질문한다. "한대 지방인데 보온 효과는 충분합니까?"

"호사인이 보기에 옷감이 가벼워 보온 효과가 충분한지 궁금하실 수 있습니다. 하지만 보온은 옷감의 두께와 상관이 없습니다. 이들의 옷도 보온 효과는 충분합니다."

호사인은 유람들의 다양한 의상의 디자인을 보면서 '이 유람들은 참으로 축복받은 환경에 살고 있구나!' 하고 생각한다.

호사인과 수로 아는 의상과장께 감사를 표하고 헤어진다.

호사인은 눈을 감으며 유람의 아름다운 의상을 떠올린다. 의상이 몸에 잘 맞고 세련되게 어울린다. 의상은 유람을 빛내고 있다. 포장이 잘 되어있는 진주 상자 같다. 의상 부에서 유람의 의상을 책임진다. 참으로 아름다운 세상이다.

새로운 문명의 유리행성 1

1판 1쇄 발행 2025년 10월 1일

지은이 신현대
펴낸이 정원우
기획총괄 이원석
디자인 조수빈
교정교열 민지현
펴낸곳 파랑

출판등록 2021년 7월 6일 (제2021-00220호)
주소 서울시 강남구 강남대로 118길 24 3층
이메일 tele.director@egowriting.com

© 2025, 신현대 All rights reserved.
ISBN 979-11-93200-37-7 (03810)

이 책은 저작권법에 따라 보호받는 저작물이므로 무단전재와 무단복제를 금지하며, 이 책의 내용을 이용하려면 반드시 저작권자와 본사의 서면동의를 받아야 합니다.